U0784171

暗　纹

李明芳　著

山东文艺出版社

图书在版编目（CIP）数据

暗纹 / 李明芳著. -- 济南：山东文艺出版社，
2024. 9. -- ISBN 978-7-5329-7245-6

Ⅰ. I267

中国国家版本馆 CIP 数据核字第 2024MN9564 号

责任编辑：王怀瑞
策　　划：济南文墨传媒
装帧设计：川石品牌

暗　纹

AN　WEN

李明芳　著

主管单位　山东出版传媒股份有限公司
出版发行　山东文艺出版社
社　　址　山东省济南市英雄山路 189 号
邮　　编　250002
网　　址　www.sdwypress.com

读者服务　0531-82098776(总编室)
　　　　　　0531-82098775(市场营销部)
电子信箱　sdwy@sdpree.com.cn

印　　刷　济南精致印务有限公司
开　　本　880 毫米×1230 毫米　1/32
印　　张　8.625
字　　数　200 千字
版　　次　2024 年 9 月第 1 版
印　　次　2024 年 9 月第 1 次印刷
书　　号　ISBN 978-7-5329-7245-6
定　　价　68.00 元

版权专有，侵权必究。如有图书质量问题，请与出版社联系调换。

作者简介

李明芳，居茌平，现从事教育工作，山东省作家协会会员，聊城市文联签约作家，民盟盟员。曾在《散文百家》《时代文学》《牡丹》《山东文学》《当代散文》等报刊发表作品，出版有散文集《折叠》，教育随笔集《温暖的语文》《发现语文的森林》。作品曾入选《2016年中国随笔精选》《齐鲁文学作品年展》等多种选本。

荒野夜行，曾经在黑暗中被文字里的磷持久照耀，在时间河流里以自己的方式劳作，我见我闻我写。

|序|

另一条道路

周蓬桦

记不得是哪一年回故乡，知道了故乡的土地上有个写散文的李明芳，出版了自己的散文集，在故乡的写作群落中，是一位佼佼者。

然而，当我把这本《暗纹》散文集通读过后，不觉暗暗惊诧，这个浑身散发书卷气的女子不简单：文风端庄典雅，语言诙谐、自然，真诚而不做作，思想深沉内敛，为自己的灵魂打开了一片新的天地。

从这些美丽隽永的文字中，可以看出她读书非常多，并勤于思考，甚至有几分钻"牛角尖"的固执，像索尔仁尼琴那样抵顶橡树。这也是让她站在故乡古老的土地上，打开独立思考的认知局限，突破固有的思维模式和框架，有能力去推倒惯性的旧墙，转而获得广阔通透人生的例证。

不久前的春日，曾与友人同游西海岸大珠山石门寺，出山门时，门楣上有四个大字——莫向外求，觉得这四个字用在明芳身上是合适的。

明芳善于以女性敏感细腻的笔触，去揭开、去发现日常琐细事情中蕴藏的哲理性光点。从开篇《一颗牙齿的疼痛》《隐秘的辨认》《双面地图》《把汽车开成蜗牛》到《中年的滋味》《一袭旧衣》等，叙述的都不是惊天动地的大事，然而，她却把人生常见、早已计为常态的身边物事掰碎揉开——以时间与空间为坐标系——梳理，梳理出被人们忽略的人生经验。

她说："土地是母性的，总是喜欢生长些什么"，"记忆是一家信誉良好的银行，透支之时，便在心灵的地图上留下负数。记忆像一条忠实的狗，我们曾经彼此依偎，彼此取暖。"

苏格拉底临终前说过一句话："未经省察的人生不值得度过。"成长是每个生命必须经历的事情，许多人稀里糊涂地长大，稀里糊涂地老去，粗糙到像二师兄吃人参果，迫不及待地吞下，既没有好好品味，也没有什么发现，活得还不如一棵树，至少还有年轮与许多记忆。而好奇与探求之心是追求的动力，是智慧的起始点，也是一个写作者天赋的自然侧漏。善于思考的李明芳，努力辨认成长的感觉，一些细小的悸动与冲撞，都是打开认识、体察人生、抵达思悟的钥匙。

"也不知什么时候，不知不觉间，有些东西就种在了我的身体里，只是等待一个人，等待一个合适的春天，让这种力量懵懂地冲撞一下。与其说是对一种童年时刻的忧伤告别，不如说是生命的不可抗拒。未来某个偶然的瞬间，也许就有人来敲我的门，带领我穿过花园，打开另一扇门，走进成人的世界。"（《隐秘的辨认》）

读书与思考让人觉醒，让她拥有强烈的女性意识和生命自觉。每一个人都有一条隐秘的成长路径，但她走的似乎是另一条道路，布满未知的荆棘与青涩的芬芳。李明芳清醒地知道自身的特点、社会责任、人生义务，用文字辨认忧伤与懵懂，常常从一些普通事物中体察人间万物，理清脉络。在她的眼里，一袭旧衣也是含着饱满情感的，一张地图，更是蕴含无限的信息能量。在《双面地图》中，她历数古今，连接起一个个光阴焊接点，每一个阶段都有不俗的认知——童年时拼地图游戏的情景历历在目，她体会到不同的隐喻。

"她的方法让图变成一幅单纯的图，忽略一幅地图的实质，直奔图画的结果，剥夺了我那种拼图方式的快乐。我觉得她是个魔鬼，教给我一个简单的方法，让我也有了恶魔的隐念。"（《双面地图》）

她带着忧伤的语调说："世界尽管辽阔，我们不应挥霍，此刻我为自己是人类而羞愧。""有关地图的游戏常常通往悲伤，通往强权，除了上帝，谁会看见人类隐秘而又卑微的表情。"人类的未来将走向何处？从发展的角度看，这些句子值得人们去细细揣摩。

一个写作者在成长路上获取力量的重要途径，离不开阅读。读书是她的生活常态，在书写发现之时，对经典作家伟大的思想领悟格外重要，如遇到良师益友，在行文中常常信手拈来，但没有功利性，也不是掉书袋，而是通过高手的点拨，结合自己的认识进行深入思考，返回宁静之途，生发哲思性的个体识见。这也使她的写作充满了浪漫与想象，布谷鸟的叫声可以产生多种解释，她设想不同的人会听到不同的声音，而自己最想选择"不哭"，并且让这声音唱响一生。

写作的意义与价值并非只在于证明存在，更在于与万物建立一种隐秘的关系，让生命有所附丽有所依托。

李明芳能把一个话题，从外到内，从皮肤到灵魂，从时间到空间，都做一个多维立体的阐述。她以幽默诙谐的语言，把一支粉笔的故事写得妙趣横生，从粉笔头武器到白球鞋甚至用于化妆，从彩色粉笔到篆刻到涂鸦，令人忍俊不禁的厕所文化，都是从日常生活中撷取的细节，却把校园里师生之间，围绕着粉笔发生的斗智斗勇故事，讲述了个酣畅淋漓。

在深深的静夜剖析人性，探询幽微："在丑时的深境之中，能看清自己的一张脸，藏在眼神和皱纹里的浅薄、嚣张、贪婪、堕落、残暴、怯懦、自私、懒惰、恐惧，写在每一个表情里，一把火焚烧，擦去这些罪过，让血归于肝脏，卧归于一场卑微却美好的梦境。"（《一个人的十二个时辰》）

"而故乡也渐渐面目模糊，在赶回去参加外祖母的葬礼时，平时闭着眼睛也能摸回去，那日竟然给司机指错了路。迂回了好长时间，还是打了若干电话，家里人到路口接我，才找到外祖母的家。那一天，我通过殡仪馆的大屏幕，才知道 94 岁的外祖母名字叫孟金凤。强烈的内疚让我的眼里饱含泪水，我脱离故乡的引力太久，既不是城市的孩子，也不是自然之子。在亲人最后告别的时刻，我才戴上一朵白花，而且把故乡又一次埋葬。"（《双面地图》）

——是故乡抛弃了我们，还是我们远离了故乡？在荒野上，在星空下，这是每一个写作者都要扪心自问的命题。

明芳闲暇时间喜欢种花养草，于是，这本《暗纹》也就有了优雅与芬芳，有了安静之气，如小写意的画作，春风十里，行云流水一般贴近生活，取其精神，视角以小见大，认真地去关心人类当下普遍存在的问题，虽然这个范畴太大，但她的勇气与思考，是一种了不起的态度。

我想，石门寺匾额所说"莫向外求"，绝不是要人内心干枯，无欲无求，而恰恰是需要一个人的内心特别丰盈，有丰茂广阔的原野自给自足，并且惠及其他生灵。李明芳的散文，恰恰反映出这个样子。

是为序。

周蓬桦，作家、散文家。中国作协会员，山东省作协首批签约作家。山东省作协散文委员会常务副主任，山东省散文学会副会长。出版散文集《大地谷仓》《浆果的语言》《沿着河流还乡》《风吹树响》等，长篇小说《野草莓》《远去的孔明灯》等。曾获冰心散文奖、中华铁人文学奖、山东省泰山文艺奖、丰子恺散文奖等奖励。

目　录

一颗牙齿的疼痛

1

生活的本质是相遇，与时间，与死亡，与爱情，甚至是一颗牙齿的衰老。

我不知道，一颗牙是如何在缓慢、细微的变化中，由坚硬而变得脆弱，被细菌一点点侵蚀，最终成为菌类繁殖的洞穴，而变质为一颗龋齿的。现在我只知道，在自己的口腔深处，一颗牙齿正不怀好意地潜伏，入侵我的生活。

说入侵并不为过，牙齿整齐地排列在我的口腔里，除了进食时，我几乎忽略了它们的存在。而它——一颗龋齿，竟然在新年将到的时候冒了出来，要知道，过年的代名词相当于"吃"，烹炒煎炸的美食，哪一样不需要一口好牙齿。而这颗讨厌的蛀牙，在这个时候登场，实在有些不招人喜欢。我首先想到的办法是忍，多刷几次牙，说不定过上一两天，这颗蛀牙就好了呢。可是，这颗牙让我渐渐头疼起来。半张脸变得肿胀不堪，晚上竟然也失眠了。

在医院拍了牙片，进行了近一周的消炎后，现在我终于躺在诊椅上，接受大夫的盘问。你牙疼导致头疼吗？……平时爱吃甜食吗？……一天刷几次牙？用什么漱口？……像在回答一份爱牙日的问题答卷。

大夫拿着一个袖珍工具，利用显微技术让我观看自己的牙齿现状。瞧瞧吧，有龋齿，牙质也不好，哎呀呀，看上去发灰，都不像好牙。仿佛在对我的牙齿开一个小型的批判会。

我不好意思地说，小时候生病打针吃药，那时候大夫让吃四环素消炎，我的牙齿才变成了这样。

哦，那时候都那样，不是后来才知道四环素对牙齿有副作用嘛。大夫仿佛在辩白什么。

我认真看了看大夫，想知道她的年龄，是否也服过四环素类药物。据说，20世纪70年代某一年中，服药物者牙齿伤害率高达百分之三十以上。幸好，她的牙在口罩后面，我看不见。

大夫继续对我的牙齿发表意见：看到这颗龋齿了吗？里面高低不平，先钻个小孔，取出牙神经，用药棉消炎，隔几天来换一次药，最后再在牙洞里填充材料，你这颗牙就算彻底治疗好了。这期间不要再用这颗牙吃东西，大约需要三四周吧。

在显微镜下，我第一次在微观世界里看到我的口腔，由连绵起伏的粉红色牙龈、峰峦叠嶂的龋齿内洞组成，看上去还是有点可怕。不敢想象，便是在这样的环境中，食物经过啮咬，最后到达我的胃里。

小型钻针开始在我的牙齿上摩擦，吱吱的声音很刺耳，嘴里的唾液带着血腥的味道、钙化的石头的味道，一根细细的银针在根管里探查着，那里面有牙神经、牙髓。此刻我意识到，自己的牙齿如此复杂。

多年前听马季、刘宝瑞的相声《拔牙》，走江湖的游医先是用老虎钳误拔了患者的一颗好牙，后来又用一根绳子拴在患者的牙根处，在另一头点炮药，砰的一声，患者受到惊吓一蹦，牙拽掉了。那时听了相声哈哈大笑，自然是没有亲身体会，但现在，对一个牙疼患者来说可就是火上浇油了。好在，我的牙齿只是局部存在问题，而且碰到的是一位负责的医生。

2

站在阳光弥漫的大街上，意识有些恍惚。刚才还在牙齿的世界里备受折磨，而走在大街上的我，现在看上去，很像一个好人，一个健康的人。

我边走边想，一颗牙竟然可以改变我的轨迹，如果不是这颗牙，我或许在读书，也说不定在随意逛逛商店，甚至在喝茶或咖啡。而此刻我满嘴酒精味，大街上谁也不会撬开我的嘴巴，看我的龋齿，而我看他们的眼光却已截然不同，我嫉妒羡慕那些正常的牙齿。牙齿与我的生活联系如此密切，密切到从未留心过它们，以前根本感觉不到它们。

小时候第一次掉牙时，祖母说，一定要使劲扔，把它扔到房顶上去，只有这样牙齿才会长得整齐，日子才会好。依稀记得几次掉牙，第一次扔到房顶，牙却顺着房檐滚下来，掉进了水桶里；还有一次是胳膊一甩，扔进了别人家的院子，捡回来时上面满是泥巴；最后一次，竟然一不小心把牙丢进了狗窝。祖母宽慰我，小狗看家护院，以后孙女能看好自己呢。其实牙掉进狗窝也没什么不好，能像狗一样忠诚地活着也是种境界。如今，我已人模狗样地活了好多年，粗茶淡饭日子平安。唯一守不住的是时间，我还在，祖母像菊花一样慈祥的面容却被时光带走了。有时她絮絮叨叨，洁白牙齿闪耀的光泽还会出现在我梦里。

人们常说，掉乳牙是在表达成长的喜悦，因为孩子长大时要脱落乳牙换新牙。而掉恒牙，则是相反的感受，不论一个人年纪多大，只要自感衰老，或感到亲人的衰亡，他都可能做有关掉牙、碎牙的梦。

3

牙齿也有火焰。当它停下，熄火，甚至像干枯的叶子一样碎落，不再听命于指使，一切便会归零。

齿轮在旋转，这是机器的传动系统，牙齿在磨碎食物，唾液在搅拌食物，这是人体的食物传动系统。包括猛兽，它们用锋利的牙齿撕咬食物，牙齿配合利爪征战，驯服的牙齿，横扫植物和动物世界，在切断、磨合、研碎中，咀嚼了食物。

温顺的牛习惯于反刍，它缺少上门牙，用后面的牙磨碎草类；鸡没有牙齿，吞下小沙粒在胃中研碎食物。造物主如此神奇，缺少牙齿的动物看上去任劳任怨、勤劳温驯，为人们耕田，为人类提供蛋类。这让我怀疑，离开了牙齿，一切只在原地，牛变得沉默，鸡下蛋后变得逐渐淡然，随意由人类拾取后，仍然日复一日地下蛋。

牙签鸟在鳄鱼的嘴里攫取食物碎渣，顺便替鳄鱼清洁牙齿，它们因牙齿而共生。

人的体量大小，动物世界的格局，有时候就这么简单，由牙齿来操纵。牙齿自然地镶嵌在人类、动物的口腔里，在该长出时长出，在该更换时更换，在该掉下时又自然掉下。很多时候，我们是牙齿的主人，更多的时候，牙齿是我们的主人。我们听从它们的安排。

4

博物馆陈列着早期人类的牙齿，以及一串由动物牙齿串成的项链。这些未被时光带走的牙齿，被昏黄的灯光打出了象牙色。这些逃跑的牙齿，没有变成灰烬，却变成了化石，并成为一个个谜语。

这是谁的牙齿？是来自唇亡齿寒的战国时代，还是来自咬牙切齿的王朝倾颓时？是以牙还牙的抗衡吗？还是来自皓齿蛾眉的美女，伶牙俐齿的谋士？

当我读到一首叫作《牙齿》的现代诗歌，才知道我的想象之翼太窄，借助诗的力量，我也仿佛听到了嘎吱嘎吱的声音：

去荒草冈散步
在枯黄草丛中捡到
一枚牙齿
尖尖的牙齿
在黄昏里闪着
寒光

也许是狼的牙齿
被岁月敲掉了
从此隐姓埋名

也许是祖先的牙齿
在那蛮荒的年代
我的祖先也曾毕露锋芒

也许是山的牙齿
它想把天啃一个洞
最后把自己啃得面目全非

也许是海的牙齿
咬碎了河山
咬不碎沧海桑田

我把牙齿夹在一本书里
午夜，听到书房
传出嘎吱嘎吱的声音

牙齿的质地与坚硬有关，当坚硬成为一种力量时也会侵犯善良和弱小。《悲惨世界》里的芳汀因为贫穷而出卖自己的牙齿，这种状况并非仅存在于小说中，美国学者杰弗里·施瓦茨对美国总统华盛顿的假牙做完光谱分析后发现，其牙托由铅、金构成，上半部的牙齿主要来自马或驴的上齿，下排牙齿竟主要来自他人的上牙。据历史资料可知，华盛顿不仅蓄养黑奴，而且从几个不知名的黑人那里，以13先令6便士每枚的价格购买了9枚牙齿。还有资料显示，华盛顿曾让士兵在战场上收集战亡士兵的牙齿。美国国父的癖好令人发指，倘若掠夺也能成就高贵，那么神袍也会遍布污点。

滑铁卢战役中，猎牙者竟然用老虎钳把死者的牙齿一颗颗拔下来，买卖牙齿成为那个时代最暴利的行业。

感谢上苍，我庆幸自己生在现代，可以不必像兽笼里的动物那样被屈辱地拔掉牙齿；感谢上苍，随着现代医学的发展，树脂、烤瓷材料已经能够替代贵金属、象牙、玛瑙，可以当作真正的牙齿使用，给了人们最直接的帮助。

5

看过两部与牙齿有关的电影。一部是韩国的《智齿》，另一部是国产的《爱情的牙齿》。

《智齿》中 30 岁的女补习教师仁英，看到 17 岁的学生李锡，想起了自己的初恋，随着情节的展开，发生了一个错位的故事，后来经朋友安排她又见到了初恋情人，这时候仁英的智齿开始隐隐作痛……

在《爱情的牙齿》中，钱叶红和魏迎秋的故事看上去也很纠结，在平淡的生活中，钱叶红无法与丈夫分享自己的过往，直到魏迎秋为了钱叶红敲下她"喜欢"的虎牙送到她手中，直到她为了纪念这段逝去的婚姻让牙医拔掉一颗健康的牙齿，我们才明白了牙齿的隐喻。牙齿，是身体最坚硬却又最脆弱的器官，就如同爱情。

最远的爱情和最近的牙齿，牙齿成为疼痛的意象，与脆弱的爱情同病相怜，这是文学及电影艺术中常用到的通感手法。生命之美，核心是宽谅——曾经的疼痛会发酵。

歌手何山演唱过一首歌《给蛀牙写的一首诗》，也在通感中诉说着伤痛。

爱情为蛀牙写的一首诗
很短念给你听
拔掉了还疼
一种空洞的疼
就是只是这样仿佛爱情

蛀牙在内部静悄悄地举行一场仪式，让相遇以回忆结束，仿佛从未发生。

6

古代的大诗人喜欢有感而发，从诗歌中看，不少诗人也曾为牙齿所苦。白居易写过《齿落辞》，韩愈写过《落齿》，陆游更是深为牙痛所苦，除写过《齿落》《齿痛有感》外，还有一首《龋齿》诗专门抒发自己的苦恼："人生天地间，本非金石坚，况复历岁久，蠹坏无复全。龋齿虽小疾，颇解妨食眠，昨暮作尤剧，颊辅相钩联。欲起懒衣裳，欲睡目了然，恨不弃残骸，蜕去如蛇蝉。或当学金丹，挥手凌云烟，逢师定悠悠，丹成在何年？"

读过这些诗后，我想：倘若古代也有牙医，这些大诗人该不会这么痛苦，倘若真有穿越术，真该委派专业医生给他们治疗。白居易、陆游躺在诊床上会是什么样子，我很好奇。不过古代人用"晨嚼齿木"嚼杨柳枝的办法刷牙，用含漱青盐、浓茶、酒剂的方式漱口，也是很有创意的呢。

大诗人牙疼，有时夙夜难寐写出一些好诗，很是难得。我牙疼了这么久也没能成为诗人，想想真有点可惜。

　　我又一次躺在诊椅上，大夫动作娴熟地在我牙齿上操作，在这袖珍的田地上，她擦拭、打磨、填平、按压、固定，一边劳作，一边唠叨。过程缓慢而又带有一定的难度，对我的耐心是一种严峻的考验。

　　旁边一个孩子在号啕大哭，"我不要拔牙，我不要拔牙——"那个可怜的男孩，新牙已在牙床上冒了出来，那颗旧的还迟迟不掉，再不拔掉就歪了。他母亲的好言相劝以及"威逼利诱"，始终没能奏效，给他治疗的大夫满身是汗，按不住他。

　　几个年轻的实习医生在哄他，"一会儿拔完牙就能去吃冰激凌、吃糖了，要是不拔，你的牙就成了狗牙，弯弯曲曲的，小朋友都不跟你玩了，长大后怎么找媳妇啊？"

　　"我不要媳妇，我不打针，不吃糖，也不拔牙——"

　　大家都笑起来，孩子哭得更厉害了。他的母亲似乎不太忍心，跟大夫商量能不能明天再来。其实大家都知道，明天再来，也还是会哭闹一场。

　　在孩子的哭闹声中，终于，我的这颗龋齿修复了。

　　我在诊椅上坐起来，头似乎有些眩晕，嘴里也有一种与原来牙齿不一样的味道。

　　大夫嘱咐说："明天再用这颗牙吧，最好少咬硬东西，少吃甜食。"

　　我点头。

　　卡莱尔说过，未哭过长夜者，不足以语人生。其实，没有牙疼过，也不可语成长。

　　还好，因为一颗牙齿，我已疼痛过。

隐秘的辨认

梦：透明的颜色

凌晨，我有时会在睡梦中醒来。迷蒙之间，一些散碎的意识会和空气中的气味掺杂在一起，于是眼睛似睁非睁，梦境和现实的场景互相融合，渐渐进入我的身体和脑海，那仿佛是最隐秘、最不易到达的某个地方，一些古老而又毫无关联的事物，在记忆中形成映像——它们开始自动播放。

我听见自己在梦中自言自语："这不是我曾经到过的一个地方吗？"继而又对梦境产生了怀疑，"不对，好像我没有去过这儿。"直至梦境又变换了一幅画面，出现一个似曾相识却又模糊的面孔，我看不清他的眼睛，也看不清他的脸，他似乎没有五官，迅速地从原野上走来，衣衫模糊，步履轻盈，如同在草上飞。梦中居然出现了我颤抖的画外音："他是谁？他是死神吗？"然后我告诉自己，死神走路居然是没有声音的。

当梦还在延续的时候，早晨的第一缕阳光已经到来了，我被周围的声音唤醒，那可能是楼上冲刷马桶的声音，也可能是远方一串迎接新娘的鞭炮声，抑或窗外偶尔的一两声鸟鸣。随后，梦在猜疑或者另一个喜剧的画面中收场。黑夜不知不觉遁去，时间滑向新的一天，沿着一条固有的曲线滑行。

有时候，我并不觉得时间与我有什么关联，梦境如同舞台上的绒布，时而拉开，时而合上，我发现梦像空气一样没有颜色，只有抽象的形状与线条，以及模糊地拼凑出的背景。这些背景染上了时光的色彩，也许在记忆中的某个地方，存放着许多画面，不经意中某一天，它们忽然跳出来，一下子出现在梦中。

比如我曾在南方见过成片的夹竹桃，一丛丛长成密林，远看一抹粉红在头顶灿然，而白色的夹竹桃林则素面粉颜，在火车窗口只看到一片片白云流淌，浓密之处，风过时便腾起阵阵烟雾。倏然是白云，倏然是粉红色的云，一丛丛在窗外掠过，让人惊叹其异样的美。然而在这个凌晨，它们变作我梦境中的一个背景，消失了颜色，竟然变成了透明的丛林，我透过这片透明的丛林，又看到另一幅匪夷所思的透明的画面。睡眠就像一位出色的剪辑师，出色地嫁接剪辑了时间的影像。

梦好像是一条隧道，通向一个奇怪的地方。

泥：褐红色

有一段时光，我借住在一座村庄里。村庄距离县城不远，有三里地。村庄被田野包围着，只有一两条小路通往外面的世界。

那时的田野真美，空旷得没有边际。春天，方方正正的麦田一垄一垄的，似乎天底下再也找不到那么绿的麦子了，路边的小水沟流淌着清澈透明的水，水底有顺水摇摆的野草和淡黄色的野花，让人真想唱上一两嗓子。秋天，每到庄稼长成的时候，看不到一个人影。风一吹，玉米叶子会窸窸窣窣地响，随便一片云彩在天上飘过，地上的庄稼地里就会起一阵风，好像云彩在跟玉米、大豆窃窃私语。

走在这样的路上，会让人觉得神清气爽。不由得昂起头来，看看天上的云，看看飞在田野上空的鸟。远处的树上还会飞起一群灰色的野鸽子，呼啦啦在一处惊起，又在树枝上落下。抬头望着望着，忽然脚下会有一只野兔，倏地从路的一边蹿到另一边去了，吓人一跳。

偶尔也会有一个女人跟着一个男人走向庄稼地深处，随即在田野里有了一片匍匐倒地的庄稼，有了一场野性的爱情。人们总在眼神里暧昧地传递着这样的讯息，司空见惯而又津津有味地补充着细枝末节。谁和谁在地里睡了，大着肚子举行了婚礼，村里人快乐地互相打趣，数一数，村中不少人家的孩子都是在地母那儿抱来的。土地是母性的，总是喜欢生长些什么。

西班牙作家维森特·加奥斯说，那么多的阴影，那么多的创伤，那么多的生命。也许这句子就是在说大地。每当穿越那一片片庄稼地时，我恍然觉得是在穿越大地的子宫。而这子宫里也有愁肠百转，一条羊肠小路弯弯曲曲，总是弯出些阴影。土地如此肥沃和黏稠，雨季来临时，小路泥泞不堪，每走一步都是一脚褐红色的泥，不过短短三里路，却拿出要让人走上一个世纪的架势。

等到大雨降临时，气味从大地深处升起，仿佛被谁的手搅拌，水和泥土混合起来，闪电在幽暗的田野上空划出亮痕，把玉米叶的轮廓照得那样诡异和狰狞。回家路上通常天色越来越暗，雨还是那么没心没肺地下着，大地越来越黏，脚上，身上，到处是泥。雨衣也失去了作用，雨水顺着衣服四处淌，冷，四肢发冷，心脏发冷。雨打在玉米叶上，轰然作响，四处是黑影，而一个人无处可逃，被泥包围，陷在一处天苍苍野茫茫的地方。我忍不住大声呼救，而四野无人，村庄在远方。我使劲踩倒几株玉米，蹭掉大块的泥，挣扎着一点点挪行。当雨水和大地用不可抗拒的力量纠缠，人，渺小到微不足道，随时会被淹没，会被淤泥窒息。走在这时的田野上，如同走进一片令人绝望的沼泽。

那年村庄里有个人突然发病，家人在雨夜里去请大夫，当大夫在泥泞中跋涉赶到时，患者已经闭上了眼睛。出殡的那一天，人们掘开厚厚的土层，把棺木埋在大地深处，我听见回响在田野上空久久的哀号声。

不久，我离开那座村庄，那儿最终有了一条像样的路。

多年以后，和一位朋友聊天，他谈起自己村里的沙土地，自豪地说："我们村以前都不用水刷碗，直接在屋后抓一把沙土，在碗里一抿，比水刷得都干净。村里果树结的果子那个甜呀，下了雨，再大的水都直接渗进沙土里，踩上去，别提多舒服了！"

我愣了一会儿，眼前浮现出一大片长满庄稼的褐红色的土地，喃喃地说："泥土，泥土……"

机械厂：杂色

父亲上班的工厂里，机器轰鸣，到处有一种机油或者铁器生锈的味道。

我提着暖水瓶拿着水票去打开水，通常是在黄昏时分，路两旁种了那么多夜来香，一侧开满了黄色的花，另一侧开满了紫红色的花，而且有的花蕾开过后已经结出了黑色的种子。我把种子采撷下来，并准备在来年春天把它们混种在一起，看能不能种出一株既开黄色花又开紫红色花的夜来香。夜来香浓郁的香气没能遮挡住工厂刺鼻的铁屑味，更遮挡不住那些刺耳的声响。

这座工厂，生产曲轴、钢珠，似乎还有机器零部件等别的东西。我有时从父亲的办公室里看见各种不同尺寸的图纸，他用特定的方法把图纸一晒，图纸就会变蓝，上面有用游标卡尺刻度标明的各种机器部件的尺寸。对这些，我并不感兴趣。

工厂很大，有一段时间，我们几个年龄相当的孩子，喜欢在里面闲逛，除了机器隆隆的若干个车间之外，还有一片庞大的被废弃的残垣断壁——那是一座夭折了的建筑。据说，是某届领导临走时来不及盖完的"杰作"，当时准备修建一个大型的工业项目，投资了近百万，因资金搁浅而下马。时间一长，这片废墟中长出了杂木，成了我们自由的所在。

这座被废弃的建筑，有着高达十几米的骨骼，看上去有点像烧毁后的圆明园，地基已经打好，主体已经垒了一米多高，破败时日既久，旧砖扔得到处都是。在那些主体的支架上爬满了各种藤类植物，四周各种草木杂生出来，荆棘、枸杞、刺枣、牵牛花、桑树、榆树、柳树……甚至还有一两棵向日葵，这一定是哪个孩子不小心从口袋里漏下一两粒瓜子，第二年发了芽，长成金黄色，诱使我们不断地再次深入这片废墟。

里面有面积广阔的一大片杂木林，几枚野果、几朵狗尿苔，还有一些野鸟在草丛里做的窝，再就是三两只神出鬼没的刺猬，间或有一只跟我们没完没了捉迷藏的黄鼠狼，用一个跳跃的动作吸引我们，然后消失得无影无踪，纵使我们跑得气喘吁吁，却怎么也追不到。男孩子们朝它开过水枪，也点过火吓唬它，还挖过几处浅浅的陷阱，最后被证明都是自以为极其聪明却极其失败的方法。

距这片杂木林不远处，那些车间的后面长着几排粗壮的核桃树，每棵树都有一抱多粗，最粗的一棵，两个成人手拉手都搂不过来。核桃树不爱长虫，而且青涩的核桃不经掩埋或沤烂表皮，是没法吃的，不少孩子早就尝试过了，以至于后来极少有人敢摘下青核桃咬一口，生恐被毒到。青核桃皮的汁液含有一种叫单宁的碱性物质，会让皮肤、衣服变黑，很难洗去。所以我们对核桃树敬而远之，甚至很少有人攀爬，因为那树已长得太高，高到有些不易亲近。

"森林可以与城市一样空旷，一样秩序井然。它可以与城市一样，成为一片令人放心、踏实的沙漠。"法国建筑学家保罗·安德鲁曾这样描写一片森林。不错，机械厂的这片核桃林在我们眼中被忽视，仿佛一片沙漠，里面没有鸟窝，也绝少蝉声，如同静寂的沙漠。而那片废墟里的杂木林，长着不少高低不同的灌木，杂草丛生，那才是我们眼中真正的森林。

我们在林中吵闹、玩游戏、扔石子打赌、爬断墙……直到玩倦了，才会静悄悄地绕过父母的办公室或车间，再蹑手蹑脚地从传达室门口溜走。老大爷正在打盹，他的老花镜已经滑到鼻尖上，摇摇欲坠，我们忍不住偷笑。当溜出老大爷的视线，出了工厂大门，朝家属区跑的时候，我们常常嗷的一声大叫起来，边说边笑，庆幸又一次碰巧遇到爱发脾气的老大爷在打盹。

情书：蓝色

灯下，我随手翻看着几本情书，很有意思。

第一本是寒冷之书——鲁迅先生与许广平的《两地书》。情感是附生的部分，一个孤独的战士必得有另一个人懂他，因为世界的寒冷，两个人才抱在一起取暖。

第二本书是恐惧之书——《卡夫卡致密伦娜情书》。因为对爱的恐慌，在强大父亲的精神压迫下，一个徘徊着的男人面对一个温润的女人、一个有了丈夫的女作家，满怀渴望和失望。卡夫卡不断地跟密伦娜通信，不断地探讨两人情感的可能性，最后无果而终。

　　第三本书是趣味之书——青铜骑士王小波写给李银河的《诗人之爱》。"当我跨过沉沦的一切/向着永恒开战的时候/你是我的军旗"，"我觉得爱情里有无限多的喜悦，它使人在生命的道路上步伐坚定"。"我要活化生活，真的，活化它。"一个男人在一个女人身上感受到世界的美好，世界向他敞开了。然而恰是这最有活力的爱情，因为男主角的早逝，让爱产生了极度的反差。

　　爱情属于内心的建筑，建造一个诗意的空间，爱会在文字里保存下来。忽然想到了多年前的一件趣事。若干年前，一个女孩每周写一封情书，寄给远方的一个男孩，信封是当时流行的航空信封，四周有红蓝相间的条纹。她很少接到回信，但她不断地写，一个人自言自语，聊自己的生活，聊看到的趣事，聊读到的书，聊天气的变化。那似乎不是爱情，也许青春期的她需要有一个模糊的倾诉对象，假借爱情之名写信。那些信据说在那所学校被传来传去，当作一个有意思的话题。男孩的室友们争相到传达室等信，常常是其他人传看完了，信才到达男孩手上。他们偶尔集体合谋创作出一封文采斐然的信回复给她，但更多的时候，是沉默。

　　很久很久后的一天，男孩忽然找到那个女孩，怀揣着三十八封带着体温的信，退给她。男孩说，每一封信都被别人偷看过了，不要再写了，你的信我们宿舍里的人都能当范文背了，你用一颗子弹就击中了一大片，你将来应该嫁给一个诗人，他会写出世界上最好的诗给你，而不是写不出一个优美句子的我。

情书竟然成为一种障碍和精神隔离，她一气之下烧了那些信。隔着若干年的时光，她遍寻记忆搜索，是否认识过一个那样的男孩？他在哪里？

她常常怀念起那个男孩的坦率和那些蓝色的情书。如果那些信还在，在那些碎花图案的信纸上她写过哪些有趣的东西呢？

真是奇怪，里面的句子她一个也想不起来了。

现在，我开始怀疑，是不是有人写过那些蓝色的情书。

肌体：紫色

性的觉醒是在一个春天到来的，我洗完头发，湿漉漉的，没来得及擦干，就出门去。看见梧桐树正开放着一嘟噜一嘟噜的紫花，忽然，觉得全身都被花儿吸引，那隐隐的芳香仿佛上了头。兀自感觉这是一个美好的日子，美好到让人叹息，也无聊到让人忧伤。

我并不知道，肉体会在某个特定的时刻猛醒，也会像大海一样带着缓慢而不可抗拒的力量升潮，那个时刻，我觉得自己就像一朵紫色的梧桐花，静悄悄地无知地迎来自己的花期。我必须承认，我的想象力正在展开，我不断地揣测着，内心极力掩藏着惴惴不安。

邻家姐姐的婚礼已经在大红绸子被面缝制的过程中筹备，人们喜笑颜开，不断开着玩笑，我在旁边望着，人们用手抚摸着如水般光滑的婚被，互相打趣，瞧，龙生龙凤生凤，盼着一对龙凤胎呢。人们说着说着就拐起了弯，朝向了我，明年你也盖得上这样的花被呢。我嘴一撇，犟嘴道："我才不会呢。"一帮人哈哈笑起来："别犟了，脸都红了，等不及了吧。"

　　我转身跑出来，坐在梧桐树下的石凳上，听着人们的嬉笑。我意识到，在时间之流里，在某种富有推力的作用下，有些变化已经发生了，甚至这种震荡即将波及我以后的生活。也不知什么时候，不知不觉间，有些东西就种在了我的身体里，只是等待一个人，等待一个合适的春天，让这种力量懵懂地冲撞一下。与其说是对一种童年时刻的忧伤告别，不如说是生命的不可抗拒。未来某个偶然的瞬间，也许就有人来敲我的门，带领我穿过花园，打开另一扇门，走进成人的世界。

　　我突然忧伤到想要流泪，在这个即将与模糊的时段告别的时候，我做紫色的梦，并独自缓解内心的焦虑。黑夜里的时间，像虚无的大海，独自听见一个孩子走向另一个边际的哭泣。

声音：黑色

　　我常常怀念一些声音，那些黑暗的萦绕着我的声音。类似一些流水的声音，哗哗——一往无前。我奇怪这些声音为什么会保存下来，禁不住在某个时刻跳出来，有时是在深夜里，有时是在嘈杂的马路上，有时是在菜市场购物的时候，有时是在我骑着自行车在大街上左转右突的时候。对生活而言，有许多人是注定杳无音信的，他们总在不能抵达的远方——比如死亡之城，而声音却奇怪地辗转流传下来。

　　我戴上耳机，聆听一些已故作家的访谈，那声音听起来像是穿过了几千年的沧桑，颤抖而沙哑，里面也有些并不常出现的笑声，那笑声听起来却有些干瘪。我不知道这些声音是谁保存下来的，又为什么会成为公众视野之外的声音，逐渐被遗忘和淹没。

有　无

这些声音如此沉重，带着涩涩的味道。

岁月之水无声无息地流着，它的表面只有几片随风落下的树叶，而水下面的漩涡，却不动声色地潜涌着，我们可以遗忘世界，在我们想要遗忘的时候。在更多情况下，河流很容易弯曲，很容易就朝着另一个方向奔涌，很容易成为某种合奏。可是那些山间小溪静静的流淌，那些大浪拍岸的狂吼，那些两条河流交汇时的窃窃私语，那些孤独的林间清泉，在哪里？我听见过的那些喊叫，那些平静的声音，那些呻吟，都躲藏在哪里？

我试图在声音里听见词语，听见含糊不清的声音里隐藏着的那些被遮蔽的意思。词语的强度逐渐减弱，我听见了重复，我听见了微弱而固执的复沓连环。声音的构成不仅有声线的高低，音调的起伏，语速的快慢，语音辨识度的区分，还有词语的意义，思想的负载，情绪的饱满与低落。所以才成为暗夜里的磁，吸引着我潜伏其中。

声音是危险的，在一切终结之后，被一次次截肢后，它还活着。

房子：白色

透过窗子，我望向外面的建筑，数一数，已经是第八层了，还在往上长。楼顶的脚手架上，一个建筑工人，踩在两根横杆上，摇摇晃晃地去接一根钢管，从高高的起重机上取下钢管，举着钢管像走钢丝一样在脚手架上转身。身影看上去有点倾斜，我的心绷得紧紧的，紧张出一身汗来，他并不知道，在远处有人在无意中看到了刚才惊险的一幕。北风呼呼地吹着，脚手架上的人，头发被吹得如同一朵开败的黑菊花，他的棉袄看起来也有些破旧。当他到达预定的地方搁下那根钢管的时候，似乎有些小小的得意，他把头昂起来，远远地冲塔吊上的人挥着手。

房子，在这所新建的房子的下面，埋葬着昔日小城最大的一座建筑——电影院，取代它的是一座地标式的，集娱乐、购物、休闲、高档住宅于一体的大型综合建筑。建筑工人正在争分夺秒，这座建筑每天都在长高。有人说，我们中国几乎每天都在建设一个小型的国家，每天都在创造神话，这并非妄言。

没有人再去翻古老的日历，那上面写着"今日不宜动土"的箴言。中国传统观念里自足自乐、守护平衡的理念，其实里面包含妥帖韵致的生存智慧，人总得平静地活着，与自然既相持又相守，不过度破坏环境，减少垃圾和建筑材料损耗。而现在，目之所及，到处有一个大大的红字——拆。

这样想着，我一抬头，又看见那个建筑工人在脚手架上的影子，他像一个纸人，被风吹扁了的纸人，在脚手架上挪移着。他的脚下，是一座白色的建筑，也许在他忙碌大半年之后，却不会在这座房子里拥有属于自己哪怕一平方米的空间。

我收回视线，在我想象中，最美的房子不应该太高，似乎自然界里最高的地方应该留给天空和星星，让房子匍匐着，在地面上小小地制造一点坡度，让大地有一个优美的起伏的弧线，房子安然地躺在大地的怀抱里，是最美的状态吧。说到底，我们并不了解我们需要一间怎样的房子，甚至不知道该建筑出怎样的形状，能和星空、太阳呼应，能让人在房子里安然度过一生。

双面地图

> 真正的道路在一根绳索上，它不是绷紧在高处，而是贴近地面的。它与其说是供人行走的，毋宁说是用来绊人的。
>
> ——卡夫卡

1

打开谷歌电子地图，鼠标轻轻一点，便能轻松找到自己所在的建筑，只不过米般大小的一块地方，放大后也只如指甲盖大。但也约略看清了房顶的轮廓。这让我很是吃惊，现代人真是不得了，已经告别了原始手绘以及测绘地图的时代，走向快捷方便的电子地图时代，地球上的一切都在掌控之中了。

最早的地图据说是史前时代刻绘在陶片上的古巴比伦地图，上面描画了巴比伦城概况和周围的环境。古巴比伦人简直聪明绝顶，最先想到用符号、线段、曲线来表示疆域和河流。我疑心，地图是野心家的发明，世界上第一个想出这个主意的人，有可能是一个懒惰的人，记性不大好，出门懒得记路，但又很喜欢旅行，才有了这个创意。要么是个部落首领，不满自己狭窄的领地的局促，进而想到要去探索更为广阔的世界，占领更多的城池。不管出于什么原因发明了地图，地图最实际的应用价值体现在战争中，这是一个不争的事实。

古代地图在其创造之初，带有原始人类的贪婪属性，意味着掠夺和占领。原始人类抢夺河流、土地等资源，以便耕种渔猎，繁衍种族，因此，一张小小的地图负载着征伐扩张的巨大野心。如同大自然中的野生动物，把尿液排放在森林四周，以气味来圈定占山为王的领域，以尿液为限，此地归属划定，警告其他族类勿做非分之想。当野心家们把地图绘在羊皮卷上，绘在竹简上，绘在丝绢上，绘在沙盘上，绘在纸上，乃至绘在电子软件里，人类就开始了不断地重复征服与被征服的游戏。古代地图基本的绘制语言是强盗式的，把道路、河流、军事要塞放在最突出的位置，因为这是攻伐与占领的必经通道，城市也好，村庄也罢，攻城略地是首要目标，至于其他，则是次要的。

早期航海家的航海地图，与陆地的军事地图相比，可能要粗疏许多，哥伦布发现新大陆，麦哲伦航行周游世界，足见五百多年前航海家的航海图未必精确，还需要实际的航行去印证地球是圆的。那时人类不仅缺乏一张精确的世界地图，而且还缺少一架精准的地球仪。

比较起来，现代地图就精确多了，比例尺的发明已让人们学会按实地距离缩减比例，这样一来，就没有什么不能缩放的了。人类的野心也因此而更见膨胀，你想啊，整个地球在地图上不过弹丸之地，在电子地图尚未发明的时候，人类就已经豪迈到"乌蒙磅礴走泥丸"了，如今，地球变得更小，人类玩弄泥丸的能力愈见加强。所以迪拜人在自己的弹丸之地填海造城，英国人20

世纪在英吉利海峡大修海底隧道，中国人把自己的国家变成了世界工厂，在人类集体的傲慢下，南极的气候正在变暖，冰川也正日渐消融。我很怕地球会在人类好奇心的驱使下，慢慢变成无法组合的碎片，这是最让人担心的了。

如果以我这样悲观的判断，去衡量现代地图之功用，则未免有些狭窄，如同衣服的发明，本是为遮羞蔽体，最终竟脱离了本来面目，而直奔美和装饰的副主题而去。或者地图也是如此，从军事目的出发，而渐渐变成人类商业流通、旅行便利、勘探资源的工具。地图的概念也随之宽泛，进而有了地理图、政区图、交通图、旅游图、工程图等，应用也更加广泛。

2

小时候，我有一块拼图游戏板，把一块块碎片按照一定的方法拼接起来，就是一幅完整的世界地图。第一次拼图时，我清楚地记得是坐在一张凉席上，带着好奇，对照着图示，一点点拼接，内心充满了快乐的期待，我感到心脏似乎就要脱离我的胸膛跳出，我正被一种不可控制的幸福感引领，在我手中，就要诞生一幅地图，而且会和图示上一模一样，模仿和创造的愉悦飘然而至。

花费了大半个上午的时间，我终于拼出了一幅完整的地图，立刻觉得心花怒放。环视四周，除了我家的花猫在打呼噜，我找不到一个观众。忽然，我想起我要干什么了，我决定要让另一个女孩知道，我做成了一件特别了不起、特别伟大的事。于是，我跑到隔壁邻居家里，拉起一个比我还小的女孩，带着她拼命地跑回来，指着地上的图片，像个下了蛋的母鸡一样骄傲地说："看——我有一张自己拼成的地图。"出乎我的预料，地上一片凌乱，家中睡醒了的花猫正在把地图的碎片当成练爪子的玩具。我傻了眼，女孩笑得一塌糊涂，我拿起一根棍子，朝着花猫狠狠地扔去，它尖叫一声逃走了。

女孩决定和我一起玩这个游戏，显然，她比我对拼图更有兴趣，并且不需要看图片上的国家名称，也许是因为她认识的字比我还少。她只看颜色和接口，哪一个颜色和哪一个颜色相邻，哪一个卡口和哪一个卡口吻合，她就把它们拼在一起。不过半小时的时间，一幅地图就拼成了。轮到我尖叫了，我像刚才自己讨厌的那只猫，用手把拼图搅成凌乱的一片。

女孩不知道发生了什么，也尖叫起来，两家的大人走过来干涉："都不许玩了，明天再玩。"算是让我们达成一个小小的和解。女孩被领走了。

之后，我学会了用那个女孩使用的简单方法玩拼图，比我自己原来的方法要快得多，因为没有寻找国家名称的负累，只作为一幅普通的图画去拼，所以简单省时。我很快熟悉了这种方法，拼了几次之后，花五分钟时间就能把一幅地图拼完整。不过，再没有喜悦，那种找到一个地名与另一个地名相邻的喜悦。她的方法让图变成一幅单纯的图，忽略一幅地图的实质，直奔图画的结果，剥夺了我那种拼图方式的快乐。我觉得她是个魔鬼，教给我一个简单的方法，让我也有了恶魔的隐念。

若干年后，我上一年级的女儿和邻居家的孩子，在一起玩赫赫有名的大富翁的游戏。女儿掷了骰子，兴奋地说，1，2，3，4，5，退五步。然后她在大富翁游戏地图上查数，叫道，哦，美国，我在这儿买房产，她数出游戏币，买进房产。邻居家的男孩掷骰子运气不佳，前进了两步，来到墨西哥，一无所获，一脸郁闷。最后也没留住运气，收取的土地租金陆续移交，结算时最终破产了。游戏重新开始，这次，轮到男孩赢了，女儿变得穷困万分。

我在旁边看着孩子们欢呼和沮丧，也看着他们手中的人物棋子在房产地图上蹦来跳去，世界渐渐在他们心中成为一个可以购买的地理空间。这些含有地理因子的游戏，是孩子们的启蒙课程，也是他们将来进入成人世界的游戏预演。

与我童年的游戏相比，有谁能忽略时间的戏剧因素呢，时间改造了地图，把世界与资产拼贴起来，这大约是事物隐秘的核心。谁拥有财富，谁就是欢笑者，如同原始人类，谁拥有水源和广袤的田地，谁就是酋长和首领。有关地图的游戏常常通往悲伤，通往强权，除了上帝，谁会看见人类隐秘而又卑微的表情。

3

我一直有一个错觉，看到地图，眼前常常出现人们形形色色的脚，有的穿着旅游鞋，有的穿着皮鞋，有的穿着布鞋，有的穿着草鞋，甚至还有人穿着古代的木屐和绣花鞋，不同的人走过去了，又有一些人继续行走于旅途。古代人所走的蜀道，逼仄难行，而现代人只不过将之拓宽，或另铺一条道路，同样还是在走蜀道，蜀道的终点依然是一座座城市。无论是看历史地图，还是现代的地图，同样都是在一个区域与另一个区域周围，密布蛛网一样的丝络，以无数个蜘蛛巢点聚集，以无数的网丝游走，呈现交互复杂的人类王国的缩微景观。

还有的时候，我会把地球看作一个人，他身上红色、青色的血管密布，斑纹横生，皮肤的颜色也深浅不一，简直是一个另类的蜘蛛侠。这些血管恰是人类必经的循环之路，甚至是人类社会向前发展的动脉。

事实上，地图上的每个名称都有实际对应的地理空间，每种颜色，都有对应的意义。带上一张地图，就可以周游世界。如果不想出门，打开地图，浏览一番，便可心游神驰，既可以回顾以往的旅程，也可以想象未曾涉足的领域。能够一步一步登上珠穆朗玛峰的人太少了，但这并不妨碍我们在图上用眼睛攀登，用比例尺勘测；而真正潜入大西洋底的人也寥寥无几，同样的道理，面对那一片蔚蓝的海域，也不妨假想穿上潜水服，在海底和蝴蝶鱼一起游泳，在珊瑚丛中和爱喷墨汁的八爪鱼捉迷藏。沿着赤道每天转几圈，也是非常简单的事，南极也可一日三游，北回归线也可穿梭数次。其开阔和包容，又有什么可比？可是，这样的敞开与放松，又何尝不包含诱惑的元素？

有多少人踏上漫漫旅程，不过是为了地图上一个魂牵梦绕的地方，或者去远方实现到此一游的梦想。如今，旅行社的兴起，正在把对照地图景点的实地旅行变成世界同欢的游乐场。

作家韩少功曾说，过去的地图只能描述一个刻板和同质的三维世界，而现代的四维地理学正在呼之欲出。当喷气式飞机和磁悬浮列车出现以后，人们对距离的衡量已出现了"时间性空间"。的确，当一个人坐飞机从北京到美国旧金山，全程飞行9000多公里，用不了12个小时，而如果这个人想从北京去几百里外一个山区的地质考察点，路况很糟，某些山路需要步行通过，当他千辛万苦抵达目的地的时候，时间已过去一天零一夜。如果依照地理学的定义，旧金山的距离是该地的若干倍，如果按照时间距离，旧金山则要近得多。这样看来，一个人的实际生活空间，则由乘坐的交通工具和他所能选择的最近区域所决定。于是，按交通便捷程度而划分的地理区域，使地图正在失去距离的参照系。

有时最近的距离，恰恰是最难到达的，而最远的距离，又恰恰是最近的。

4

那一年，我 17 岁，跟随叔叔到扬州去。叔叔最初几日带我去转了一些景区，然后便忙于商务应酬。白日里，我一个人待在一个电影院招待所的房间里，百无聊赖。我讨厌那几部无聊的电影，也讨厌那个旅馆里长着一双金鱼眼的男经理，便常常躺在床上闲翻一张扬州地图，看得次数多了，便想不如自己出去逛逛。

我拿着一张扬州地图出门了，漫无目的地在扬州的大街小巷乱转，那些窄窄的胡同，用青石板铺就，许多民居是用石头砌成的，在我眼中具有南方独特的情调。那时候，我的贫乏和我的年龄同步，除了"故人西辞黄鹤楼，烟花三月下扬州"还耳熟能详，其他便一无所知。既不知道扬州瘦马的忧伤，嘉定三屠的惨烈，也还未读到"二十四桥明月夜，玉人何处教吹箫"的清寂，鉴真东渡的慈悲与广济，更不用提扬州张若虚的孤篇盖盛唐，清代扬州八怪的惊世骇俗。可能因为无知，便也无畏，于是并不寻什么具体景点，只是随意闲逛，除了瘦西湖给我留下了小家碧玉的印象，其余便一门心思用在吃上，扬州的各类小点心，还有薄如蝉翼的云吞，让我念念不忘。

我有时随便坐上一路公交车，找个座位坐下，看窗外的风景，公交车在扬州市区转来转去，有人上车，有人下车，直到终点，我再坐回来。然后再换另一路车，坐上去，直到终点，再坐回来。如是几日，许多景物和建筑物如同相识，扬州的大街竟也熟悉了。这熟悉让我放松了警戒，一次，倒了几次公交车，去看一座园子，不知道为什么，那日偏偏就迷了路，我好像转了向。我拿着地图，逢人便问回去的路，语言不是很通，我用普通话问路，得到的是用扬州方言的热心回答，由于对方语速太快，我听不懂，也听不清楚，通过手势大体能知道方向所指。于是，对照地图又坐了几次车倒回来。下了车一看，好熟悉，正是我曾路过的地方。

这时已是黄昏，路灯次第亮了起来，我展开地图再看，电影院招待所正在我所站立的这条街道上，可是我实地找来找去，就是找不到。此刻，我有些着急，反复看地图，并一次次核对路边的道路标示，确定是这条街无疑。最后，在一位热心老人的帮助下，我终于回到了招待所。

第二天，我又一次站在昨晚迷路的那个站牌下。这时才发现，我离旅馆仅有 300 米，只是应该向左转，而不是向右转。

向左转或向右转，只能有一个方向抵达目的地。只是在不知道向左转还是向右转之前，总会一会儿向左，一会儿向右。

5

一个人如果不把他的脚步踏上地图所指的某一个具体地点，那么地图有时只是一个名词。对于一个缺少想象力的人来说，没有空气和风，听不到河水流淌的声音，看不见层峦叠嶂的峡谷，看不到车水马龙的大街，地图便是冷冰冰的缺乏温度的一张纸。可是谁又能回避呢？其实每个人身后都有一张具体的地图，你出生的那个街道、那个村庄，你的故乡，你现在所在的城市或小镇，你日常所经过的道路，你经历过的生活图景，都是确认你的地图。

有时候一个人终其一生走不出自己出生的那个村庄，一生就在一个村子里，日出而作，日落而息。一个乡村年迈的老妪，说起距离村庄不过几十里的县城，语气像在谈论一个极其遥远的地方，而说起儿子打工的地方——南方的一个城市，就像在谈论自己的邻居。在她的情感地图上，千里之外的儿子是世界的全部，近在咫尺的县城没有一个熟悉的人，却像是一片沙漠。韩少功说，你可以在任何一个地方停下来，踩一脚，说这里就是地球的中心。没错，地球上的地方太多了，能够真正属于一个人的，就是他生长的那个巴掌大的地方。不，甚至比巴掌还要小。

作家福克纳最谦虚的一句话就是说他一生都在写一个邮票大的地方——杰弗逊小镇，"我发现我那邮票般大小的家乡很值得写一写，我就是用尽一生的精力也无法把它写完，只有把现实升华为神话，我才能把我可能拥有的才华发挥到极限。它向我打开了一座埋藏着丰富人性的金矿，我用它创造一个属于我自己的宇宙。"扎根于那个邮票一样大小的袖珍世界，福克纳竟然创造出了一个宇宙，可是谁又敢小瞧这邮票中的"宇宙"？杰弗逊小镇之于福克纳，就像伊斯坦布尔之于帕慕克，布拉格之于卡夫卡。

卡夫卡写道："我最理想的生活方式是带着纸笔和一盏灯待在一个宽敞的、闭门杜户的地窖最里面的一间里。饭由人送来，放在离我这间最远的、地窖的第一道门后。穿着睡衣，穿过地窖所有的房间去取饭将是我唯一的散步。然后我又回到我的桌旁，深思着细嚼慢咽，紧接着又马上开始写作。那样我将写出什么样的作品啊！我将会从怎样的深处把它挖掘出来啊！"即便他生存的空间已经不太大，卡夫卡仍然想要让这个空间缩到更小，退隐到一个更为偏僻的角落里，或者说回到自己的内心，而内心才是他真正落脚的地方。

从卡夫卡这里，你可以感觉到无穷大其实就在无穷小里面，或者换一种说法，我们可以在一只蜗牛上，看见光，看见世界的全部。在这个世界上，最动人的部分，往往是私人细节的情感地图。给一个人狭小的生命空间，让这局促之地开出花朵来，的确像是上苍的心血来潮。不过，在这出戏剧里，反倒有了尽情享用生命的喜剧性的暗示。

6

这个夏日，在读简媜。先是一本《微晕的树林》，接着是《女儿红》。后一本书有一篇自序《红色的疼痛》，内容涉及"暗红、砖头红、火鹤红"，一刹那忽然让人想到女人一生中的几个阶段。

我不知道在女人的成长历程中会有多少疼痛，会有多少难忘的印迹。多年前读《山口百惠自传》，看到初潮来临时，日本的母亲会为女儿做红米饭，以示庆贺。初潮的来临意味着生命有了另一种可能性，月信总是通往隐秘的地方，通往生命和生殖。有的时候还意味着疼痛和折磨，我认识的一个女孩，每月的痛经常常让她大汗淋漓，躺在床上打滚。止痛片竟然无法止住她的疼痛，她抱着暖水袋，蜷缩在女生寝室的床上，就像一只瑟瑟发抖的小动物，别人却无法拯救她。

耀眼的红从每个女性初潮来临，直至消逝，无可选择，无可排斥。我曾经分娩，知道女性临产时的痛楚，恨不能杀死上帝，或者让自己消亡。也曾见到年迈的邻居阿姨，在人到花甲之时，摘取体内伴随大半生的节育环，铜环和肉紧紧咬合在一起，血肉模糊，摘也摘不下来，最后硬用钳子拽出来，阿姨汗如泉涌，泪如雨下，在床上整整躺了几个星期。我问阿姨，女人怎么这么难啊，活得不容易。阿姨咬着牙说，可不，每个女人都得这么走一趟。女人，凭什么该这样走呢？我倒吸一口冷气，凉意遍布全身。难道就像简媜心中火鹤红的意象，女人必得浴于烈焰，才能展翅高飞，一路拍散星星点点的火屑？

记得看过一则报道，有个叫白荻的女孩，满脸长满可爱的小雀斑，扎着一个长长的马尾辫。有一天，她离家出走，家长到学校来找，找不到。于是家人着了慌，四处寻找，把她有可能去的亲戚熟人家都问遍了，把要好的同学也问了一个遍，没人知道她去到哪里。几天以后，她的家人在外地某个城市的街上堵住了她，她已经剪了头发，戴着一个大口罩，身上的钱所剩无几。包里带着一张中国地图，她准备选一个很美的地方，比如海边，或者深山里，然后自杀。因为偷吃禁果，她怀孕了，那个男孩根本不想帮她，她不知道该怎么办，走投无路，就想出了这个主意。好在这件事有一个还算让人满意的结局，最后，她被带去流了产，并选择退学，到一个工厂打工。

这样的事我周围就有，那年一个女孩因为同样的经历，用绳子把自己吊死，就在一间我经常路过的房子里。每次从那里路过，远远地望一眼，我都会汗毛孪起。

在一个乡镇厕所里，我还见过血水中一个死去的婴儿，那是还未完全成形的一个胎体，一群女人围着，指指点点。大家都忘记了上厕所，可怜的婴儿，可怜的婴儿的母亲，血水的红让人有了痛苦的联想。

似乎上帝在念阴暗的咒语，一不小心，女性就会被击中。怎样才能绕过情感和身体的陷阱，最终获得坚持和镇定的力量？当一枚枚落叶飘落于泥土，树上黄金一样的果实似乎带来了秋天的安静。女人在成为女人的道路上，在成长地图上，总是亦喜亦悲，一半是阳光，一半是阴影。

7

地图是现实地理世界的忠实替代品，道路则是地图的血管和神经末梢，精确地传达大地的信息。其实，地图带有很强的寓言性和象征性，类似一个标志清楚的迷宫，从此地到彼地经过某某高速、带有编号的国道可以到达某处，从某某机场乘坐某某航班可到达某地。对一些人来说，这是实指，而对更多的人来说，却是某种荒谬。

卢梭说，人生而自由，却无一不在枷锁之中。换句话说，人最大的渴望应该是自由，展开双足自由行走，插上自由之翅飞翔。倘若一生一世无缘于自由行走之旅，该是多么令人窒息。

人毕竟是聪明的动物，因此创造了上帝，并主动匍匐于他的脚下，希冀世界毁灭或个体死亡之时，上帝能带他们到幸福的彼岸，在天堂中享受地面所不曾享受过的自由之旅。

可是上帝住在一个秘密的所在，他从不告诉我们他的具体地址，他只说他住在天堂，而没有通信地址和门牌号码。我们可以想象上帝住所的华美和庄严，也可以想象上帝涉水而来或者他优美沐浴的身姿，不，河流很美，抑或神圣如恒河，而上帝可能根本就不需要沐浴，虽然出生于马厩，但他一生下来就是神，身上染不上尘土，也没有汗腺，又何必洗浴。

圣诞老人也很奇怪，总是顺着烟囱在黑夜而来，偷偷在孩子们枕下塞上一双装有神秘礼物的线袜，袜子既然可以装礼物，又怎样去包裹在大地上行走的脚，所以我疑心圣诞老人没有真实的脚，假如有，也是一双义肢，从不腐臭，从不带有汗味。所以圣诞老人的宫殿里满是漂亮的袜子，以及各种各样的糖果和礼物，他每天睡在芳香的袜子里，圣诞前夜才匆匆出门送出欢乐。

圣诞老人不像上帝那样吝啬，他直接告诉人们自己的所在。地址很搞笑，既可以寄往芬兰的圣诞老人村，也可以寄往德国或英国的圣诞邮局，加拿大也开了分店，无论哪个地址，圣诞老人都能收到。这让人疑心，要么圣诞老人的别墅太多，要么所有的地址都不可靠。

最近圣诞老人又有了电子邮箱，地址如下：DREAM@ 天堂。据说，上帝和圣诞老人住在彼岸，彼岸没有地图，虚拟电子网则可以通灵，把人世的任何一条信息发往彼岸。

可能人和神的区别就在这里，人必定有一个所属的具体地址，而神总是虚拟他的所在。也许，寻找上帝的驻地，只是人类在内心意志指引下，所表达的一种雄心。

地图上，地球被剖成两半，一半是南半球，一半是北半球，地轴在中间，上帝的角色就是拨动地轴旋转的那只手。上帝不相信科学，科学也不相信上帝，科学说，那只手是地心引力。

8

歌手陈升演唱过一首歌《六份地图》，歌词很俗套，咏叹爱情。我倒是很喜欢他演唱的另外两首歌，一句歌词说：在一万个倾斜里寻找平衡，另一句歌词说：带着自己私奔。

不错，带着地球私奔奔不动，而唯有自己的私奔，会在暗地里不动声色地发生，谁能走进一个人的内心深处，窥测到他奔跑逃离的身影。一张地图，曲折纵横的线团，理也理不清楚。陆地多么像一朵庞大的花，而蔚蓝的海水正紧紧拥抱着她，像一个盛满了滋养液的花瓶，那么美丽，让我们在这朵花的花瓣上私奔，从这一片飞到下一片，从下一片飞到下下一片。寂静的世界，在某个日子，在一幅地图中为一个人盛开，风一吹，便在花絮里随晚风飘浮，直至把温暖带给黑夜，在琥珀里存下一朵绽放的标本。

　　我常常分不清东西南北，在这座小城里生活了若干年，仍然无法洞悉这座小城的秘密，我有时感觉自己是个异乡人。而故乡也渐渐面目模糊，在赶回去参加外祖母的葬礼时，平时闭着眼睛都能摸回去，那日竟然给司机指错了路。迂回了好长时间，打了若干电话，家里人到路口接我，才找到外祖母的家。那一天，我通过殡仪馆的大屏幕，才知道94岁的外祖母名字叫孟金凤。强烈的内疚让我的眼里饱含泪水，我脱离故乡的引力太久，既不是城市的孩子，也不是自然之子。在亲人最后告别的时刻，我才戴上一朵白花，而且把故乡又一次埋葬。我感到自己无根的焦灼，以及内心深处的恐惧。就是你不属于任何一个地方，既不此在，也不彼在，这像一份幻觉，无法拉住外祖母的衣袖，也无法像有的孩子那样蜷缩在外祖母的怀里。

　　记忆是一家信誉良好的银行，透支之时，便在心灵的地图上留下负数。记忆像一条忠实的狗，我们曾经彼此依偎，彼此取暖。而现在存折空空如也，我是一个不折不扣的穷人。现在我开始带上自己私奔，这是一种颠覆的冲动，颠覆过往的岁月，把时空中的交叉点泯灭，它们是一些开在昨日树上的秘密之花，有愁苦，有纠结，有疼痛，也有欣悦和孩童般的天真。我把置身于其中的生活场景，打起包来一一封存，我自己剥夺它们，而从内心的虚无中走向壮阔。我眺望远处，我看见自己的身影又一次跳跃，在书页中弹跳，似乎踏实了一点，容纳自己，远比挣脱重要。在不幸与爱的交融中，我找到了野生的自己。

那些富于魔幻色彩的梦，像一辆马车一样不见了，我不追逐它们，我躲在一朵花瓣边缘，在一个小小的角落，轻盈如飞。后面是时间，前面是时间，地图上的道路像在时间绳索上的一滴水，蒸发。分叉的小路，如同月光下的隐喻。

把汽车开成蜗牛

1

一辆超跑和一辆赛车在飙车，如同处于电光石火般失控与受控的边缘，两辆车发出迅疾提速的嗡嗡声，伴随巨大的轰鸣和强烈的噪声，汽车有弧度地斜拉出漂亮的转圈，前追后堵，两翼穿插。赛车人肾上腺素飙升，瞬间肌肉反应，意识与动作已经与高速运转的汽车合而为一，两辆赛车的轨迹在屏幕上变成流星般的动态烟雾，充满了热血澎湃的巨大激情，似乎胜负就在下一秒。

有人说赛车是最烧脑的运动，追求的就是一种极致，刹车做到最晚，加油做到最早，直线的速度争取最快。不知道赛车人此刻的感受，屏幕前正观看比赛的我，却替他们捏了一把汗。赛车是对体力的考验，也是智力的比拼，在这项极限运动中，赛车手的适应能力和心态令人惊叹，身处逆境时被激发出无穷的潜能。

地图上长途拉力赛行车路线清晰可见，而实际的路程中，车况、路况瞬息万变，车手对于行车路线的选择以及全场比赛节奏的把控，很多时候都需要在一瞬间做出决定，前一圈比赛还晴空万里，而在另一个赛道就可能遇到新的危机，有可能等待他们的是沙坑、石头、障碍，随时面临变数，充满了未知和无限的危险。长途拉力赛下来，狭窄的公路上不少赛车都会负伤挂彩，而无数次穿过丛林树木之后，车身的创痕就如同被授予了一枚枚新的勋章。

我也喜欢观看勒芒车赛，这项顶级的赛事，让人热血沸腾。勒芒赛道是一条环形赛道，环形跑道全长 13.5 千米，由高速公路和街区公路封闭而成，传说中的柴油跑车、转子发动机、混合动力技术都会在赛道上大放异彩。赛车平均时速达到 200 迈以上，但最厉害的是一段直道赛车，在这里可以跑到时速 300 迈以上。如果用公式计算，单位时间发生的位移=路程/时间，赛车手以 200 多迈的速度跑 100 公里只需用十几分钟。

躯体均匀、四肢中长的猎豹，是世界上奔跑最快的四脚动物，可以达到每小时 110 多公里，而勒芒赛车车速却可以迅速达到猎豹速度的一倍以上。赛车手只需发动马达，瞬间就能把猎豹抛至身后。许多 F1 方程式的赛车手都愿意参加勒芒比赛，不完全是为了胜利和积分，更多是为了在这个史上最变态的比赛中体验奔驰的乐趣。

常人不敢做出的动作，不敢想的速度，赛车手经过长期的训练，凭着对汽车性能的敏感，思考、推测、摸索、实践，成为一种肌肉经验和条件反射。加速的瞬间，赛车以几百公里以上的时速呼啸而过，巨大的冲击感和离心力会给驾驶者带来潜在的威胁，极为考验驾驶者的专注度和平衡能力。

在观摩赛车游戏和赛车视频时，我会化身为一个超越的行者，如同长风吹拂中奔跑的一匹骏马，鬃毛飞舞，猎猎飞扬。现实中的我，车速稍微快一点就眩晕。

2

　　我的车旧了，时不时就需要去修理厂更换损坏的零件，或者定期去做维护保养。十多年了，我的座驾始终是温暾的，这种温暾与迟钝大约是源于对驾驶技术的不够自信，再加上自己缺乏运动细胞的肢体，不足以让我在车流人流中快速敏捷地穿行飞跃。

　　它常常是安静的，即便是在路况良好的高速路上，也没有超越过80迈，似乎从来没有过凌厉的速度，更遑论在乡间小路，或者是日常上班途中车水马龙的大街上。车轮转动之间，实现着无数次对安全奔赴一趟旅程的约定，这辆红色的轿车已经代替了我的双腿，乃至于就像是我身体的另一个器官，我无意间就养成了出门开车的习惯。一位长者曾告诫我，开车人有安全气囊保护，有保险公司盾牌在身，也不能肆无忌惮，相对来说，骑自行车或步行的人一旦遇到汽车撞击事故，就是致命的，特别是雨天路滑，有身穿雨衣的骑行者来不及看路，稍不留神，汽车快速行驶溅起的雨水，就会变成杀人的武器。为了不伤及无辜，我总是小心翼翼，在驾驶之前总是先于车引擎的轰鸣而心悸。

　　我属于对车不够敏感的人，记得当年考驾照，纸上规则的记诵用了两天，便掌握了考试要点，迅速拿下了科目一的考试。而一旦离开纸上谈兵，钻进车里进入实践阶段，还没握住方向盘，便感觉自己双腿颤抖，双手和胳膊紧张到无所适从。时常忘记系安全带、拉下手刹、拧钥匙打火和挂挡的顺序，有几次脸色黝黑的教练讥笑道："怎么这么笨，你科目一考试怎么过的？"他可能不知道，我坐在方向盘前的茫然，那种无意义的游离恍惚、不确定感，已在心里恐慌的旷野中转了无数遍，努力又努力后才假装镇定。直至过了驾考的期限日期，我也没有走进科目二的考场，于是第一次学习驾照就此搁浅。

过了两年，因为上班路途的遥远，我才又一次鼓起勇气，和几位熟人结伴，再次报考驾照。科目一仍是一次过，而科目二的倒车，则成了我永远挥之不去的阴影。对我来说，人间最困难的事莫过于倒车入库，不是倒早了就是倒晚了，不是差一点儿就是差一大截儿，每次都似乎在按部就班按照教练教的步骤操作，而我的技术和实际结果却永远差之毫厘，谬以千里，导致我陷入了深深的自我怀疑，疑心自己永远也考不过。某次科目二考试，就差最后一把就能成功入库，而恰恰就差了一点点，撞到了后置的横杆上。我从车上下来时大汗淋漓，浑身冰冷，像刚被人从一场溺水事故中捞出来。多年后重新回忆那一刻，寒冷袭来，我依然充满恐惧。

我无法准确地表达被驾考摧残的滋味，缓慢地被一把锉刀一点一点磨搓之后，心脏悬置，七上八下，那个位置如在半山雾中。因为学车之路前前后后长达四五年，似乎总也看不到尽头，我甚至怀疑自己永远也无法把驾照拿到手。好在一次一次地到驾校回炉，在朋友的鼓励下，最终历经千回百转，屡考屡败，屡败屡考，终于拿到了驾照。拿到驾照的那一刻，狂喜如海水一般涌来，我真挚地请了几次客，请教练请朋友请家人，请周围那些祝福我驾考过关的人。

若干年后看到一则新闻报道，一位女士报了驾校的保过班，却毫无驾驶细胞，撞坏了驾校不少障碍物，考了二十几次仍然没有过，最终在教练的劝说下，在驾校校长的动员下，决定放弃驾考。驾校校长欢天喜地，不仅高兴地全额退回学费，并且还请她吃了一顿饭。看到这里我百感交集，虽然我不曾撞坏驾校的障碍物，但是每每想起教练紧皱的眉头，想起教练狠狠地在一道实线上跺着脚，指着我说："这就相当于一堵墙，你想想你多少次撞了墙！再这么撞下去，你早就进医院十八回也不止了！"想起我倒车一次次撞杆，一次次倒出标志线外，学员们嬉笑的面容，我就忍不住推测，估计当时的教练也是无比愿意让我早日退学的吧。

3

汽车在现代社会意味着豹子般的速度，疾风般的凌厉，甚至包蕴着财富和效率。朋友说开车的愉悦在于一往直前，飞驰到恍若滑翔，飓风一样，踩着油门加速再加速，人车合一，车轮像是生长出的神脚，把人带到足够远的远方，车河奔流不息，那种不停的奔跑感最是令人享受。朋友爱车懂得车，天生对机械一类非常敏感，喜欢从囿限中突围去冒险，他开起车来就像一只豹子，随时享受提速踩油门的凌厉痛快感。

他兴奋地向朋友们推介漂移车赛，漂移赛的评分主要有线路、速度、角度几个方面。不管是甩尾，还是高速漂移过弯，身体都需要承受很大的离心力，除此之外更需要保持专注的状态和清醒的头脑。漂移的时候，车辆轮胎会产生大量的烟雾干扰视线，这需要车手对自己的赛车赛道非常了解，并在车子失控的边缘保持冷静，轮胎冒烟并不只是为了好看，更重要的是代表速度。引擎的热浪滚滚导致漂移车内温度非常高，加上夏天赛道高温，套上闷热的赛车服后更是憋闷，赛车手体内水分、盐分和矿物质快速消耗，像是经历一场大考。

漂移赛车手面临的最大挑战，来自自身身体素质的提升，以及日常生活自律性的保持，其反应速度几乎是所有运动中数一数二的，瞬间的快速反应能力和过硬的心理素质必不可少，上体颈部和肩部肌肉必须格外强壮、富有耐力，才能承受漂移比赛时所产生的离心力。而且还要牢记刹车点，频繁地加速和刹车，熟悉车辆内部外部的情况，执行对抗战术。在他的描述中，这种生活如此遥不可及，仅是想象便已让我头皮发麻。

有一天，在他盛情邀请下，我们一行几人到一座城市观看了一场漂移对抗赛，赛场上惊心动魄的转弯、超车，炫技对抗，360度极速旋转，几近翻车的刹那，赛车又奇迹般地翻转回来，赛场的紧张情势让我们忍不住狂吼，痛快淋漓地为赛车加油，甚至飙出了多少年也骂不出的脏话。面对令人目眩神迷的表演，除了狂喊，也没有更好的表达方式，那一刻如果有一个动态表情包，必是一副竖起大拇指的模样。

仔细想想，其实我们每个人躯体里都住着两个自我，一个是安静的自我，一个是飞扬的自我。人的动感就像一头大象，而理智就像一个骑象人，一旦在特殊的境遇里，有了活跃的因子，大象发了疯似的狂奔，理智安静的自我通常遏制不住苏醒的大象。

4

一个人学会开车，无论他的驾驶技术高超还是平庸，恐怕他都会至少在某个瞬间里想到一个词语——死亡。

的确，无论汽车的厚壳如何像牢固的铁甲坚不可摧，交通事故在日常生活中仍旧常见，车祸至今仍然是导致人类意外死伤的主要因素之一，每年约有数百万人因此丧失生命。常识告诉我们，只要遵从驾驶规则安全行驶，意外便会远离。红绿灯随时提醒，路标随时限速指引，违章也会受到处罚，这善意的警示，在危险面前为我们增加了屏障，阻碍了无数次伸向我们的意外之手。

但对不遵守交通规则的人来说，有时候违章变道斜插，有时候酒驾醉驾，都会让车祸突然来临，人可能会死于剧烈的撞击，也可能死于汽车意外落水，或者死于相撞后汽车着火急剧升起的黑烟窒息，甚至是被倾轧后内部器官的撕裂。

生命蔓延本是自然现象，目睹过连绵不断的生生死死后，人似乎会变得麻木，而车祸中的每一次死亡之惨烈，让人动容。有了车祸的对比，人世间所有的苦难都会变轻，微小到如同死亡放慢的局部预演。在这个意义上来说，每个驾驶者都是勇敢者，因为他提前预知了死亡的可能，却并不计较，日常依然吹着口哨欣喜地扣上安全带，准备朝着未知出发。这仿佛是一种隐喻，死神一次次地在人类的边缘窥视，他像个阴谋家或者职业杀手，就躲藏在车流中，面目模糊，拥有一双轻微动作就能杀人的手。

那一年，祖母走了，我驱车奔丧。

接到打过来的电话，即便内心一团乱麻，心如刀割，仍然强打起精神，在那样一个大雾的凌晨，匆匆地赶往故乡。高速路已经封了，只能走105国道。我打开导航，哦，雾已经大到距离三五米便什么也看不清，世界变成了一团棉花。理智告诉我，要镇静，要淡定，然而不知不觉间把车开到了像飞，我从未达到过的速度。

雾不停地涌出来，仿佛这雾是祖母柔软的手，软得让我潸然泪下。

不知为什么，家中有老人去世，就心里慌乱如麻，上一次迷路是在外祖母去世时，有司机开车，我指错了路，这一次祖母去世，我自己开车往回赶，又遇到了大雾。我想着年迈的祖母悲苦辛劳的一生，想着她能够享些福的时候，却永远地离开我们，泪便忍不住地淌。泪腺的闸门打开了，泪水一串又一串地滑下去，新的一串又涌出来。奔涌的雾一团团地缠绕，我开了大灯加雾灯，打开双闪，一路摁着喇叭。多年来如蜗牛爬行一样的车速，在那一天破了戒，我疯了般想，我要这天为我亮，我要这雾为我开，如果我赶回去早了，说不定能摇醒她，说不定能叫回她。如果这车能插上翅膀该有多好！

细想起来，我就是在这样的急躁中迷路的。几十年了，在这条路上我走了几十年，平时无论是乘坐公交车，还是自己开车，从来没有走错过，而到了关键时刻，此刻在这个命运的迷宫里，仿佛有一面奇怪的镜子想要把我和死神黏合在一起。

开车绕过了一个路口，然后又路过一个路口，我仍然找不到自己应该拐弯的岔路。一辆电动自行车在我车头前横穿而过，我紧急刹车，好在没出事故，虚惊一场。我倒回车来，按照导航的指引，向左拐向左拐向右拐，拐了无数的弯，转头往旁边一看似乎还是曾经的地方。我一直焦急地在找，对近处的一切都不感兴趣。故乡就在眼前，家就在眼前，而我游离在家之外，被一场大雾拒绝。

我不知道自己是幸还是不幸，已来不及伤感迷路的境遇。此刻雾中的故乡可能是另一个自己所不熟悉的世界，没有了祖母的故乡，无以安妥我的灵魂。

我停下车来，双手合十，心中默念："祖母啊，愿你保佑我找到家吧。"

说来也奇怪，我就像小时候被祖母揽在怀里，仿佛听见她轻声说："孩儿啊，别急，你慢点，你开慢点儿。慢慢开，才能快。"刹那间，大雾中有了一点缝隙，我看见了 36 路公交车站牌，多年前，我还没有自己的车的时候，总是在这一站下车。祖母，你指引着我回来了。没有家没有故乡的孩子，便是孤儿啊。

挣扎中的我，百感交集，杂乱的感觉被恍惚中祖母的一句话梳理，纷乱的思绪渐渐安静理顺。万物有裂痕之处，那是光照进来的地方。也许今后，无论祖母在与不在，我都当向世界释放她曾带给我的温暖与爱。

此时此刻，车中的绝望得以消解。在这铁的铠甲中，漫布悲伤与安慰。我重新启动车子，缓慢地向家门口驶去。

5

很多人喜欢开车，享受驾驶的乐趣，追求自驾出行的愉悦感，汽车扩大了人们的生活半径，明显地改变了人们的生活方式和思维方式。拥有一辆汽车，在现代社会里甚至标志着一个人的生活水平和社会地位。

与此同时，汽车也带来一系列综合效应，对人类的影响是多元化的，带来便利的同时也带来了种种问题。比如对自然资源的消耗，全世界一半以上的石油用于汽车，汽车制造需要使用能耗很高的铝材和难以回收的塑料。车辆的存放也压缩着人类生活的空间，汽车尾气污染是国际共识，汽车噪声是难解的课题，特别是交通拥堵问题，在很多国家都是常见现象。

我见过高速路上堵车的方阵，前方出了一起连环车祸，两条蜿蜒的长龙顺着高速路焦灼蜗行，在本应车流滚滚的地方，一下子肠梗阻，被扎住了口子。许多老司机如同胸膛里装了一枚炮仗，骂骂咧咧，仿佛随时会爆炸，争吵是难免的，抱怨也是难免的，抱怨不长眼的汽车追尾让这么多人挤成了一团烂糊糊，不由自主地想要跟谁吵一架，想要甩开膀子跟低效的高速路干一场。高速路由此变得险象丛生，暗流涌动。

堵多了也便没了脾气，曾见过堵了一天的司机拿出了象棋，开始下棋；有人拿出了跳绳，开始在高速路上锻炼身体；有人在抖音上实时直播堵车窘况；也有附近村民赶过来，兜售火腿肠方便面开水，甚至卖起了扑克与小马扎，高速路变成了大型停车场。

有人在知乎上提问，F1赛车手如果堵在高速路上，心里是什么感受？结果有个令人啼笑皆非的答案：那感觉就相当于抽烟没有火，没带纸巾上厕所。还有现实中更大的黑色幽默，国庆节是中国著名的大型堵车日，百密不如一堵。接亲归来，一对新人阴错阳差堵到误了吉时，情急之下在高速路上举行了一场终生难忘的婚礼，一群被堵在高速路上的司机临时客串观礼人，奉上了诚挚的祝福，堪称当代最不好笑的笑话。

仅仅高速路上堵车吗？不，很多地方都堵。尤其是在号称全国第一堵的城市里，行驶在那条横贯城市东西的经十路上，黄昏时光，抬眼望去，这条路上全是密密麻麻望不到尽头的车辆。这条路像是城市的动脉，而璀璨无比的汽车灯光就像是里面流淌的血液，只是血液黏稠到无法奔流，路人常常由此目睹壮观的大型血栓现场。如果你侥幸逃脱经十路，上了高架桥，总以为如同河水分流，一路顺畅，其实车海已静止，仍然随时准备停泊在岸。

有人说，在中国这样一个人口稠密的国家里，最适合发展的应该是大公交或者地铁，家家有私家车并不合国情。汽车的快捷方便在有的地域能够实现，比如人烟稀少的西北地区、某些人口不太稠密的县城、海岸线辽阔的海滨城市等。在大中城市，私家车带来交通困扰，从一环堵到三环的例子并不稀罕。谁让我们总想快呢，想要快就得先承受慢带来的后果。

我常常打量马路上的车辆，这辆车是运载着一个家庭的成员去旅行，还是一个商人在奔往一个洽谈业务的会议，还是一个上班族代步的工具呢？一辆车承载着什么，希望还是梦想？多年以后，这样行驶的每一辆车都将渐渐老化，卸下身上的重任，结束自己的使命。

我曾路过一座庞大的废旧汽车回收场。无数的报废车，已成为一座层层叠叠的垃圾墓冢，堆积如山的破旧车辆，正等待拆解回收，被拆除下来的铁皮，会运往钢铁厂回炉再造。还有无数的零件，已经不能够再回收利用，几十年、上百年也无法降解再生，人类为大地制造了无数垃圾。

世界尽管辽阔，我们不应挥霍。此刻，我为自己是人类而羞愧。

6

汽车对于我来说是一个绝佳的蜗牛壳，可以遮风挡雨，在北方的冬日躲过严寒，在酷热的夏日里躲过暴雨。每天出门上班，大抵是向东一路而行，最后到达单位，路途虽不短，拐三五个弯也就到了。我多半是喜欢走这条路的，早晨慢吞吞地出门，晚上慢吞吞地回来。说慢大抵也是因为我开车的速度比步行快不了多少，本来驾驶技术就令人汗颜，看见什么车都避让，哪怕是一头毛驴在前面原地踏步，我都不太敢超过去，再者因为上班时出门早不怕迟到，下班时又觉得时间既已属于自己，怎样支配都不过分，不妨慢慢地开，慢慢地欣赏路边日出日落的风景，有了这些念头，我开车的速度很像蜗牛爬。

作家伍尔夫曾经说过，一个女人需要一间只属于自己的房间，时至今日，女性对独立空间的追求也从未改变。然而在一个家庭里想要拥有一个独立的房间，相当困难。你不可能独存，家庭的琐事会分散你的精力，与孩子的相伴，充满喜悦，与此同时，孩子的尖叫声也会打断你的思考。很少有人能够达到没有阻碍、没有杂质的境界。相反，时时会遇到各种各样庸常的困扰。

我迷恋独处的孤独。一辆哪怕再简陋的车，对一个女性来说，也相当于一个房间，让人能够随时有静下来思考的时间。

有时我打开车载 CD 放一段寡淡的情歌，也有时播一段摇滚乐，更多时候是放交响乐。在这个封闭的空间里音乐仿佛就像是一段咒语，我一言不发潜伏在其中，感受灵魂像一匹马一样蹦跳，有时候感觉无比澄澈，有时候又无比混沌，我交付想象的触须，伸到自己最深的角角落落。

当我即将要开始一段新的写作前，喜欢先把自己关进车里，慢慢在音乐中静静地回想，那些囚禁我语言的杂草和荆棘如何拔除，某篇文章我如何有一个自然的结尾。关上车门的那一刻，我就走进了自己的旷野和桃花源，外面的世界已与我无关。精神的红鬃马，与我的默契用不着翻译，它驯顺到无须指引，便在寂静里奇异地自由奔跑，有时很多事物的内力从未被人看见。就像古代波斯诗人鲁米在一首诗中说：

我们，来自天堂，正在上升。
我们，来自海洋，正在沉入水里。
我们不是来自这里。
我们不是来自那里。
我们不是来自任何地方。
我们不去任何地方。

我们是灵魂风暴中的努哈方舟。

我们旅行而没有手。

我们旅行而没有脚。

像波浪，我们从内部涌出。

我们在内部爆炸。

白日我的座驾，是日常平庸生活当中盛放卑微灵魂的容器，而在黑夜来临时便仿佛星河里的一条船，渡我过无畏暗夜。我渐渐熟悉了它，渐渐与它能够契合，驾驶的恐惧逐步减少。其实细细想来，多年前曾经让我感到害怕与痛苦的，是一次次地面对自己不熟悉的机器，而非驾驶本身。我不是不适合驾驶，而是不适合面对一个陌生的家伙。如果当年我便遇见一匹顺手的马，是不是心灵轨迹会有所不同呢？

夜深人静，一座城市沉沉睡去，欲望和贪婪也沉沉睡去。我的车子承载着人生种种，却又纵情于这苦短的世界，沉重地爱着，月光柔美纯净，一点一点照亮回家的路。天空遥远无法测量，而大地之深，却可以冥冥之中感知。夜间的草木在窗外显现，路边的树林仿佛以集体的方式呈现出一种顶天立地、连林成阵的力量，那呼啸的风声仿佛从灵魂的隐秘之处磅礴而出。车灯和此间远远的树木形成了明与暗的区别，这渺小的肉身静静聆听旷世的音响，借助一匹红鬃马，我才得以目睹这极具诗意的夜色丛林。

天光曦微，我将驱动车身开往远方，沿着万物被擦亮的早晨在海岸边奔驰，如此宽广，如此无涯，如此磅礴的大海啊，咸腥的潮水拍打着海岸，白鸥鸣叫着拍打翅膀。海岸线也是那样漫长，日出是那么夺目。尽管自己在尘世间无足轻重，也要满怀喜

海 天

悦珍惜自由的生命，右脚的刹车随时准备踩下去，在曲径分岔的道路上渐渐减速，在人迹稀少的岸边停住车，静静地看一会儿海水中升起的朝阳。

月色汹涌

1

我站在海边，燕儿岛初冬的风有些冷冽，天空中星辰闪耀，就像悬挂了满天的宝石。远处是星星点点的灯光，在苍茫的大海上，间或有轮船在远处行驶，闪烁着隐约的轮廓。除了潮水，世界沉静，包括天空、星星和月亮。潮水涌上来，啪啪地拍打着海岸，咸腥的气息扑面而来，一遍遍冲刷着沙滩，潮水赶过来，又退回去，仿佛在诉说着什么，依然那么神秘，那么浩荡不息，那么庄严。附近是黑魆魆的礁石和柔软的沙滩，我想起孟姜女哭长城故事结尾时大海里升起的两块礁石，疑心脚下也踩着无数女子幻化成的礁石，因此不敢沉实地踩下去。

沿着海岸线走，半轮月亮也跟着我走，本想在海边再散会儿步，迟一点回去，然而我已经感觉到下体的潮汐，黏腻地附着在衣服上，这让我感到紧张乃至于羞惭，内心瞬间崩塌。暗夜里谁也看不见我，我却裹紧了大衣，裹紧了这具皮囊的难堪。这种羞于言说的秘密，即便有充分的心理准备，还是有时不期而至。迎接这种不堪，似乎是女人的宿命。月有盈亏，潮有朝夕，疾病可以痊愈，而入月却是无法解开的偈，一个美好的诅咒。多年来，我储存了许多这样的时刻，犹如慌乱的初潮，我想忘记，却无法卷起浪花彻底淹没，也不能让记忆的雪山崩溃覆盖住那一抹猩红。

十三岁春日，正值少女无知，一切都那么明媚，体育课上的奔跑跳跃让人轻松快乐，呼朋唤友，兴趣盎然。队列集合时，我忽然觉得身体里仿佛有什么液体在往下淌，还没来得及去洗手间，就看见身边若干双鄙夷的眼睛，有人指指点点，我似乎还听到了一声嘲讽的口哨。我抬手摸了裤子，手上沾了污血，在众人的注视下，我跌跌撞撞跑出队伍，冲向洗手间。更难堪的是，我在恐惧中挨到下课铃响，同桌为我带来的是一块不太干净的手帕，我用脏手帕使劲擦裤子上的血迹，却让那血迹变得更脏。我躲在同桌后面被掩护着回家，更换了干净的衣衫。

母亲教给我使用一种叫作"月布"的东西，垫上折叠好的卫生纸，方便及时更换。由于心理高度紧张，很怕弄得床单上到处都是，半夜时时在噩梦中惊醒。回忆起来，我的初潮像是一部阴暗的电影，在一片暗黑中一抹残红。我没有像山口百惠那样吃到家人特意做的红米饭，她在自传《苍茫时分》中写到，日本家庭有庆祝女孩成人吃红米饭的风俗，那是一种成长仪式。我的成长仪式是不久后学校为我们女生上了一节集体生理卫生课，当我们女同学回到教室时，面对男同学的目光，仍然窘迫不已，原来我一个人的困境，居然是一个群体不得不迎接的必然。

入月相伴洗裙裾，《黄帝内经》中说，"月事以时下，故有子"，月亮对地球潮汐发生影响，地球生命系统发生节律运动，女性基于水的生命体液同样也在"涨落"，这不过是一个系统中节律运动的缩影罢了。至此，我似乎应该坦然接受月亮对女孩子的"宠爱"，然而有些不解，男孩子可以幸运地躲过月亮的节律运动，为什么太阳却不去干扰他们的生活？这世界是不是有点厚此薄彼。

一个女人从什么时候开始接受自己的女性特征，我似乎可以肯定地说不是初潮，那只不过是慌乱的开始。有几次，我在学校厕所里看见女孩子躲在里面纠结，赶紧递出我随包带的卫生用品，嘱咐一句，"这是生理自然现象，每个女孩子都会面对的，别紧张"，然后快速离开，只希望她们不要尴尬太久，不必在我面前长时间暴露生命中第一次不堪。月事在无法预料的情况下出现在女孩生命里，却要她独自面对，这命题的确有点难。在古老的中国传统中，月经和死亡都是人们难以启齿的话题，很少有母亲在女孩未来月事之前告诉孩子，让孩子产生对这一生命现象的正确认知，在某种意义上，少女宁愿选择逃避，也不愿正面直视这样的窘迫不安。正像女性的第一次性体验极端重要一样，女性的初潮体验也将投影到她的一生。

2

月经像一只养不熟的猫，它任性至极，想来就来，想不走就不走。有时逢到高考、运动会、上台演出、公益活动、旅游出差，甚至结婚洞房之夜，也莫名其妙地出现。对于大多数女性来说，越是情绪不好，越是心情波动大的时候，简直是防不胜防，左冲右躲都会中枪。军训需要避开它，拔牙需要避开它，做手术需要避开它，游泳需要避开它，竞技比赛需要避开它，一切剧烈运动都要避开它。最让人讨厌的是吃个冰淇淋、打个耳洞也要避开它，喝咖啡、喝酒、喝浓茶、吃个海鲜都需要避开它，连夏天想美美地穿个裙子都有点困难……当遇到这一大堆的障碍，想要女性不长黄褐斑再貌美如花，带娃赚钱养家，实在有点强人所难。

波伏娃有一句经典论断："从青春期到绝经期，女人成了戏剧表演的场所。"而男人则说，女人不爱讲理，跟女人没什么道理可讲。我说，错！跟经期中的女人讲道理本身就属于不讲理。女性的腹部是虚弱的，由此导致的生理疼痛反应无奇不有，从小腹到后背的腰酸背痛，从神经到大脑的支配紊乱，有些女孩还有神经性头痛、牙痛、不自觉地皱眉、手脚无力、痉挛、听力障碍、月经性哮喘等症状，男人这时跟女性讲理，本身就是无理取闹，可以列入"拖出去斩了"系列。

女人身上有两朵花，一朵开在发髻，一朵开在耻部。女性的私密之处被称为耻部，足可以说明世界看待女性的视角。这最初的羞耻就源自女性的受难，女性的生命像一条流动的河，这河流从上游便承载了繁衍下一代的宿命，为了让最好的基因传递下去，便通过异常坚韧地排出血污的方式清洁自身，这种肌体自我清洁的功能却成了污秽的象征。甚至连女性自身都不清楚，自惭形秽，谈到月事便感到不雅，走进了语言禁区。

因为这种羞惭，古代女子甚至不能用言语去表述此事。据《三余赘笔》一书记载，在汉代女子入月时便"以丹注面目"，后妃宫女们在来潮时往往会在手上戴一枚金戒指，作为戒除性行为的警示标志，以此提醒帝王在此期间不可同房。所以，金戒指也被称为"经戒指"。无论是用红笔在面目上做标注，还是戴一枚戒指作为暗示，月事不能说，犹抱琵琶半遮面，仿佛一说就戳破了羞耻的面纱。

月事还有多种别名，东汉许慎在《说文解字》把"姅"字注释为"妇人污也"，即指月经流出的经血，因此月经被称为"姘变"；李时珍在《本草纲目》中提到，妇女"其血上应太阴（月亮），下应海潮。月有盈亏，潮有朝夕，月事一月一行，与之相符，故谓之月水、月信、月经。经者，常也"。此外，古代对此还有很多代名词，例如红潮、天葵、月露、红铅、入月、桃花葵水等，而现代人叫月经为"大姨妈、来事、例假、来红、中奖、倒霉、身上来了、生理期、好朋友"，古人今人皆避之而用婉辞，恰是因为心理禁忌。

国际妇女健康联盟曾经收集了九万多个样本，据统计全世界各种语言加起来，目前和月经有关的婉辞达到五千多个。英语里面有婉辞"Aunt Flow"，与我们的"大姨妈"称呼类似，取的是"来了重要的亲戚，需要好好照顾"的意思，不过这个亲戚有点麻烦罢了；盎格鲁撒克逊人则称月经是"祸根"；西方国家还有些指代此事的婉辞，例如"Shark Week"，意思是"鲨鱼周"，形容一周来潮的时间像鲨鱼一样凶猛，很是形象。

我听到有关月经最好的婉辞是"Mother Nature"，意为"自然母亲"。这种称呼是最平和、最具有情怀的称呼，更主要的是这个词语后面包含着深深的善意。月经是自然的恩赐，是母性生命之河，奔流之后，才带来生命、希望，才有一个美好的世界。

3

让我痛楚的，是此时此地此事此身。在一个公共厕所里，我见到一个满脸风霜的妇女，破衣烂衫，头发打结成了一撮一撮的，她在隔壁轻轻唤我，"妹子，带没带纸，我来那个了……"

我隔着木板递过去一片卫生巾。

她有点不好意思，龇牙笑着说："给我点纸就行，不用这么好的东西，我平时都用捡到的破棉套子，洗洗晾晾，再不行，就烧草木灰用……"

我惊讶了，她说话快，我听不太清楚，忍不住追问："那容易沾上细菌呀，不能买点卫生纸吗？"

"哪有那闲钱啊，我养活自己就不错啦，不干不净用了没病。今天多亏你啊，妹子，你是好人，不嫌弃我。"她还是龇牙笑着，那笑疯疯癫癫，有点让人心疼。

她蹬着拾荒的破旧三轮车快速骑远了，我想把包里剩下的两片卫生巾送给她，却追不上了，喊她一声，她远远地转了一下头，并没有停下来。我来不及问她的经历，刚刚说话的时候，已经感觉她精神不太正常，语速快到像高铁行驶，眼睛有点发直，从她身上的灰垢来看似乎已经流浪很久了。

我不知道该如何救助一个这样贫困的女人，哪怕是一包卫生用品，似乎也显得有点奢侈。这个世界上，还有多少这样的女人？女性卫生用品是女人生命质量的保障，我忽然想到，以后再做公益，不需要捐钱、捐衣物，也许我该找到那些在角落里需要呵护的女人，送上女性急需的卫生用品，才是对她们真正的帮助，也才能消减掉我同样作为女性内心的不安。

记得曾在一份资料里看到过，原始社会的女性常常使用干草、树叶、羽毛、动物皮毛、草木灰、棉花做卫生用品；沿海地区的女人使用自然海绵作为卫生用品，自然海绵是一种生活在海里的原生动物，没有神经系统，细胞组织疏松，死后干燥的尸体可以大量吸水，因此自古便被用作有效的吸水工具使用，也成为古代妇女经期的卫生用品；古埃及女性用亚麻布处理月事；古希腊时期女数学家希帕蒂亚貌美，为拒绝爱慕者的围追堵截，她就把月事的布条扔在追求者面前，让他们望而却步。英语里有一句俚语叫"on the rag"，就是"在破布上"，意思是女人处于经期；在我国明清时期《醒世姻缘传》中已有使用"夹布子"的描述，后来女性开始使用棉布、月经带等用品，发展到现代社会则有了卫生巾、卫生棉条、卫生杯等几种常见的用品。

想想吧，我遇到的这位拾荒的女人，还生活在"原始时代"中，破棉絮、草木灰居然是常用的卫生用品，尽管她可能是文明遗忘在角落里的个例，却让我此刻感到遍布全身的荒凉，仿佛回到了古老的原始森林。那时候，母系氏族时代的女性也是这样活着吗？是什么力量让她们顽强地活下来？

女性学家波伏娃曾说，"身体即使不是一个物，也是一种处境，女人的身体是她在世界上的处境的主要因素之一"，面对这种处境，我很想看到人类更多的慈悲。

4

万物纠缠，生命里的潮汐就像身体里的摇篮，筑起，又把它毁掉，等待下一次冲刷。在梦里，我看到自己一次次受孕，醒来其实不过是一次次潮汐冲刷前的错觉。慢慢地，才知道，原来那等待也是希望之一种。这么多年，我只孕育了一个孩子，这一生却仍要在一次次每月起伏不定的潮汐中挣扎，很多次幻想永远告别涨潮的时刻，却还未如愿。结束涨潮，也许就告别了生育意义上的女性身份。那一天，如果真的到来，我会真的轻松吗？还是会在迷惑中再度茫然？我像打进自己内部的敌人，潜伏在自己意识的深处，从未将这份心意暴露于人前。

而那些自愿放弃了生育的女人呢，那些杰出的女性，特蕾莎修女、南丁格尔、波伏娃、狄金森，甚至还有伍尔夫、莎乐美，她们怎么面对身体里叫嚣着的小兽？是无奈地坚韧，还是无比地强大？

我还记得在参观重庆渣滓洞集中营时，看到铁窗外倾斜的夕阳，江姐和那些被关在里面的女性们，在逼仄的空间里望向窗外的天空，当她们用黄草纸和旧布解决女性生理期的困境时，可曾想到是女性的"我"？

现代社会中那些草原上的女人呢？在马背上放牧，在羊群里劳作，疲惫时躺在雪地里也是享受，是否能回到温暖的帐篷里安心休憩一下？那些大山深处的女人呢？山路十八弯，背负竹篓上山采拾菌子、采拾山果，逢上采茶季节无数次弯下自己的腰，又无数次抬起。那些城市街头经营小吃的女摊主，深夜里还在为人做麻辣烫、煮混沌，甚至来不及上一次厕所；那些在 IT 行业工作，出入高楼大厦的现代女性，每天在电脑前工作十几个小时，即便是经期盆腔充血不能久坐也离不开岗位，像是被钉住了；那些城市的暗影里抹着红色唇彩，无奈谋生招揽男性客人的工作者，一次月事对她们而言就是一个短暂的假期；那些背着硕大帆布袋子外出打工的妇女，一次次月事，就是她们迁徙打工进程中的一次次求人照看行李的尴尬。

试图一遍遍追问似乎毫无意义，对于大多数女性来说，顺其自然，该来的就来，无须杞人忧天。我恍惚中想到，未经省察的人生没有价值，月事自有女性就一直存在，应该有很多人曾经为之困扰，说不定有人已经像我一样杞人忧天过了，知道天塌不下来，不必庸人自扰。

很有意思，中国的历史中能查到的有关的文字并不多。倒是中医们留下了不少文字，《黄帝内经》《金匮要略》《医宗金鉴》

《傅青主女科》等书中的记载，皆是将之作为病症分析的。而能进入诗人视野的也极为少见，唐朝诗人王建写过一首《宫词》诗："御池水色春来好，处处分流白玉渠。密奏君王知入月，唤人相伴洗裙裾。"中国女性踉跄行走了几千年，居然没有一本专著来客观地审视、观照这一现象，颇有些奇怪。我把目光投向国外，能查到资料也是寥寥无几，最值得珍视的是女性学家波伏瓦的著作《第二性》，其中"女性的形成"一章里，用近十页文字描述了少女月经的现象，这是最系统最深入的有关女性月经的文字了。她客观记录了这种现象，并举了一些实例，收集了少女对月经的描述。略让人遗憾的是，她的重点在于对女性性心理方面的分析，尽管如此，我们仍然要感谢她在人类女性学史上留下的重要痕迹，不至于让女性生命中重要的一段，落入可怜的文字空白。

5

关注女性的成长史，了解月经对于女性生命的影响，并非无聊之举，我还没有悠闲到无事可做的地步。雨雪在哪个时代都不会消散，我更想知道：女性如何跨越自身的障碍走向通透的人生，在复杂的世界里与自身命运达成和解。

女作家应该是女人群体中才情卓越、性灵超绝的一类人，然而阅读她们的故事，反倒让人唏嘘。古代的女作家们受历史局限，蔡文姬在悲惨的遭遇中顾影自怜，远嫁异族，才情在忧伤里徘徊，无力解脱；才女上官婉儿，笔底风云，招来赐死横祸；女词人朱淑真洒脱不羁，境界停留在"和衣卧倒人怀"；济南才女李清照颠沛流离，家国无着，此后再嫁所托非人，在"寻寻觅觅冷冷清清"中度过余生。

那到了现代呢，萧红的作品成为经典，广为流传，她两次怀着别人的孩子嫁给另一个男人，英年早逝，成为悲剧；张爱玲小说的魅力无须赘言，遇到风流成性的胡兰成，因为懂得所以慈悲到退无可退，到了自传小说《小团圆》中与桑弧的恋爱时，下水马桶中旋转的水流冲走流产的婴儿，晚年丈夫赖雅去世后，孤独至死；再往后数，恐怕要数到林徽因了，林徽因是近代中国女作家中才华横溢、思想独立的一位女性，算是中国女作家里的一个异数，人们说她把爱情给了徐志摩，把家庭给了梁思成，把儿子留给了金岳霖，把才华给了中国建筑，把雅兴给了诗歌，最终却因肺病 51 岁早早去世。

国外的女作家呢，我喜欢狄金森的诗，而狄金森近乎女尼似的逃避世界，终其一生都躲在诗歌和园艺爱好的背后；小说《情人》的作者杜拉斯，一生都在寻找爱情，70 岁时与 27 岁的男孩相恋，相伴直到 82 岁去世；作家伍尔夫的作品对后世影响很大，她思索过女性自身的意义，很早她就提出为什么男人可以饮酒，女人却只能喝水，少女时曾受到同父异母哥哥的侵害，让她的生命变得诡异，一面铺洒着天堂之光，一面燃烧着地狱之火，最终抑郁症发作，在身体上坠上一袋石头投河身亡；作家莎乐美对两性有自己独特的看法，她认为"两性的差异本身就是价值，借此才能把生活推进到最高层次"，而且她对精神事物有着非凡的领悟力，从未终止过精神上的进取和自我实现，一生中与许多杰出男性有过交集，使尼采、里尔克这样的天才男人精神受孕，写下不朽的哲学著作和诗集，精神分析学家弗洛伊德与她亦师亦友，她把全世界的目光开始引向了对妇女内在灵魂的关注。

女性学家、作家波伏娃，终其一生都在探索女性的奥秘，用自己的著作、用自己的身体、用自己的爱情去探索，与萨特的契约婚姻像是一场庄严的游戏；作家、思想家苏珊·桑塔格除了多部影响世界的哲学思想著作外，还是双性恋，一生中有 5 位同性、4 位异性情人；与波伏娃、桑塔格并称为世界三大女性思想家的汉娜·阿伦特，留下的《集权主义的起源》等书影响深远，她与老师海德格尔一生剪不断理还乱的故事也广为人知……

这些杰出的女作家用自己的一生给女性身份一个解答，答卷可圈可点，静静地读下来，我能发出的是无数声叹息。聪慧如斯，才华如斯，也会面临一次次艰难的选择，也会有一次次困境，一次次情感的犹疑，想想自己一路跌跌跄跄，又有什么值得千回百转、徘徊不已呢。

6

我想起看过的一幅照片，伍尔夫将手靠近火堆取暖的样子，特别漂亮，仿佛透过皮肤能看到下面青色的血管和易碎的骨头。这双手不仅漂亮，还能写出色的文字，她在一篇小说的开头借达洛维夫人之口说要为自己去买花。我时常品味这个意味深长的开头，那时的女人几乎不能上街，达洛维夫人要用买花这个借口才能走向街头，找到自由。这像是一个寓言，"我要为自己去买花"，无须假借别人之手的花朵，伍尔夫借用这样的意象发出不同的声音。

在伍尔夫和莎乐美之前，那个时代的女人几乎都是被清规戒律捆绑着生活。莎乐美却勇敢地说："我既不追随典范去生活，也不奢求自己成为谁的典范，我只为我自己而生活。"我喜欢她们郑重而不羁的态度，世俗是个屁，想放就放了，生命是个鬼，何惧与鬼起舞。在她们身上我看到了女性的悲凉和光芒。

这些杰出女性的故事告诉我们，女性生理特征已无可改变，而心理年龄却可以自己左右。现代女性不妨在保护好自身的前提下，追求多元的人生。喜欢艺术就像杨丽萍一样全身心投入就好了；喜欢热热闹闹的家庭生活，那就结婚生子，一大家子团团圆圆；喜欢像狄金森一样写诗，那就忍受孤独的人生，好好去写；喜欢旅游那就背上背包走天涯，不管天地大，出门去看看；喜欢做公益事业，那就让自己在付出中燃烧；喜欢创业，那就先从一个小项目开始；喜欢冒险，即便贫困无助时，身处困境，也安然面对，无畏平凡；喜欢素朴，那就躲在深山里，种瓜点豆，吃些素食，穿点麻衣。

以何种方式生活，是这个时代女性的自由。物质生活如何好，不太重要，以自己喜欢的方式过一生，才是神灵眷顾。女性潮汐有开始有结束，女人经历过血污，却不会在血污里离去，每一天都是艰难的一天，每一天也是美好的一天，这是生命的定数。惟在摄身，使如木偶，先捆绑，再自然离开，无非一种试炼，无须隐藏泪水与脆弱，最有精神魅力的女人总是平和地与自身身体特征相处，如此活着，人间才值得。

而现代社会中，越有教养的男人也越能做到对异性尊重与理解，关心与体谅，甚至是帮助女孩上街去买"姨妈巾"；有的地方已经设立了"月经假"，体谅到女性的生理特点，这是社会进步充满温情的标志。什么时候男性能非常坦然地交流这一话题，自然地上街去帮家中女性去买卫生用品，社会就真正迈进了文明的门槛；什么时候当旅游景点的女公共厕所比男厕所多出一两倍时，承认女性与男性的差异性，社会文明就开始走向平等；什么时候以某培训机构的CEO为代表的男性，告别大男子主义，不再认为女性拖了全世界的后腿，社会文明就真正前进了一大步。

社会就像一片脉络分明的树叶，把所有的细节铺开，余端的毛细血管就是衡量社会文明程度的最佳观测点。

7

40岁前，我喜欢吃冰淇淋，甜食让我幸福，喜欢赤裸着脚踝在地板上走路，喜欢坐在树林里、草地上读书，喜欢在深夜里写作，喜欢冲澡。而今，却宁愿喝一杯热红茶，也不再动冰淇淋一口；宁愿穿着厚厚的毛袜子，也不光着脚；宁愿坐在旧沙发上，也不坐在绿草如茵的草地上；宁愿后面追着催稿的人，也不占用自己夜晚睡眠的时间；宁愿在月事来临时，坚持厚着脸皮不洗头发，也不洗澡。朋友们说，你老了。我笑笑，女人都会老。优雅地老去自然很美，而我没出息地选择了舒适，先让自己健康地活下去。

就像在燕儿岛的夜晚，我把自己包裹成一只粽子，迅速回到住宿的地方，处理好自己的身体，泡上一杯暖暖的枸杞红枣茶抱在怀里，海边风景再美，在特殊时期也不留恋，我身体里的潮汐要比大海更汹涌澎湃，迎接它，感受它，是比观赏海景和星星更重要的事。

就像诗人索德格朗在诗中写的那样，"当夜色降临我站在台阶上倾听，星星蜂拥在花园里，而我站在黑暗中。听，一颗星星落地作响！你别赤脚在这草地上散步，我的花园到处是星星的碎片"。因着诗人的怜惜，这温暖的善意，微小的喜悦赠予了所有女性。此时此地，孤独也是馈赠，我的星星在我的花园里，我的月亮在我的身体里，生命已对我足够深情。

暗 纹

中年的滋味

如　是

　　中年劈面而来，眉目含笑皱纹横，唇齿开合出语软，已将少年的青涩、青年的火热裹在一张略带沧桑的躯壳里面。心灵已经平和，远处的山已经阅过，近处的水已经赏过，无边的雨已经淋过，无数的桥已踏过，无尽的夜已辗转反侧过，无穷的梦不曾实现，却也昙花般开了无数朵。

　　许多中年人已积攒了这样那样的沉重，它们成了隐藏的暗疾。一位朋友的风湿不断发作，发小因为肩周炎已难提动一桶水，闺蜜的内分泌失调需中医时时调理，自己罹患支气管炎，一到冬季，胸腔如风箱般暗鸣。中年人似乎先需要让肉身安逸，才能让精神寄居。午睡是努力要睡的，仿佛不睡那么一会儿，就无法积攒起力量与漫长的下午搏斗。小时候，最厌烦的就是家中长者让自己午睡，年纪小有用不完的精力，做游戏、看书、逗逗猫狗，也比睡去有意思。多少次蹑手蹑脚从祖母身边溜过去，到外面玩水，玩女孩总也玩不厌的娃娃，在游戏中度过一段长长的午后光阴。而今，谁不让自己午睡一会儿，谁就仿佛成了自己的敌人。

今年的蝉声来得晚，六月中旬才在树间听得枝头第一声，往年却是在麦熟时节左右，去年五月末蝉声便响得明亮。中午正是蝉儿聒噪的时间，几次想用根竹竿把它们驱走，动了念头，却又作罢了。想到蝉之一生，枝头为蛹，钻入地下，在黑暗中蛰伏几年，终于蜕化飞翔，能在树间发出想发的声音，仓促而鸣三两个月，生命便凋零，一生呈现悲剧般的曲线，又何必再去驱赶它们的短吟低唱。于是中午睡不着时，就闭上眼睛听蝉，中年听蝉，已经听出了短促，偶尔亦有不知余生还能听多少次夏蝉鸣叫的联想。

一个节气连着一个节气，时光蹑手蹑脚地移走。三年前在院前植了两棵柿子树，春末夏初开出微小的柿子花，一场雨落了不少。第一年中秋时节，结了十几个，想不起摘，被调皮的孩子摘了去，冬日剩在树尖的两个，招摇在枝头，橙红得耀眼，鸟儿眼尖，啄破柿子皮，淌在枝叶间不少姜黄色的汁水。去年的柿子树更是有意思，落来落去，只剩下一个柿子，待到半红了，我连枝带叶剪了下来，放在案头观赏，颇有几分岁朝清供的意思。今年初始看见枝头不少柿子花，及至一两场雨打风摇，也只结了三五个小青柿子，留到冬日红红地挂在枝头。

冬日周末仰坐在阳台上晒太阳，难得一日闲，最好这一日什么事也不想，什么家务也不着急做，最好是手机铃声也不要响，不去打扰世界，也不被世界打扰，安安静静地独坐，不辜负了阳光。眼睛渐渐迷离，打一两个小盹，再翻看一阵子书，奢侈地度过一日，就觉得幸福不多不少刚刚好，就是这般模样。

读到宋人唐庚的"山静似太古，日长如小年"，想到现代人节奏快，追着走，跑着走，飞着走，已很少走着走，从某种意义上说，物质欲望正带着无数灵魂下坠，当某些欲念被冠之以宏大之名，会侵吞一个人的本心，太古之意只能是自己供养给自己。晚明文学家张大复《此坐》一文说："一鸠呼雨，修篁静立。茗碗时供，野芳暗度，又有两鸟咿嘤林外，均节天成。童子倚炉触屏，忽鼾忽止。念既虚闲，室复幽旷，无事此坐，长如小年。"我亦喜如此，静坐一日，可抵数月。

劳　作

白露节气过后，院中收拾植物。

清理了几盆绣球花、吊兰的枯枝败叶，先是把绣球花从花盆挪出种到地下，否则这两盆绣球就只能开一季，冬日枯萎自生自灭，如果种到地上，来年冒出新芽，或可重开一轮艳丽的花朵。然后给一盆缺水打蔫的铜钱草下一场酣畅淋漓的人工雨，不一会儿它就抬起了圆圆的叶片。

接着是修剪爬藤月季干枯的枝杈，避开它尖叫的刺，依然不留情面地剪去了几只旁逸斜出的枝条，如果不剪，养分供给不足，其他枝条也不强健。这时我扮演了一个辣手摧花的无情杀手，克服内疚的情绪，剪刀所到之处，枝折花落，一片狼藉。万物平等，而我此刻是一个暴君，如果月季有灵，当会竖起尖刺，以之为匕首和刀剑举行起义。

对一种植物的喜爱，来源于直觉还是机缘，并不能说清楚。只记得多年前在求学之地，出校门能遇到一片作为隔离带的、长达几里地的蔷薇花墙，漫天的红色蔷薇从春季一直开到深秋，如火如霞，远看如一片红云，还散发着淡淡的香气。周末出校门需乘坐公共汽车，到我准备乘坐的那一站，恰好需步行几里地。我背着自己的双肩行李包赶路，另一侧是红蔷薇的陪伴，一路边走边看，时间不紧时，甚至可以停下来闻闻花香，观赏一朵饱满的蔷薇花，满身满心都沉醉在花香里。那时自己不过是一座城市的过客，却时时见到灿烂盛开的红蔷薇，得到了这种植物贵宾般的礼遇，至今对那份心灵遇到的抚慰，一直心存感激。

后来在另一地一条河边，见到龙沙宝石的月季花墙，随河流蜿蜒，花朵更大些，香气更浓，让人心旷神怡。还见过乡村里的一户临街人家，一棵巨大的紫红色蔷薇，从一楼的一小片地面扎根，顺着墙向上爬，竟然爬到了三楼，在房屋外面形成一片紫红色的瀑布，远看似在倾泻而下。一朵花就足以开出一个甜蜜的春天，让人敬畏。

在我居住的城市，还有一座月季公园，数百个月季品种争奇斗艳，里面有爬藤月季花廊，长长的花廊两边用廊柱支撑，上面则用不锈钢架子弯成拱形，各色月季顺着廊柱攀爬上去，在空中交会，人在花下，走在花中，堪称一条美轮美奂的月季大道。公园里还有爬藤月季的花墙迷宫，人在里面听得见旁边的声音，但隔着花墙看不到人，在花香里穿行，刹那间觉得世间美雅，生命圆满。

也许是因此，对爬藤月季颇有好感。我有一个小院，能种植植物的土地面积不过十几平方米，我首选了爬藤月季，其中专门选了两棵红色的蔷薇，另有两棵是蓝色阴雨、藤彩虹。蓝色阴雨和藤彩虹种到了墙外面，两棵红蔷薇种在了院内，想让它们对着爬，在墙上形成一道风景。两年下来，损失了一棵红蔷薇，墙外的两棵也并不茁壮，唯这棵红蔷薇翻过墙去，开出一片喜人的面貌。我种的这棵红蔷薇，开花时花头并不大，却是集聚成一簇，五六朵同时开，也开得赏心悦目，如见旧友。

花开时美，过了季节，残枝需要裁剪，开败的花也需剪了，剪到有五片叶子处，留着再生新芽，有些叶子也发黄，甚至一到秋天，蔷薇叶上会出现几种色彩，叶子的一半还是绿色的，另一半已成渐变色，深黄、褐色、黑色，叶尖处还微打卷，这是叶子上的年轮。

修剪完了，清扫。把一年从萌生到绚丽，再到寂寞凋零的花枝扫去，聚拢来，本应晒干后焚烧成灰，变成花肥，为避免污染环境，便一趟趟运到垃圾箱。只等冬季施完一次底肥，静待春天。

西侧植有羽叶茑萝，属于旋花科番薯属一年生柔弱缠绕草本植物，叶似鸟羽，春天种下两棵小小的种子，长出蔓来，分别顺着拱形架子的两侧爬呀爬，葳蕤而行，爬了一人多高，两枝藤蔓在架子上方碰头，相聚在一起。夏浓时正好开出小指甲盖大小的红花，很是秀气清丽。有风来时，整个藤蔓随风而舞，精致动人。

秋日叶子开始枯萎，变黄，花朵开过，结了小小的如黑芝麻大小的种子，蒴果卵圆形，种子黑色，有棕色细毛，包裹在一层薄薄的牛皮纸色外皮里。我小心翼翼地采集了一些，捻碎外皮，稍不小心，那小小的种子就从指缝间溜走了。我把收集到的种子，用一个塑料小盒子存放起来，等着明年再种，然后将羽叶茑萝的藤蔓及枝叶，一点点从爬架上清理干净。望着一地的碎末和枯茎，忽然有点伤感，对于一种一年生的植物来说，分解和腐烂是一种宿命，对大自然来说，却是循环和再生。

毕淑敏曾说，日常生活的核心，其实是如何善待每个人仅此一次的生命。羽叶茑萝也是那么明媚、富有诗意的生命，万物生而有翼，它来过。面对完成今岁使命的羽叶茑萝，我在心里默念了一句：谢谢。

云　起

王维说，行到水穷处，坐看云起时。学会看云、赏云、收集云彩图片，静看水云间的循环，便能在天空发现另外一片广袤的天地，体悟大自然的规律。

英国学者加文·普雷特－平尼按照瑞典博物学家卡尔·冯·林奈所创立的万有分类法，依照种属之分，把云彩分为低云族、中云族、高云族、多个云族等四大云族，积云、层积云、层云、高积云、高层云、卷云、卷积云、卷层云、雨层云、积雨云共十个属，如果再向下划分则有二十六个种，三十一个变种，三十二个附属云。想要看到这些云，如果不喜欢观察，不喜欢仰望天空，大约是非常困难的。

鲁西北平原上，我常看到的云彩有层积云、高积云、卷云，尤其是秋天，积云明亮清晰的花椰菜形态会不断生长，一团团的，在蓝色的天空中游动，如同无数朵白棉花糖；高积云像一片鱼肚上的白鱼鳞，一片压着一片，且有四个云种，七个变种，特别是其中有一个变种漏光层积云，也叫漏光云，我曾在去敦煌的路上见过，翻滚的云彩层起云涌，在云块之间的间隙，阳光穿过，如佛陀指缝里穿越而下的光，让人顿时觉得庄严肃穆，禅宗里的顿悟正是如此；卷云最是优雅，像白色的头发，发丝看得非常清晰，卷云中除密卷云外，其他的种类都可以折射，产生彩色的光晕，堡状卷云、辐辏状云日常偶尔也能看到；当弧状云和管状云到来的时候，风暴也便来了。我几乎没见到过山帽云和旗云，那可能需要到天山或者玉龙雪山去偶遇，我也期待着在有生之年能见到一次"曙暮光条"，也就是著名的"雅各布天梯"，如有幸遇到，必是人生奇妙的时刻。

看云看得多了，天上白云悠悠，地上草色青青，心里万马奔腾，偶然行到水穷亦非悲哀，坐看云起亦能快乐，人生总有迂回曲折，中年总要尽力争取身心澄明。

王维在诗中说："湖上一回首，青山卷白云。"其实，青山自青山，白云自白云，卷就不必了。人到中年，闲静自闲静。

云 彩

一个人的十二个时辰

子时（23:00—1:00）

夜有帷幕，子时拉开，中医说阴气最盛之时，熟睡才能养出胆量，十一脏腑才能安然。《素问》中说，"胆者，中正之官，决断出焉"，胆在肌体里养润，人最早的那一滴血气，全然给了胆魄，胆魄竟然在睡眠里生长。

睡眠与现实的关系是海水与岛屿的关系，时间正好，白日各有使命，为生存、为家人而生存的波浪，在夜晚可以暂且平息，躺在自己的岛屿里与水为邻。深度睡眠是健康的源头，一心一意的睡眠带来愉悦与满足，可以安静地回归自己。

按平均寿命计算，一个人一生睡眠的时间加起来足足有二十三年，如果除去做梦，除去浅睡，除去各样的疾病，真正酣睡的时间大约只有四年，所以坦然自适、心无旁骛的酣睡不可多得，这是福分。

其实，神灵不仅隐藏在黑夜里，隐藏在星辰、山水、河流、季节、植物里，也隐藏在凡俗的街道、房间、衣服、鞋子、食物、饮料、垃圾里，更重要的是它隐藏在一个人的身体中，万籁俱寂正好眠，以精准的时间律令，滋养作为一个现代人已经缺乏了的胆量。

丑时（1:00—3:00）

如果时间是棵树，丑时该是树杈上最高的那一枝。需要搭建路标，被人体识别。

也许潜意识里还觉得有许多事要做，虽未翻江倒海，却也如小溪流淌，一声瘦瘦的鸡啼便能带来瞬间的混沌，产生不安，沉入梦境。时不时，梦里回到童年，那时还有干净的水，清清的池塘，还有清洁的精神，还没有各种欲望、伪装、虚假、炒作，各种指令加持，时代带来了科技，让生活更便捷，也带来了快节奏，让生活快得没有耐心，不再安静。睡梦中也是如此，魔幻与荒诞、象征、符号、疑惑、舞蹈、对话……觉察出探索的倾向，用梦幻做身心的管理和调节。如果灵魂不够丰富，极易向内收缩、挤压，异化成另一个人，或者分解出另一个副人格。

波斯诗人鲁米说，万物生而有翼，敲响内在的门，不要去敲别的门，由每一道流经意识客栈的情绪之流来照料灵魂之花的开放，每个人都能看到他们如何擦亮了自我之镜。

在丑时的深境之中，能看清自己的一张脸，藏在眼神和皱纹里的浅薄、嚣张、贪婪、堕落、残暴、怯懦、自私、懒惰、恐惧，写在每一个表情里，一把火焚烧，擦去这些罪过，让血归于肝脏，卧归于一场卑微却美好的梦境。

寅时 (3:00—5:00)

天色还在朦胧之中，咳嗽咳醒。坐起披衣喝水，补一点布地奈德喷剂，咳喘始平。身心总会有些界限，提醒不可突破。肺经运行，肺朝百脉，新鲜血液经肺后送往全身，早晨人才能面目红润，有精神。

已秋日咳喘多年，算是宿疾。大约支气管生而薄弱，一场感冒也会转向炎症，吃黏稠重口的食物也会造成久咳。尤其不能闻到烟味，不能突然一阵冷风吹，不能在有粉尘的空间待太久，这样的制约让人无语。发作期间需要戒食生冷，戒掉对某些植物的喜爱，戒掉灰尘，戒掉寒冷，甚至戒掉成分复杂的沐浴液。肌体让人节制，生活也意兴阑珊。

无戒律，人生并不圆满，有持戒，虽有束缚感，处处受限，却能平正中和，不陷入无所不能的狂妄。人很渺小，神祇出厂设定时，已经有了限定的缺点。无节制，未必自由。

卯时 (5:00—7:00)

黎明醒来，窗外鸟鸣，它们总比我起得早，提醒我该起床了。一杯白开下肚，腹内纷扰，大肠蠕动，排解污秽。如果可能，我愿意就近找一片田地或者一小片树林，带一把铁锹，就地蹲下，在自然中排泄，然后如猫般掩埋干净。

人需要接地气，生活在大自然中。城市是怪兽，抽水马桶一响，秽物不见了，冲刷到下水管道中，带有轻蔑的意味。如果有一片田地，一次充足的肥料，足以让一棵庄稼长得茁壮丰硕，这是反哺和循环，也算是更为合理、更为有用的方式。

　　天边有了鱼肚白，太阳会按季节和时辰升起，时间的快速流动呈现在天光云影中，让人有一种隐隐的恐惧，又一日要来了，而人之一生也不过三万日。同时，又有刹那的欣喜，这一日，还充满着希望，还有用力生活的力量。

辰时（7:00—9:00）

　　我的胃在粥中舒服地舒展，妥帖地拥抱，稍后它还会与一枚白煮鸡蛋习以为常地接吻，几碟小菜也会与它亲切问候。如是，早晨才是早晨。有时，它也会与白色的豆浆或牛奶亲密接触，偶尔发生对白粥的叛变，间或喷涌出对油条或小笼包的热情。

　　食物会随着年龄的改变而发生变化，青年时可以凑合一顿，甚至有时贪睡，空腹不食。中年的胃已不能将就，需要按时抚慰，心悦各种各样或粗糙或精致的食物，像苔藓一样一点点爬着生长，让肌体健康，与精神达成和解。昊天之德，自然之养，需要加倍敬畏和尊重。

巳时（9:00—11:00）

　　最好的时光都是被辜负的，每每认真开始一天的工作，恰也是脾开始运转之时，肌体开始造血，储血造血，并进行免疫应答的时刻，我用自己仅有的血量，也尽力输送给自己的职业，从进行时到未来时，直到有一天成为过去时。

　　一份职业与一个人存在对应关系，不管你选择固定的职业，还是自由职业。有人在职业里谋生，有人在职业里谋一份热爱。

艰辛的是，虽总是想跳出固定轨迹，但常常是画地为牢，继续钉在原地面对铜墙铁壁。有些人能在喜欢的职业里，做自己喜欢的事情，大多数人只能在不喜欢的职业里默默忍受。有些人因为失望躬身退出，不参与社会生活，慢慢地边缘化了，也有人在时代或人心疯狂时，后退隐藏，不愿让浮躁的泡沫脏了身心。无论哪一种方式都无可厚非，只要于社会无害，能做到自适自洽。

当职业尽头来临，时光从我这里带走的，还会以另一种方式还给我。命运交叉的方向也是自由的方向，岔路上的灵魂需要喂养，第一阶段可能是谋生、责任、秩序与安全，第二个阶段是自由、开阔、纯粹与谦逊，第三个阶段是平静、安然、包容和死亡。真正的供养是自身深处灵魂的省察，与世俗无关，但愿不久的将来，让我的巳时只属于文字。

午时 (11:00—13:00)

子午流注，心脏盛衰开合、流动灌注，每个时辰都有时间节奏、时相特性。身体需要能量流动，水、食物、睡眠、语言、劳作，而心的需求比较大，心主神明，开窍于舌，其华在面，需要开阔、旷达、光明、信念、力量。

庆山说过，当人能够内心轻盈、洁净、无所求，就显得自由自在，并且端庄。

心力需要清静自持，深深地呼气和换气，提纯自己的意念，尽可能保持精神的喜悦和纯粹，让氧气更多地到达心脏，小心翼翼守护善良和仅存的柔软。

未时（13:00—15:00）

承认自己的局限，一尾脱钩之鱼残破的嘴唇，貌似一枚勋章，书写所受过的羁绊，溪鱼之狭窄，因为不曾见过浩渺的海洋和广阔的天空。

不再喝奶茶，哪怕是秋天的第一杯奶茶，惧怕浓重的甜味麻醉了味蕾，分辨不出苦涩的滋味。入秋以来，逢到周末的这个时间，会熬一些药茶，慢慢看着花朵、植物的根茎切片，在透明的容器里沸腾翻滚，一股药草的清香在室内氤氲，以气息还原植物的鲜活，熬出仁慈的善意，暖暖地抵达我的身体。这算是一种默契，有过相似经历的女性知道，一杯药茶会修复多少残缺或脆弱。

没什么，生老病死都要经历，体重也在渐渐攀升。一个人的自由之路无非有两条，给能力做加法，给欲望做减法。

自然地老去，接受所有，热爱所有。

申时（15:00—17:00）

有雨。下雨的声音很神奇，吧嗒吧嗒，如同一个受了很多苦难的女人，依然那么天真地笑出声来。

初时，窗外有白杨树，时常哗啦啦地鼓掌。后来换了一个办公场所，窗外有一棵枣树，另一棵也是枣树。再后来，又换了劳作的地方，窗外有一棵夹在墙里生长的梧桐树，下半截在有裂纹的墙里藏着，上半截虬曲着枝干，向上继续生长，枝繁叶茂华盖如伞矣。听雨，雨落在不同的树上，发出的声音不一样，白杨叶光滑，"哗啦哗啦……"雨声有些干脆；枣树叶小，"窸窣窸窣……"

雨声细密轻巧；梧桐叶宽阔，神似巨大手掌接住了雨水，"噗嗒噗嗒……"雨声有些沉重。

兹比格涅夫·赫贝特在一首思考触觉的诗中写道："观看是一面镜子或一把筛子。"侧耳倾听，也是如此。

酉时（17:00—19:00）

黄昏来临，天色苍茫，在回家的路上，遇见放学的儿童，打工归来的中年人，打卡收工的上班人，摆快餐食品摊的小贩，卖水果的老年人，开着货车、公交车的司机……我进入成百上千的人，隐藏在他们的微表情里。

路过收割了玉米的田野、高速路下的涵洞、钢架架构的厂房、路边的村庄、几棵未采摘的石榴树、竹篱笆后面的丝瓜架、一条忧伤的河流、半水的残荷、路边的凉亭、几座高大地标性的建筑、红绿灯路口、次第亮起灯光的小区……我进入无穷多的景物，经历它们。

望见了天空一掠而过的鸟群、缓缓下山的夕阳、雄浑的天空、一架飞机经过的白色曲线、黄昏的阴影……我进入神祇的地图，感受它们。

感受最多的事物，没有名字。有另一个世界，但它就在这个世界中。如同一粒琥珀，曾经流动着，现在结晶。

戌时（19:00—21:00）

喜欢两个描写黑暗的句子，一个是女诗人狄金森的"我们渐渐习惯了黑暗，当光被收起，就像邻居拿着灯，目睹她的告别"，另一个句子是叙利亚诗人阿多尼斯的，"这一幕经常发生——黑暗把爪子，伸进光明的身体"。

在夜晚，能够让人安心的东西，有音乐、书籍、一杯红茶，这是对抗黑暗的自我花园。几乎不再耗费心力去应酬，身体是一本火焰之书，要减少无意义的点燃。这个时辰，适合翻书、枯坐、冥想，自我招安，词语的飞鸟停在我眼前，翻动书页，并在其中辗转。

亥时（21:00—23:00）

古籍《灵枢》说这个时辰"经脉流行不止，与天同度，与地合纪"，正是收束的时辰。夜晚是宁静的画卷，万物都沉浸在黑暗之中，等待新的一天的到来。

灵魂知道你的黑夜，山寒水瘦，我把手伸出去，完成一个仪式，在纸上荒野夜谈、写字，三百六十五夜潦草下笔，一念成河。

一袭旧衣

1

周末，收拾杂物，整理衣柜里的一堆旧衣服。那是几条再也穿不下的裤子，还有几件款式过时的毛衣，一件洗得发白的秋衣，已开了线，即便缝上也不合体了。另有若干件总想着减减肥就能继续穿的外套，里面还有一件我很喜欢的大衣，年轻时穿过多次，现在的我其实不得不承认，永远也难以把中年的自己，塞进青年时的衣服里了。

一时辨别不清是衣服在老去，还是自己在老去，这让我有点沮丧，心为身役，保留着这些衣服，似乎是给自己一个很好的借口，仍然抱有瘦下来的希望，还想着再挣扎扑腾几下，不甘心放弃跟岁月的较量。

在自我认知里，承认自己衰老并不是件容易的事。什么时候发现自己在逐渐老去的呢？仔细想想，都是些鸡毛蒜皮的小事。

一次，我去摘院子里架子上垂下来的葡萄，也就是踮踮脚再轻轻跳一下的事，结果是跳起来一下子扭伤了脚，两个多星期才止住隐隐的疼痛；戴近视镜多年，最近看书累得眼睛酸涩，摘下眼镜离近了看书似乎要舒服些，竟然有老花的趋势；头上有了白发，一开始是三两根，拔掉就行，直至头上的白发如离离原上草，拔了又重生。

还有，最直观的一点就是喜欢的衣服穿不下了。年轻时会根据不同日子、不同场合，穿不同颜色款式的衣服，现在一律黑咖灰，听起来就像一个传统的绕口令，"黑化肥挥发发灰会花飞，灰化肥挥发发黑会飞花"，自己都觉得尴尬……

人们说，人不如旧，衣不如新。放在我身上，衣若如旧，倒是一种福分。旧衣服里面藏着时光的味道，身体的气息，与人相依相融，穿久了，就有了神韵。

穿一件新衣服上身，总不自在些日子，要么光泽太亮，要么扣子太紧，要么衣领有些硬，硌得慌。及至下过几次水，在洗衣机里洗过几次，掉色的掉过了，不掉色的洗去了染料的气味，有绣线的颜色不浓烈了，发硬的地方变软了，太阳晒过几次，方才穿着舒服，是真正属于自己的衣服了。

尤其是内衣，越来越喜欢棉或麻的材质，吸汗、轻巧、透气，能够包裹肌体，却又不捆绑肌体，自由舒适。这就像是一种认证，自己心甘情愿了，喜欢了，穿在身上的衣服才变成自己的一部分。

2

我时常在某一时刻停顿，就像现在，我在黄昏的街头看见一个牵着孩子的老奶奶，她正低头跟孩子说话，也穿着旧衣裳，但裤子中间有一条明显的中缝，就像我已经故去的祖母那样，双肩担着忙碌的生活，依然倔强地坚持着自己的尊严和体面，让生活那么明亮，那么有味道，那么耐看。看着她慈祥的笑容，直到她的身影在夕阳里走远，我才回过神来。

祖母生前生活很简朴，经常穿着旧衣服，却很干净合体。夏日穿一件的确良上衣，下身着一条蓝布裤子，另一身常穿的衣服也是如此。只不过，一套在身上，另一套，她叠好了放在枕下，睡觉时就枕在上面。平时她身上的衣服上总有几条折线，就是在枕下压的。祖母习惯把衣服洗干净了压在枕下，枕着睡三两日，衣服也就平了，省时省事。

那时，没有挂烫机，没有电熨斗，只有铁熨斗，需要把一块长方体的铁烧红了，然后用铁钳子夹起塞进熨斗里。在衣服上面铺一块干净的旧毛巾，隔着毛巾慢慢地把衣服熨平，如果忘了铺毛巾，极有可能把衣服烫焦、烫出洞来，所以熨烫一次衣服要小心翼翼，很麻烦。

祖母自有她自己的生活哲学，除了把衣服压在枕下，她还会把微潮的衣服叠得方正，放在椅子垫下面，吃饭时坐在上面，用不了多久，衣服也就平了、干了，穿在身上带着清晰的折痕。

熨衣服解决了，洗衣服也不是没有办法。祖母把一盆水泼到烧焦了的草木灰上，"滋滋——"水顺着滤篮一点点滴下来，浸过了灰的水由此变得滑润，成为上佳的天然洗涤液，衣服上的脏渍汗渍，用草木灰水轻轻一搓就掉下来了。听祖母说过，有时也可以去采无患子，这是一种外形像桂圆的小果子，又名菩提果，外皮含有皂苷成分，是一种天然的清洁剂，可用来洗衣服、洗澡、洗头，闻起来有皂角的香气。扒开它的外皮对着搓一搓，就满手的泡泡，洗起衣服来特别干净清爽。

祖母是长寿之人，活到九十多岁，她有自己的生活方式，饭不过饱，衣不喜新，活不离手，万事抵不过平静安然度日。尤其是晚年，生活条件好了，子女们给她添置的新衣，她大都转手赠送给了别人，也有的直接捐了出去，不曾见她与谁攀比过，她唯一戴过的饰品，是右手中指上一枚缝洗衣物、拆洗被褥时常用到的顶针。

祖母素衣华发，很质朴，走在她身边，一股旧衣服上特有的味道，闻上去很恬淡。

3

一个人与一件衣服相遇，谁能说这不是一种缘分？在若干形形色色样式各异的衣服里，不早也不晚，就那么一眼，便看到了它，取下来试穿，感觉看上去顺眼、舒服，于是买下来。自此一件衣服跟你结缘，跟你长期相伴，穿着穿着就有了情感。这像不像张爱玲笔下的爱情，哦，原来你也在这里。

一件衣服必定需要经历由新到旧的过程，古人用字造词妥帖，依依不舍一词就很绝妙。"依"字始见于商代甲骨文，古字形从人从衣，人在衣服里面，后来才演变成楷书的左人右衣，古意为人依靠衣服保暖、蔽体，人是衣的仰仗，衣是人的支撑，体贴着这份缘分，这份心意，依恋、依偎，后来才延伸到不舍之情。

旧衣服之所以让人留恋，是因为有经历，有故事，能唤起人的回忆。有些衣服与人的缘分是终生的，在光阴中肌肤与衣服磨合，直至穿破穿烂还舍不得扔掉；有些衣服与人的缘分凉薄，乍见之欢，一看惊艳，再穿惊心，穿着不舒服，也就弃之一旁；有些衣服则抵不过岁月漫长，穿着穿着就瘦了、小了、短了，只能再见；有些衣服只有在特定的场合穿，且一生最好只穿一次，比如婚纱。

衣不经新，何由而故？不得不说，世上没有一件我们能够终生穿着的衣服，儿童、少年、青年、中年、老年，不同的阶段有不同的衣着，且身体也在不同的状态中，我们的身体在变形，比如女性的孕期、减肥期，青少年的生长期，老人的健康阶段、疾病时期，各不相同。如果一件衣服能在相当长的一个阶段与我们"衣衣不舍"，那已经是人与衣服的两情相悦了。

可能对衣服最好的态度，应该是"喜旧不厌新"，惜物惜缘，一丝一缕当思来之不易。合适的旧衣服就继续一路陪伴着走下去，新衣服也不妨适当接纳，不过度浪费。而且，旧衣服要给它合适的归宿，比如穿瘦穿小的衣服，消毒后捐赠公益，这是和旧衣服最美好的告别方式。或者，把衣服改作他用，也是对旧衣服的尊重，曾经见过朋友用旧衣服改造的牛仔包、靠枕，非常实用，还在网络中见过有人对旧衣服巧手改造，做成收纳箱、装饰画等物品，这些创意是对旧衣服的再利用，可以赋予它们新的生命、新的价值。

衣服也有它的生命周期，流行与时尚貌似在不断轮回，20 世纪 80 年代改革开放之初，大街上喇叭裤、牛仔裤流行，你看如今时装周上的喇叭裤又一轮循环；八九十年代港片中的港风服饰，现在依旧有自己的市场拥趸；最近流行的"老钱风"、新中式女装，谁能说不是把汉唐宋元明清乃至民国的女装风貌又重新演绎一遍呢？

4

人靠衣服马靠鞍，现代人更追求年轻时鲜衣怒马，年老时衣锦还乡。各色明星也在各种公众场合"吴刀剪彩缝舞衣，明妆丽服夺春晖"，有的穿衣布料越用越少，露得越来越多，有的越来越花，如开屏孔雀，一次次展示高端奢侈品牌的魅力，不知道被资本绑架的服装，是不是已脱离了服装的本意。只穿一次就再也不穿的衣服，或许不是时尚，换个词来说，叫服装垃圾。

商品时代这样夸张的审美，绵密、喧嚣、炫耀、拜金，甚至有些急促地扑上来，挤压遮蔽了大众的朴实生活，让人有一种喘不上气来的感觉。不停地弃旧换新，不停地消费，不停地遗弃，缺少节制和谦卑，也缺少了古旧的韵味，没有了时光的沧桑感。

现代人坐在物欲的火箭上，追逐新潮、新奇、新鲜、新颖、新款、新貌，穿着崭新的时装，过着日新月异的生活。大多数人变得看衣装下菜碟，见人衣冠楚楚，便另眼相看，甚至点头哈腰，殊不知衣冠楚楚之人中也有禽兽；见人衣衫破旧，便嗤之以鼻，满眼瞧不起，殊不知衣着素朴之人中也有龙凤。

其实，旧衣在身既是人生境遇，也是温暖中华文明的一种美。《左传》中的"筚路蓝缕，以启山林"，楚国国君熊绎驾着柴车，穿着破衣服去开辟山林，创业的艰辛和困苦可见一斑；孔子有教无类，穿着朴素的衣衫教授弟子，周游列国时，一度境遇如丧家之犬，形影孑立，虽旧衣破衫却难掩其思想的伟大；晋朝陶渊明穿着布衣躬耕垄亩，他在《归园田居·其三》里说，"道狭草木长，夕露沾我衣。衣沾不足惜，但使愿无违"，倚南窗以寄傲，满身菊香，千年流韵；李白感叹"长安一片月，万户捣衣声"，怜惜百姓劳作，秋夜怀思挂念远方征战的亲人，期盼何时能平定侵扰边境的敌人；杜甫旧衣飘飘，嗟叹"八月秋高风怒号，卷我屋上三重茅"，忧国忧民的诗句反映当时社会矛盾和人民疾苦，上悯国难，下痛民穷，写尽世上疮痍，堪称诗中圣哲；

苏东坡一贬再贬，贬职岭南、海南，一袭旧衣在身，笔底波澜，无改豁达乐观……不可想象，如若这些人华衣裘袍讲学布道，身着绫罗绸缎在田里锄禾日当午，会缺失多少与人间疾苦同频共振的悲悯，会丧失多少生命的本真。

再看看近代的鲁迅、蔡元培等先生，一袭长衫，不喜奢侈，弘一法师也不过常穿一件旧僧袍，未见在服装上多费心思，也丝毫不能撼动他们对文化教育、佛教的贡献。他们素朴，但不守旧。

也有一种喜欢穿旧衣服的人，真诚地把做作当作事业，用补丁作为廉洁的标志，一直让人搞不清他们的脑回路。

明朝最后一位皇帝朱由检，传闻中他走路极慢，因为衣服里面有很多补丁，一旦走快了，破洞就露出来了。他还超级勤政节俭，一方面修建自己的陵墓花费几百万两银子，另一方面为节省帝国开支，省出几十万银子大幅度裁撤驿站，李自成因此失了业，愤而起义，结果爱穿补丁衣服、特别节俭的崇祯皇帝，一不小心就丢了大明江山。

清朝道光皇帝更是把节俭发扬光大，舍不得吃肉，大宴群臣时，好不容易赏赐一人一碗肉丝面，还无比心疼。龙袍穿破了，打个补丁继续穿，鞋子破了，把鞋底重新纳一下，需要军事投入，先不管，省钱最要紧，直省到国力越来越弱。上有所好，下必甚焉，在道光皇帝的示范下，一时间整个朝廷的大臣都拼命装廉洁，穿着补丁摞补丁的衣服装模作样来上朝，一些地方官员来京城觐见，还得特地准备一件破衣裳。每天大殿早朝，君臣如同丐帮开会，一片衰败亡国之气，成了历史上的大笑话。

不知道怎么回事，现代某些影视剧也传承了打补丁这一美德。某部影视剧的画面中，两个战士穿着崭新的军装，上面打着补丁，其中一个人的补丁在胸前纽扣处，另一个人的补丁打在肘窝处，补丁都打在最不容易破的地方，领子、袖口、膝盖等最容易磨损的地方一个补丁也没有，这也引起网友关注讨论，不知道导演是不是缺乏生活体验，不食人间疾苦，让拍戏更有"戏剧性"，才拍出喜剧色彩这么浓厚的战争片。

5

曾在湖南博物馆，见到一件中国现存最早的衣物——素纱禅衣，是上衣下裳连缀的深衣样式，右衽交领、直裾，薄若蝉衣，轻如烟云，只有 48 克重量，纱衣衣长 1.28 米，道袖长 1.95 米，宽袖口，折叠后甚至可以放入火柴盒中。隔着两千多年的时光，我们依然能够想象，辛追夫人穿着这件轻柔飘逸、飘然若飞的纱衣，该有多美。古人的智慧在这件纱衣上已经体现得淋漓尽致。现代人用了 13 年才仿制出一件与此类似的纱衣，而且比这件旧纱衣重了 0.5 克。

因着这件纱衣，我们看见了古代蚕丝工艺的成熟，纺织业的发达，以及高超的墓葬防腐技术，了解了西汉时期的衣着习俗。旧衣裳里藏着一个女人鲜活的一生，这一生可追可溯，还带有生活的细节，倘若将这件纱衣穿在锦袍外面，可以让锦袍的花纹呈现朦朦胧胧的色泽，倘若作为内衣穿着则会无比清凉。在夏季的午后，辛追夫人身着彩色纹饰镶边的绣花长袍，享受着水果食物，根据出土后尸体解剖的结果推测，那一日她吃了甜瓜，因胆绞痛发作而造成心搏骤停，最后缓缓地闭上了双眼。

在马王堆一号墓西边厢出土的一个竹筒中，曾盛放着辛追夫人陪葬的一批衣物，这批衣物早已价值连城，旧衣裳也能破解时代的印迹。如今在很多博物馆或名人纪念馆里，我们常常能看见陈列的旧衣服，从这些衣服里，我们能大体知道一个人的着装风格和精神面貌。人如其衣，其衣如人。

古人常说，布衣之暖，菜根之香，诗书滋味长。"衣"是人生里面不可或缺的生存条件，原始人类用兽皮、树叶蔽体的时候，还不是真正的"衣"，等到稼穑耕织形成气候，才真正迎来由动物而向人类转折的衣之暖，这时人类才摆脱了寒冷，开始顾得上关照寄居在肉体里的灵魂。有了衣之后，人身上动物性的部分得以剔除，人的自然属性弱化，社会属性逐步凸显。这一过程中，衣服对人类的抚慰值得感激，"岂曰无衣"也是一种同胞间的惺惺相惜。

旧衣如旧友，穿惯了的衣服更加温暖妥帖。"病起乍尝新橘柚，秋深初换旧衣裳"，在唐代诗人韩偓的诗句中，大病初愈，天渐转凉，换了件旧装，安静的生活里充满着温情，余味悠长。

旧衣是谦卑的，它把时间的光泽隐进褶皱里，与一颗灵魂同频共振，慰藉着我们贫瘠的躯体。尤其是人到中年之后，卸下坚硬的盔甲，多么华丽的袍子，都已入不了眼，不如穿在身上的旧衣舒适、干净、合体、上身即暖，自在如常。

身体是一座孤舟，衣服是我们的屏障，寄居在其中的我们，不妨任时间这把剪刀，在心绪上裁裁剪剪，一袭旧衣肥瘦安然。

四季书事

春·生命是一滴琼浆

春日，湖的一侧行人稀少，微风轻拂，光线柔和，草地上有石桌石凳，正适合读书。周末静坐开卷，一本诗集足以陪伴我一天，可以对着书页发一会儿呆，可以小声读一读喜欢的句子，还可以用笔随手在书页上记下自己偶尔闪现的灵感，如同神赐。阳光不那么耀眼，静水流深，对着一湖水读书，伴随着水草流动的方向，似乎有了不同的感触，思绪也在流淌。

春日能够让我沉静下来，适合一读再读的就是艾米莉·狄金森的诗了。自然、死亡、宗教、爱情、生命是狄金森诗中永恒的主题，25 岁之后的狄金森闭门不出，在临窗的一张小桌子上写诗，有时她也躲在储藏室里写诗，幽居的她把目光朝向了内在的灵魂，写出超越狭小空间、超越时代，具有现代意义的诗歌。正因为这样，我在阅读时感受到一种深刻的孤独之美。

她惯用破折号，世上没有任何一个诗人能把破折号用得那么意蕴深长，像一个个音符对我絮语：

美，不经雕琢，与生俱来——

若去追逐，它必闪躲——

顺其自然，它将永驻——

超越时光

牧场上，当风的手指

轻抚过草地——

神赐予的美

你永远无法造就——

　　狄金森自 25 岁起便深居简出，30 年的光阴里把自己献给了诗神缪斯。她遇到过两次爱情，第一次引起共鸣的是塞缪尔·鲍尔斯，当地报纸编辑，然而斯人已婚，只能冰封自己的情感。第二次是年长她十几岁的洛德法官，是父亲的同事和朋友，他在妻子去世后曾与狄金森通信多年，后来向 48 岁的她求婚，在慎重思考后，她给出了这样的答案，如果您"只想要面包皮，那注定将失去面包本身"，她没有选择婚姻，她需要的是灵魂伴侣，而不是做一个世俗意义上的妻子。爱情无疾而终，父母去世令她伤痛，最好的朋友苏珊嫁给自己的哥哥奥斯丁后，哥哥却又爱上了漂亮聪慧、富有才华的梅步尔，这也让狄金森感到苦闷，从此幽居在家将门紧闭。她的生活愈发沉寂，选择闭门不出不代表为灵魂设限，与世隔绝的日子让她感知更敏锐，思考更深邃，反倒让诗的翅膀飞得更高更远。

　　春半，湖水宁谧，树木静立。此刻，我想叹息，在诗中孤独着她的孤独，孤独是迷人的，孤独之美好，就如诗歌之于狄金森，就如湖边万物之于我。可惜，我无法免俗，不能在湖边搭建一顶帐篷，带上几本书，长期居住在这里，仅能周末待上一两日，便需回到日常应对琐事。在手机智能时代，过纯粹的阅读生活并不容易，甚至纸质的阅读也变得越来越奢侈，需要努力克制刷短视频的冲动，还需要放下一切投入阅读的从容心境，哪怕是一日两日，也足以做到开卷有益。

读累了，便沿着湖边散步，南岸有些散碎的细沙，踩在脚下柔软而舒适，像一床软软的春被包裹着双脚。湖水波光粼粼，延伸至远方，湖边的野草冒出一抹抹葱绿，有些萌萌的，还有一两只被野鸟叼到岸边的鱼，一只剩了骨架，另一只剩了半边，湖水漾起的气息有一点淡淡的鱼腥，观赏着周围的景色，眼睛得到放松，大脑也得到放松。我不知道狄金森写诗写累了，如何度过她的时光，很多资料说她一生只出过一次远门，几乎不去旅行散心，不过她喜欢打理植物，烘焙食物，甚至还研究出了不少食谱，这是她特有的一种休息方式。

狄金森的烘焙技艺高超，在几本书中都看到这样的评价，狄金森烤的黑面包味道独特，很受家人和左邻右舍欢迎。至今网上还流传着她存世的姜饼食谱：一夸脱面粉、二分一杯牛油、二分一杯奶油、一汤匙姜、一汤匙苏打、一汤匙盐，另加糖浆。与她同时代的人曾评价狄金森，说她是出色的面包师、一流的园艺师和高雅的插花师。

她在厨房里做面包时，脑海里也会涌出诗歌，会随手取用纸袋，用铅笔在上面写诗，有时也会把诗写在硬纸上、信封上。甚至她有点像中国古代的诗人，会把诗写在树叶上，写在任何自己随手能够到的东西上。时间长了，她的诗歌上也沾染了劳作的气息，有的带有巧克力面包味，有的带有花草的香气。她在生活里写诗，在诗歌里生活，见缝插针地写作，大多数诗歌简短而精练，率真而自由。

1858年夏天开始，狄金森用了7年时间，一边创作，一边把之前的全部作品进行了一次筛选，用优质的纸把自己的诗歌工整地誊写下来。每页纸上抄写几首，然后用针和线缝成一个小册子，她一共做了40本小册子，还整理出10"批"未缝制成册的诗歌，共计800多首，她一生写了1800首诗，这一次整理了近乎一半。这些诗都保存在箱子里，直到去世后，妹妹拉维尼亚在整理遗物时才惊讶地发现狄金森曾写过那么多诗。

狄金森并不太喜欢与人直接打交道，活动范围从小镇逐渐缩小到房子，最后缩小到更小的空间，1867年开始，她很少下楼，终日在自己二楼的房间里写诗或者做针线活。她的亲友回忆说，有时候访客到来，狄金森站在微微打开的门后边，与来访者轻轻说话，从不出面。1881年，天文学教授托德和妻子梅布尔到狄金森家做客，狄金森只是让家里人送小礼物表示欢迎，但从未出面见过他们，有时她静静地在自己的房间里听梅布尔弹琴，从这一细节可以看出狄金森是欢迎朋友到访的，只是她不想再见除了家人之外的任何人。能进到她房间里的，只有哥哥的孩子们，她喜欢孩子，还常常把糕点放在篮子里，从窗户用绳子吊下去送给孩子们。

其实，她不是彻底地与世隔绝，而是更喜欢用笔说话，最喜欢的表达方式就是笔谈。在众所周知的隐居生活中，她与朋友们仍然保持着书信往来，她一生写了数以千计的书信、便条和诗歌，三分之二写于她生命的最后16年。近年有研究者发现了狄金森晚年的一张便条，她在便条中自嘲道："我是粗人，不知自己是否有资格回复你迷人的礼仪，不过，蟋蟀们很不起眼，不会遇到审查，它们灰黑色的致敬当不会搅到任何人。"在随性而至的表达中，她用隐喻的方式，曲折地表达了自己的情绪。

狄金森终生喜欢园艺，对植物学保持了持久的兴趣。其家族祖宅占地 14 英亩，附带 2 英亩大小的松林、果园、花园和小农场。狄金森的父亲专门在家中搭建了玻璃温室花房，在这里她种下很多奇花异草，栀子、甜豌豆、山茶花、法国玫瑰、天芥菜，还有其他异域的花草，都在她的精心照料下争奇斗艳。狄金森甚至种植了馥郁的香水月季，据说是来自中国的一种玫瑰，花瓣呈深红色，另外还有山茶花，1785 年才从中国传入当地，狄金森很快就开始培育，这些来自东方的芳香植物也在狄金森的诗歌中有了意象。花象征了另一种自由，她在植物世界中徜徉，多识草木之名，了解花草的有关传说，采集、压制了 400 多种标本，并标上拉丁名称，她所制作的植物标本电子版，后来被哈佛大学霍顿图书馆收藏。

19 世纪 60 年代，狄金森患了眼疾，无法承受日光，所以她常常选择在黄昏或者夜间用一盏灯照亮，在黑暗中查看半边莲与珀菊的长势，眼疾好转后，她依然保留了夜间在微光中干活的习惯。她侍弄着三色堇、铃兰、风信子、金盏菊、水晶兰，以及其他一些稀缺植物，并常常穿着白色的衣裙为植物浇水、施肥。据她的亲友回忆，每逢花期，篱笆上缠满的花卉像是缕缕彩带，另有大片黄水仙、大丛金盏菊，让人心驰神往。她常把自己亲手种植的花卉，包扎成花束，让家人去送给朋友，还会附上自己的诗句。她在一首诗中写道：

> 我隐藏在，我的花里
> 这朵花佩在你的胸前
> 你，并没有想到，也佩戴着我

天使知道这一切

我隐藏在，我的花里

这花在你的瓶中凋落

你，并没有想到，为我而感觉

几乎是一种寂寞

狄金森 56 岁因病去世，她的葬礼也充满了花香，身穿白色法兰绒袍子的她，颈边摆放着枥兰和紫罗兰，手里放着两枝紫色的天芥菜花，美丽而安宁。她在很多诗歌中对死亡这个主题进行了深深的思考，甚至想象过死亡，狄金森一生 1800 首诗歌中，关于死亡的诗歌近 500 多首，并且大多创作于她生命的中后期，例如《我觉得脑子里有一场葬礼》《因为我不能等待死亡》《除了死亡，一切皆可校正》，她在对死亡的反复书写中，确认生命的价值。在她诗集中第 363 首名为《我去向她致谢》诗中说：

我去向她致谢——

但她已睡去——

她的床，一块狭窄的石头——

头与脚放满——

访客们携来的花——

谁去向她致谢——

但她已睡去——

漂洋过海，将她探望——

仿佛她尚在人世，这过程虽短——

但归途，却很漫长——

这首诗已经完美预言了她葬礼上的情景，对照她的一生，复刻了她的死亡，并告诉我们未来她会对世界产生的影响。的确，所有后来的诗人，以及她的忠实读者都发自内心地感谢，她以诗歌的形式在后世无数重要的时刻神秘醒来，宛如重生。

诗集中《我的生命——一杆上膛的枪》《自所有创生的灵魂》等具有高度生命理性和智性的诗歌，也一一击中了我，思想的力量和认知的原创性，无疑成为最打动人心的子弹。正如她在《我啜饮过生活的甘醇》中所说，生命的分量如同一滴天堂的琼浆。帕斯卡尔说人是能思想的芦苇，的确如此，诗人存在的意义，就是一个向精神世界伸展的探险者，不了解自己，了解世界就毫无意义。狄金森在诗中这样认证诗人的身份：

> 诗人点亮的只有灯——
> 他们自己，熄灭——
> 他们使灯芯燃起——
> 假如生命之光
> 像太阳与生俱来——
> 每个时代是一枚透镜
> 播散他们的圆周——

在春天的一个角落，这些句子就像四处喷溅的烟火，噼里啪啦响在湖边的旷野中，让我的心不断惊奇悸动，紧紧握住书页的手也在微微颤抖，辨认并且认领这些句子，让我幸福到战栗，如一杯琼浆滋润着我的干渴，一同而至的还有狄金森花房里三色堇的阵阵清香。

序　曲

夏·思想的影像

盛夏，天气炎热，蝉声如织。因为暑假，我变成时间的富翁，可以在一段时间内流连于自己喜欢的作家作品中。

所在的地方几乎没有咖啡馆，茶室也离得远，书店又人来人往，家中呢，更适合阅读消遣性的文字，而且我可能读着读着就被家中琐事分散掉注意力，甚至还会躺着看书，一不小心就进入梦乡。与其接受对自我专注力的考验，还不如直接切断源头，到清凉的图书馆去看书，这儿温度适宜，图书丰富，还有各种报刊可读，实在是读书的好去处，一座城市能有这样的地方，真是令人欢喜。

先前，我买了苏珊·桑塔格全集，感觉用零星的时间阅读，断断续续，思维不集中，不能整体上对一个作家全面地了解，于是就放置在一边，这个夏天，终于打开了自己忍着许久不去触碰的这套书。最初读时一头雾水，不知道当时的背景，某些语词也不知所指，很难走近她。直到我找到一本桥梁书——《桑塔格传》，厚厚的一大册，书的封面上印着苏珊·桑塔格的半身正面照，她身穿黑色的皮衣，长发微卷，目光深邃，神情宁静安详。这本传记的作者是普利策奖得主本杰明·莫泽，他搜集了大量一手的采访资料，敏锐地捕捉了桑塔格的精神内核，写出了这本优秀的传记。了解一个作家，先从她的传记读起，或许会有先入为主的印象，但也有优点，能够帮助我更好地理解她的作品。

苏珊·桑塔格的一生如果通俗一点来表述，大约是"强健的文字，病痛的肉体，智慧的灵魂"。对于苏珊·桑塔格来说，作家不是她唯一的标签，她还是一个艺术评论家，著名的女权主义者，作为 20 世纪重要的公共知识分子、美国文化的象征，也是一个时代的标志性人物，她身上折射着西方知识界、文化界的思想图谱。

她年幼时，父母在中国天津经营皮毛生意，缺少关爱，5 岁时父亲又因肺病去世，母亲一直情绪低沉，后来再嫁，苏珊·桑塔格患有哮喘，母亲带着她和妹妹一直不断搬家，这样的人生经历带来的不安定感根深蒂固，让她始终无法寄放自己。好在她找到了读书这种方式，在少年时期就阅读一系列名作，十几岁时，已经阅读了很多思想类的专著和期刊，不知不觉中已经不断攀越群山，爬到山峰高处，一览众山小。

她 16 岁开始在芝加哥大学读书，大学毕业后在康涅狄格大学读英语专业研究生，又注册攻读哈佛大学哲学硕士学位，在牛津大学读博士学位时，因不喜欢牛津的男权主义习气，又前去巴黎大学游学。在求知的欲望上，已碾压了同时代的无数人，她的大脑仿佛巨大的图书馆，有着"照相机一般惊人的记忆力"，有了人文学科经典的贯通和积淀，加上思考力和表达力与她的天赋相得益彰，让她有了鄙夷庸俗的底气，甚至看上去倨傲而不容易接近。

苏珊·桑塔格 42 岁时患晚期乳腺癌，她以超强的意志力对抗疾病，做了切除手术，并选择了一种最严苛的化疗，加上长期服药，最终赶走了癌症，活到 71 岁。在对抗疾病的过程中，她思考疾病的意义和文化特征，通过揭示附着在疾病之上的隐喻，来揭示有关疾病的隐喻式思考方式。在《疾病的隐喻》一书的开头，她直抒胸臆："疾病是生命的阴面，是一重更麻烦的公民身份。每个降临世间的人都拥有双重公民身份，其一属于健康王国，另一则属于疾病王国。……我的观点是，疾病并非隐喻，而看待疾病的最真诚的方式——同时也是患者对待疾病的最健康的方式——是尽可能消除或抵制隐喻性思考。"桑塔格选择剖析的文化现象，是文化批评的载体，既需要洞察秋毫的眼力，又需要科学性思维、理性的态度，竭力去清除其中派生出的歧义，洞穿、批判矫饰疾病面目，远离疾病的本质的美学和道德修辞，避免政治压迫。

另外两件影响巨大的事件，一是在越战及萨拉热窝战争期间，她公然批评美国的立场，并在萨拉热窝炮火中坚定地站在波斯尼亚人身边；二是作家拉什迪因小说《撒旦诗篇》被追杀，苏珊·桑塔格公开发表演说，抗议霍梅尼宣判拉什迪死刑，认为这是一种针对精神生活的恐怖主义行为。她敏锐地意识到，作家的观点无论对错，应有个性表达和言说的自由，如果不允许作家说话，那么整个世界就会被专制垄断，今后作家将失去表达不同意见的权利。就如法国启蒙思想家、文学家、哲学家伏尔泰所说："我虽然不同意你的观点，但我誓死维护你发表意见的权利。"在与《滚石》杂志特约编辑乔纳森·科特访谈中，苏珊·桑塔格提出一个观点，即"作家的使命在某种深层意义上是要反社会的"。她始终是独立的，也是犀利的，既总结了时代，又对抗了时代，持久地抗议一切霸权以及各种政治、经济和文化上的压迫，因此也被称为杰出的公共思想家。

苏珊·桑塔格几乎是"世有其一，很难有二"的女性精英人物，《纽约时报书评》前主编查尔斯·麦格拉斯在悼念桑塔格的文章中写道："在那个令人生畏、固执己见和广纳博采的面具背后，是另一个桑塔格，更温和、更脆弱，我们对她仅略知一二。"她不愿意被大学教职牵绊，拒绝安定生活的围困，很早就开始了自由作家的生活。而且她的个人情感生活也是波折起伏，与自己的老师有过一段 7 年的婚姻，离婚后独自抚养儿子，终生没有再婚。作为双性恋者，她自爆曾有过 5 个女性和 4 个男性恋人，某一段时间还试过多个情人，目的是训练自己成为异性恋，而性的取向并不能改变，她失败了。哪怕她在其他诸如文学写作、社会批评、摄影、导演等各个领域都有不俗的成功体验，却在每一段恋爱中都有不同的失落感，甚至有挫折感。她在一次访谈时说："爱情让我着迷之处在于，它关系到所有的文化期待和被赋予的价值。我的恋爱关系从来没有短于几年。我一生中恋爱的次数很有限，但是每一次恋爱都一直持续到因为某种灾难而结束。"

在一段恋爱关系里，她并不懂得如何与对方相处，常常用智力碾压对方，有的时候会单方面终止同居生活，直接把恋人赶出去。苏珊·桑塔格身上仿佛有多重人格，这与她童年的经历分不开，她试图缝补心里的漏洞，也想擦拭漫长岁月里的斑斑锈迹，而那漏洞已经无法弥合，于是以一种扭曲的姿态生长，那属于公共的一半处于阳光中，郁郁葱葱，蓬勃旺盛，属于自己情感世界的那一半却在黑暗里，如同一个不断挣扎的孩子，懵懂中犹疑、辨认、自我否定，她说，"我必须活在自己的生活里，克服自身的局限"。有一次接受访谈时她说，"我幻想着粉碎现有的一切"。

读罢传记，又找出她的小说和几本随笔著作来读。苏珊·桑塔格学识渊博得令人生畏，但她的文字对于我来说，并不像某些哲学家的书那么晦涩，如她的《反对阐释》《疾病的隐喻》《心为身役》等著作，有一定的思想深度，同时又与时代相契合。读她的文字真是一种智慧的享受，一个夏天的时光倏忽而逝。

苏珊·桑塔格终生喜欢阅读，谈到自己的读书生活，她有几个明确的表述，一是把阅读比喻成一艘小飞船，"阅读是我的娱乐，我的消遣，我的慰藉，我轻微的自毁。如果我无法忍受这个世界，我就蜷缩在书里。书就像是一艘小飞船，带我远离一切"，另一个是"如果不是因为某些书的话，我不会成为今天的我，我也不会有现在的理解力"。同时，她在给博尔赫斯的一封信中说："书籍不仅仅是我们梦想和记忆的独断总结，它们也给我们提供了自我超越的模型。有的人认为读书只是一种逃避，即从'现实'生活的每一天逃到一个虚幻的世界，一个书籍的世界。书籍不单单是这样的，它们是使人们实现自我的一种方式。"

今夏，我打开一册册书，走进桑塔格的世界，里尔克说："请不要带走我的魔鬼，因为我的天使也会随之而去。"在苏珊·桑塔格的世界里，心没有成为身体的奴役，没有被魔鬼驱使，天使降临之处，呈现了思想的力量。

窗外夏日炎炎，室内一片清凉。

秋·岭上多白云

秋天的几日假期，我把自己放逐到山里，旅行箱里装上一本《王维诗全集》，专门去找了一处山间的民宿，住下来，不受打扰地阅读。

其实，有这种想法，是因为长期生活在平原，几乎很少到山中去，很想体味一下山谷之上慵懒的白云如何闲散地乱飞，感受一下"山中何所有，岭上多白云"的超脱。我常想，如果世上还有摩诘居士的辋川别业，那该多好，不管还残存多少遗迹，我一定前去访寻。

王维44岁左右时，已半官半隐，为了母亲能寂静礼佛，买下诗人宋之问的蓝田别墅后，在周边苦心营造出一片山水胜地。从他诗集中的诗句，大体能够知道，辋川别业建在山里，进山是孟城坳，山谷低地残存古城，山中多青松，越过山冈，则有北湖，湖边有文杏馆，馆后面岭上有粗竹，沿溪而行，则遍布山茱萸，越过茱萸后则有"宫槐陌"，有欹湖，行至山中则有鹿柴，鹿柴山冈下面就是王维居住的地方，"南山北垞下，结宇临欹湖"，往来则需划小船。如果泛舟湖上，"湖上一回首，青山卷白云"，美景如画，欹湖边建有临湖亭，可以停下来品茶赏景，离开湖向南行有金屑泉、白石滩、竹里馆，还有辛夷坞、漆园、椒园等美景。王维依山傍水修建的这处避世之地，唐朝冯贽在《云仙杂记》中说："王维居辋川，宅宇既广，山林亦远，而性好温洁，地不容浮尘，日有十数扫饰者，使两童专掌缚帚，而有时不给。"是一处雅静的风景胜地。

有一段时间他居于辋川，沉溺于田园山水之中，还曾与好朋友裴迪隐居于此，诗词唱和，好不惬意。《庄子·知北游》中有个句子说，"山林与，皋壤与，使我欣欣然而乐与！"辋川别业就是这样的所在，王维与山水田园为伴，与花草树木为友，晚山忽忽看云生，乐在其中。如果这处别业仍在，其格局景深，依照王维的审美，那必定是连环山水画一般的存在。古人说，山中无岁月，山里的时间漫长到近乎静止，王维在此隐居，临湖而居，修竹在侧，僻静到光影的摇动也恍然素瘦，夜色来临时，禅心亦如长明灯，风吹不灭。

苏轼曾这样评价王维："味摩诘之诗，诗中有画；观摩诘之画，画中有诗。"读好诗如在山水间行走，读王维的诗，则如山水画上的留白，让人冥想，世事沧桑心事定，人生空空如也，空的后面是安静。王维在悟禅之时，想必也有过刺破灵魂的曲折和蜷缩，否则他不会有"没于逆贼，不能杀身，负国偷生，以至今日"的追悔，初始他做不到像宋元时期改朝换代的赵孟頫那样身为"贰臣"依然心平气和，被安禄山俘获之后，他因诗名太大被圈禁，苟且偷生。这期间他写过一首抒发亡国之痛的《凝碧池》，加上弟弟王缙任刑部侍郎平叛有功，自请削籍为兄赎罪，王维才获得宽宥，再次为官，降为太子中允一职。

王维少有才名，《新唐书》中说他"九岁知属辞，与弟缙齐名，资孝友"，14岁入京，名震长安，《旧唐书》中记载"维妙年洁白，风姿都美"，诗书画乐无一不精，颇得公主赏识。21岁考中进士，当年即因有僭越嫌疑的舞黄狮子事件获罪被贬，成了看守粮仓的小官，后又有一段时间被安禄山一党绑架入职，起起落落，虽不怎么热衷于仕途的上升，官职却越来越高。他时隐时仕，反倒是一次次波折促使他有了归隐之心。受母亲影响，他跟道光禅师学佛，退朝之后，就焚香独坐，以禅诵为事，自我修炼，在佛教中找到自己的精神寄托。

有时我想，王维跟苏东坡的区别，可能在于东坡在烟火气中豁达自适，却也一直不曾妥协，在旧党新党之争中从不摇摆，始终不是被贬就是在被贬的路上，仕途中一根筋坚持自己的主张，诗词文章冠绝天下，生活中则随遇而安，自得其乐，活得坦诚率真；而王维这一生则尽力扮演好自己的每一个角色，为官时作得官样文章，在家时始终至孝母亲，妻逝30年无再娶，兄弟契合同气连枝，在隐时则诗画寄余生，永远那么小心翼翼，那么谨小慎微，他为后世提供了一种平淡冲和的人生模式。既没有决绝地站在官僚社会的对立面，像陶渊明那样倚南窗以寄傲，也没有践踏底线为虎作伥，而是以一种中正的态度，既入世又出世，晚期则放下一切牵绊，想要专心礼佛，寄情山水。王维的存在，丰富了人生道路选择的另一种可能性。

看看王维半隐半吏的经历吧，从21岁到60岁的职业生涯期间，4 次隐居，加起来长达 10 余年。开元九年（721）王维 21 岁时进士及第，任太乐丞一职，当年便受手下伶人舞黄狮子事件坐累被贬，在济州（碻磝城）一地任司仓参军，直到开元十四年（726）寒食节前，辞去官职归家回长安，在济州守了五年粮仓。他任职之地距离我现在常居之地不过 30 余里，如今生活在这里的人，知道大诗人王维，但不知道王维曾在这里度过了一段怎样的岁月。

以诗证史，从诗集中可以看到年轻的王维在这一带游历，曾游览过齐、鲁、冀等地，这期间还登临曹植葬身之地——鱼山，留下的《鱼山神女祠歌二首》中有悲切之意，同时足迹到东阿崇梵寺，在《寄崇梵僧》一诗中留下"峡里谁知有人事，郡中遥望空云山"的诗句。开元七年（719）王维 19 岁时，曾在《桃源行》中有过类似的表达，"峡里谁知有人事，世中遥望空云山"。在《济州过赵叟家宴》中则流露出对隐逸生活的真心喜爱："虽与人境接，闭门成隐居。道言庄叟事，儒行鲁人余。深巷斜晖静，闲门高柳疏。荷锄修药圃，散帙曝农书。上客摇芳翰，中厨馈野蔬。夫君第高饮，景晏出林间。"

开元十三年（725），王维故交祖咏考中进士，外放东州赴任途中，路过济州，与王维见面，两人留下不少应和诗作，诗友应答，一直是王维生命里最温暖的力量，帮助他度过人生中第一次挫折。他还时常与道士、寺僧、庄叟交往，并写诗数首。到开元十四年（726）王维辞去粮仓小吏一职，济州任上，他共留下诗作近 20 首。正是在这次经历之后，王维赋闲在家，其后淇上入职，并不满意，不久弃官开启入仕后的第一次隐居，位置在距离太行山、苏门山不远的淇水之滨。

开元十七年（729）王维返回长安，闲居几年，曾以布衣身份漫游蜀地近一年，直到开元二十二年（734）向张九龄进诗求荐，隐居嵩山，干谒求进得到赏识，获荐拜右拾遗一职出仕，后到河西凉州任职数年。开元二十八年（740），返回长安任殿中御史，随即到岭南公干，第二年回长安后隐居终南山，同年天宝元年（742）改任左补阙，此年王维42岁，这期间不停"奉和圣至"写诗应酬称颂，官职累迁。天宝九年（750）服丧隐居辋川三年，"居母丧，柴毁骨立，殆不胜丧"，服阕后拜吏部侍郎、文部郎中，天宝十四年（755）春转任给事中，至德二年（757）王维被安禄山一党挟持到西京，当年十二月"维以凝碧诗闻于行在，肃宗嘉之，会缙请削己刑部侍郎以赎兄罪，特宥之"。乾元元年（758）王维重返辋川，并迁中书舍人、给事中职，上元元年（760）升任尚书右丞，上元二年（761）春，王维61岁，上《责躬荐弟表》，请求削去自己全部官职，放归田园，使其弟王缙得以还京师。五月，进上谢恩状，七月，王维去世。

《旧唐书·王维传》中说："乾元二年七月卒。临终之际，以缙在凤翔，忽索笔作别缙书，又与平生亲故作别书数幅，多敦厉朋友奉佛修心之旨，舍笔而绝。"从这里能看出，王维是一个做事处处周全之人，临终写遗言还在嘱咐亲人好友一心向佛。

王维兄弟姊妹7个，父亲曾任汾州司马，在王维9岁时病逝。王维一生侍母至孝，对兄妹几人照顾有加，17岁在长安写下《九月九日忆山东兄弟》时，便是牵念亲情有感而发。王维青年入仕，弟弟妹妹尚未成家，各方面都需要家用，这也让他这个家中老大不能放下肩头的责任，欲隐之时，又想到一大家子还需要照顾，就打起精神继续浮沉宦海，直到兄弟几人都进入仕途，各自为官，才有了精神上的真正放松。家中兄弟最出色的是王缙，书法犹绝，文字清丽科上第，王维去世之后他曾官至丞相，在王维被迫任安禄山伪职欲获罪时，及时出手救了王维，这也从侧面说明王维作为家中老大对自己的兄弟曾多般照顾，弟弟宁肯削籍也要换兄长平安。同样，王维在自己尚书右丞职上求退之时，上表推荐弟弟王缙返还京师，才有了王缙后期仕途攀升，官至宰相。王维去世后，弟弟王缙整理编纂了他的诗集。

这两兄弟与宋朝苏东坡兄弟俩的经历有着奇妙的相似，苏东坡被贬时，其弟苏辙请求以自己的官职赎罪，不被批准，苏辙一直不断地"捞哥哥"，为求有能力救助兄长，后官至副丞相。《宋史·苏辙传》中说："辙与兄进退出处，无不相同，患难之中，友爱弥笃，无少怨尤，近古罕见。"苏轼狱中曾写诗说："是处青山可埋骨，他时夜雨独伤神。与君世世为兄弟，又结来生未了因。"这首诗如果用来形容王维和王缙的关系，也极为贴合，这两段唐宋时期兄友弟恭的佳话，传之弥久。不同的是，王缙晚年多作恶，苏辙却十余年开堂讲学，泽被后学。

后世的人在评价王维性情时，常用"清净恬淡"一词，不仅指他的性格平和，更多的是他诗歌中自然流淌出来的淡然。据王维晚年能建辋川别业的经济实力，他没有苏东坡所面临的经济窘迫的压力，也更加超脱世俗，接近虚静。

他在去世前一年所写《酬张少府》诗中这样自述心迹："晚年惟好静，万事不关心。自顾无长策，空知返旧林。松风吹解带，山月照弹琴。君问穷通理，渔歌入浦深。"其中已有彻底归隐山林之意，但世事难料，仅解甲归田两个月，便遁世向佛而去。王维长年茹素，或许影响了他的健康，假如不是匆匆离世，很难估量他会留给后世多少佳作。

好在王维晚年还有过一段轻松愉悦的时光，与莫逆之交裴迪一同在辋川闲居，两人趣味相投，泛舟往来，弹琴赋诗，啸咏终日，成就一段诗词往来唱和的佳话，这让他的晚年不至于凄冷黯淡。与朋友的友谊一直是王维生命中最重要的一部分，青年时与孟浩然的诗词往来，中年时与张九龄的忘年之交，晚年与裴迪的知音之交，让王维一生中不仅有向佛的空寂，还有恬静淡然，怡然自得的时刻。正是因此，他的山水田园诗，在描绘自然美景的同时，还流露出闲居生活中闲逸的情趣，被后世所推崇。

几百年后，苏东坡墓依然完好地保存在河南郏县的三苏坟旧址里面，而王维辋川墓地如今已被当地企业的厂房覆盖，辋川在这世上再不可寻。

秋天的黄昏，爬至山上，松风阵阵。登疑青汉近，坐与白云齐。我从群山之巅望向远处，还好，回首之时，有他的山水诗在，宛若山间漫山遍野的白云。

冬·雪落无声

列奥·施特劳斯说过，"生命太短暂了，以至于我们只能选择和那些伟大的书生活在一起"。一个人有可能被哪本书打动，哪本书能从自己的身体灵魂里流过并留下痕迹，要看契机。在不同的阶段，心境不同，状态不同，你的心力能不能达到那个地方，有些玄妙的成分存在。

最初与《诗经》的相遇就是如此，我关注了《诗经》中的植物，在现实中看到一种植物，想去翻一翻《诗经》，看看这种植物在古代叫什么名称，荑苢、卷耳、甘棠、芄兰、苓、茨等古代的植物，在现代对应哪一种植物，带有好奇的成分。孔子说多识鸟兽草木之名，由一条河流的源头能知植物名称的演变，这算是一个时期内的带有考证癖好的植物科普阅读。后来有一阵子，借了一本有关《诗经》中植物绘画的书对照着看，很有趣，似乎凭借这些植物的缘故，了解了"诗三百"那一时间段里，万千植物串起了百姓的喜怒哀乐，爱情里有宜人的桃花灼灼，有东门之杨的肺肺之响，还有野有蔓草的清扬婉兮；劳作中有葛之覃兮的辛苦，有十亩之间桑树下的悠闲，有春日迟迟采蘩祁祁；忧愁和悲伤则有山上的蕨薇、隰中的杞棣相伴，有苕之华芸其黄兮在侧，《诗经》中行诸歌咏的每一种植物里都有着浓郁的人间的烟火气。

《诗经》在中国的地位相当于诗之鼻祖，属于那种超越时空的经典，貌似寒素，实则"既明且哲，温柔敦厚"，像一叶小舟，瞬间将人载回原初的岸。研究者、考据者甚多，假如一位学者把《诗经》中的历史背景、风俗习惯、礼仪以及风、霜、雪、月、植物等自然景物等作为研究对象，足可以沉浸一生。惭愧的是，疏离了这本书多年，兜兜转转间，若干年后我才又打开它，没有心灵的平静，就无法再次接近它。

苇岸说自己"对工业文明的存在和进程，一直有一种源自内心的悲哀和抵触"，但又不得不"被裹挟其中"，这话说得经典，难道不是在说我，难道不是在说许多现代人的困惑？

人们常说诗教，"圣哲彝训曰经"，读着《诗经》，倒是觉得古人坦率自然，教化的成分可以当作一位老人的唠叨忽略过去，入耳未必入得了心。读一阵，我会停下来，从写作的角度去想一想，《诗经》写了什么，带给我怎样的感触。

比如"雪"在《诗经》中的几次出现："雨雪其雱""雨雪其霏"，出自《北风》；"雨雪霏霏"出自《采薇》；"雨雪雰雰"出自《信南山》；"麻衣如雪"出自《蜉蝣》；"雨雪瀌瀌""雨雪浮浮"出自《角弓》；"雨雪载涂"出自《出车》。而且有雪的时候大多数有雨，雨在《诗经》中可以是独立的意象，而雪在

雪的记忆

《诗经》中的象征意义充满忧患、哀伤、苦难，《诗经》中的雪常常是大雪，并且落得久长。只有《信南山》一诗中有祈祷之意，带着对能带来五谷丰登的瑞雪的期待。至于《蜉蝣》一诗中的麻衣如雪，是取其半透明羽翼颜色之白，为后世做了一个绝佳比喻的范例。

透过纷纷的大雪，周初到春秋时期人们的内心生活得以隐约呈现，雪以一种忧伤的存在出现在古人的世界中，《诗经》中雪的象征意义对后世文学作品中的"雪"有深重的影响。如唐朝诗人杜甫的"战哭多新鬼，愁吟独老翁。乱云低薄暮，急雪舞回风"，岑参的"天山有雪常不开，千峰万岭雪崔嵬"，刘长卿的"日暮苍山远，天寒白屋贫。柴门闻犬吠，风雪夜归人"。如果沿着中国诗歌的发展轨迹回溯，会感念塞外边关的悲凉，雪落弓刀的鞍马豪情，百姓劳作的境遇寒苦，产生孤寂怅寥的禅意，古人的精神景象在我面前展现了广阔的一角，所有的物象因为雪迸发出悲天悯人的色彩，在困苦中依然可以在诗中跳跃奔驰，那是来自北方山河本原的自然歌咏，野性中的跳脱。

物质不那么丰富的时期，周人没有雪梅合一的文人自诩，没有"绿蚁新醅酒，红泥小火炉。晚来天欲雪，能饮一杯无"的酣饮之趣，也没有"十丈黄尘千尺雪，可知俱不似江南"的思乡吟咏，却有大地与人之间的感应，啜饮生命路上的万千琼浆，有欲诗之、歌之的原始创作冲动。

不独是雪，《诗经》中的物象广阔，覆盖了生活的方方面面，《风》多写个体的诉求和愿望，《雅》《颂》更多的是国事，重在一个理想社会的构建。风雅颂中深婉的意蕴，欲言又止的节制，恣肆的爱恋表白，矛盾地统一在一本诗集中，却并不违和。扬之水先生说："《诗》的旋律虽已随风散入史的苍远，但无论如何它已经有了独立的诗的品质，即文字本身所具有的力和美，并由这样的文字而承载的意志与情感，则作为文学史中的诗，它并没有损失掉很多，只要我们时时记得，它有一个音乐的背景，它曾经是属于'乐语'的诗。"

读《诗经》期间，大雪节气里迎来了两场大雪，纷纷扬扬，润泽天地，带着冬天对万物的爱意，温柔地挥洒。积雪深时，车辆也比平时少了很多，汽车喇叭声似乎经过了过滤，声音不那么刺耳，有些人改为步行或坐公交车上班，穿得厚厚的，包裹得像一只粽子，走在厚厚的雪上，留下深深的脚印。有风来时，法国梧桐树上的雪被吹落，摇晃下一团团的雪，落了满身，仰头望去，睫毛上落了几粒雪花，眼睛里有了凉凉的水迹。边走边想，这安静的世界，才像原初的世界，诗在，我在，大地在，岁月在，人在大自然间感觉自身的渺小，不狂妄，不自大，回到"思无邪"的状态。

上学读书时，《诗经》是一道道试题，一句句分析，一个个填空，那时觉得好难背，现在却好想背下来。文字脱离了考试的枷锁，若干年后真正的情感才开始浮现，现在知晓《诗经》里的诗没有一篇是充数的，初读以为是古人的随口而歌，细读才知是熠熠生辉的大美文字。

冬日黄昏短暂，白昼亦被缩短，下午五点，北方的天就完全暗了下来，在王维所说"隔牖风惊竹，开门雪满山"之时，万物呈静默状态。伫立窗前，室外大雪依然，那落雪仿佛化作《诗经》中的诗行，天寒地冻里也有岁月静好的柔情，忽然觉得世间所有的相遇都是隆重的，如果没有时光的铺垫，没有春夏秋冬生命的体验，"告诸往而知来者"，《诗经》只是遥远的陌生的一些词语和句子的堆叠，必没有今天这样入心的来临。

夜之漫漫，鹝旦不鸣，"日就月将，学有缉熙于光明"，"南有樛木，葛藟累之。乐只君子，福履绥之"，雪夜闭门对着一册《诗经》，如雪中古人而来，实是抚慰生命的良药，没有谁愿意错过，最让人心动的雪落无声。

雪越来越厚，整个冬天的酝酿如同含苞许久的白梅，被风一吹，便蓬勃地开了。《诗经》横躺在我的枕边，听得见它如梅花般的呼吸，香气袭人。

螃蟹妩媚

1

秋风起，蟹脚痒，螃蟹妩媚，到了吃蟹子的时候了。

这个季节，螃蟹胖得横七竖八，歪歪扭扭，爬出妖娆的曲线，一爬就爬进了齐白石的画里，黑白灰的色调，别有一番韵味。老人有《双蟹偕行图》《芦蟹图》《墨蟹图》《群蟹图》《夜深独酌蟹初肥》《一甲天下图》《二甲传盧图》……数都数不过来。庚午年冬天，白石老人衰年变法，画了五只螃蟹，题款曰：余之画蟹七十岁后第五变也。

仔细瞧瞧老人笔下的螃蟹，可不是嘛，初时蟹壳只是一团黑墨，后来改成画两笔，六十多岁时改成了画三笔，还是没有浓墨淡墨之分，七十岁后用竖三笔的方法画螃蟹壳，墨色有了明显的变化，蟹壳的质感一下子就出来了，螃蟹活了。白石老人不仅画蟹壳下了功夫，画蟹腿也下了很大的功夫。老人吃饭时也盯着螃蟹腿若有所思，感悟道："蟹腿扁而鼓，有棱有角，并非常人所想的滚圆，我辈画蟹，当留意。"由此，他笔下的螃蟹腿棱角分明，曲折有度，化腐朽为神奇，炉火纯青，由过去的形似而达神似，白石笔下螃蟹栩栩如生矣。

白石老人极爱食蟹，甚至无蟹不欢。一日，为少臣作菊花螃蟹图，三题文字，其中又题曰："有蟹不瘦，有酒盈卮，君若不饮，黄花过时。"螃蟹、菊花、美酒乃秋日三绝，螃蟹的魅力由此可知。

还有明代徐渭的《荷蟹图》，只画一只螃蟹，用笔峭劲挺拔，螃蟹造型准确，浓、淡、枯、勾、点、抹诸多笔法，放逸洒脱，蟹壳中间部分微凹。《黄甲传胪图》用笔放纵，笔墨简淡，不求形似，但求传神，暗讽二甲传胪，与白石老人的"看你横行到几时"有得一拼。

明代书画家沈周画过多幅螃蟹图，其中《郭索图》是幅淡墨写意作品，为故宫博物院所藏。画面中间的大闸蟹，坚实如锯齿般的双螯如钳子似的夹住稻穗，蟹壳尖棱突出，爬沙横行于水草之间，蟹爪过处，如闻郭索之声，螃蟹狰狞而又懵懂的形象跃然纸上。作者自题款："郭郭索索，还用草缚。不敢横行，沙水夜落。"实话实说，《郭索图》里的这只螃蟹似乎是一只夹住稻梗、玩累了的螃蟹。

清代画家招子庸擅画螃蟹，有"招郎蟹"的美誉，他画的蟹水墨淋漓，极其饱满。再仔细看他的蟹壳，有竖三笔淡墨，不过在竖三笔的上端蟹头部分又横着添了几笔黑墨，看上去蟹更肥硕些，尤其是蟹腿，明显比白石老人画的蟹腿要粗短很多，胖嘟嘟的。白石老人的蟹微肥，如果说有西施美人韵味，那招子庸的蟹简直就是蟹子中的杨玉环了。

清朝傅山《芦荡秋蟹图》中，描绘了两只游荡于芦苇之间的螃蟹，螃蟹壳下面部分用虚墨，两钳张开，有虚张声势的架势，优哉游哉、憨态可掬的形象，使得人们对于螃蟹又多了一份喜爱。

《双蟹图》黑白扇页，是张槃晚年所作的一幅极有情趣的小品，现藏于故宫博物院。扇面绘两只螃蟹在草地上攀爬，螃蟹采用没骨法绘制，设色素雅，用笔简放，蟹壳上有一抹白，有唯美的意蕴，看起来极雅致。画上题诗，"耳是高阳旧饮徒，酒边胸次有江湖。不知嚼雪咀霜后，还采寒花洗手无"，显现出张槃的闲情逸致。

清末海上画派代表人物任伯年六十岁作《菠萝菊蟹》，吸收了西画速写、设色诸法，一壶、一丛菊、一只菠萝、两只蟹，着色明丽、雅俗共赏，两只蟹子新颖生动，动态十足，画面温馨。

现代还有几位画家因喜食蟹画了《百蟹图》，特别是张大千的老师李瑞清，因爱食蟹，越画越馋，越馋越画，可圈可点；上海画家朱屺瞻画《蟹肥酒香》，蟹睛突出，蟹壳蟹腿全红，熟了的螃蟹在简笔画的盘子里很是安然；王雪涛画《菊花黄时蟹正肥》，蟹子也是红的，蟹钳上的两团黑色的绒毛，看起来有点萌萌的；汪曾祺先生爱食蟹，也爱闲来画几笔，蟹腿画得很有神韵，可惜螃蟹壳笔法变化少，黑黑的一团，像是画了一只烤煳了的螃蟹；童雪鸿是早期西泠印社社员，一生治印数千方，他画的螃蟹图，墨色淋漓，用笔刚健、造型简练，画面生机蓬勃，两只蟹螯生动有趣，特别是蟹腿细而有质感，似断实连，似柔实刚；丰子恺《秋饮菊花酒》画了瓶中插的一束菊花，一只红色的螃蟹，螃蟹壳中间居然有两道的外八字的"腰线"，如果再添上眉眼，这螃蟹必定更妖媚好笑。

螃蟹妖媚在中国画家的笔下，赏之有趣。

中国人骨子里极度浪漫，古人有秋天可做的十大雅事，包括赏秋菊、尝秋蟹、酌秋酿、饮秋茶、听秋雨、闻秋桂、拾秋叶、望秋空、观秋云。其中古代文人必做的一件事便是尝秋蟹，螃蟹不仅在画家的笔下妩媚，还在文人墨客的诗文中妩媚。

古人很好玩，喜欢给自己取字、号，也喜欢给喜欢的事物取别名，比如围棋，古人称它为烂柯、弈、手谈、坐隐、星阵、黑白、方圆、乌鹭、吴图，就连玉楸枰、忘忧、木野狐、略阵、围猎、坐藩等也都是围棋的别名。而螃蟹也有多种称呼，从古人对一物有多种称呼，便可看出对此物的喜爱。

螃蟹的古称很是别致，宋代傅肱《蟹谱》一书状其奇云："蟹，以其横行，则曰螃蟹；以其行声，则曰郭索；以其外骨，则曰介士；以其内容，则曰无肠。"螃蟹除了别名郭索、介士、无肠，还有蟷蜅、蟛蜞、菊下郎君、铁甲将军、无肠公子、横行介士、介虫、夹舌虫、含黄伯、内黄侯、尖团、八足、跪螯、霜脐等别称。

螃蟹美味，世人皆知，中国最早对于吃蟹的文字记载，来自《周礼·庖人》中描述周天子饮食篇目中的"青州之蟹胥"，也就是蟹酱，细算起来也几千年了。周朝时的青州，不知道是不是离现在的胶州湾很近，胶州最好吃的螃蟹当数梭子蟹，肉肥味美，鲜白，作为海蟹派的代表，现在还很有名气。

古人最开始以吃蟹螯、蟹酱为佳，魏晋南北朝时方有"鹿尾蟹黄"一菜，及至五代十国时期，后汉刘承勋喜吃蟹黄，身边人不解，问他为何不像常人以蟹螯为贵，刘承勋答曰："十万蟹螯，不抵一壳蟹黄。"由此，蟹黄开始受到世人追捧。

中国古代众多文人喜食蟹，李白、苏轼、陆游、李渔等皆榜上有名，个个留有佳句，把对螃蟹的喜爱宣传到人尽皆知。晋朝名士毕卓饮酒吃蟹吃得心满意足，曾有"右手持酒杯，左手持蟹螯，拍腹酒瓮中，便足了一生"之感叹，对螃蟹之喜爱溢于言表。诗仙李白算是唐朝吃蟹的代表人士，"摇扇对酒楼，持袂把蟹螯"，这一称赞，相当于诗仙给螃蟹发了一枚天下闻名的"好吃金牌"，让螃蟹更受欢迎了。

唐代诗人、农学家陆龟蒙喜食海蟹，有《蟹志》一文，他在《酬袭美见寄海蟹》一诗中赞曰："骨清犹似含春霭，沫白还疑带海霜"；杜牧也持螯赏菊，有"越浦黄柑嫩，吴溪紫蟹肥"的诗句；唐代另一位诗人唐彦谦也留下了一首诗《蟹》："湖田十月清霜堕，晚稻初香蟹如虎。扳罾拖网取赛多，篾篓挑将水边货。"

宋朝时期，文人墨客对蟹的喜爱更是到了极致。宋人食蟹的方式颇多，除"洗手蟹""蟹酿橙"外，根据南宋时期高似孙《蟹略》，当时已有酒蟹、糖蟹、糟蟹、蟹饭、螃蟹清羹等美食。据统计，《全宋诗》共有写螃蟹的诗歌七百多首，欧阳修、王安石、苏轼、黄庭坚等文人墨客个个是食蟹爱好者。

宋人食蟹，将一件本来是口腹之欲的饕餮之好，以诗词描述，一群"馋鬼诗人"推波助澜，竟然将其变成了一件优雅之事。及至明清时期，更是有过之而无不及。

明朝张岱有短文《蟹会》，言"掀其壳，膏腻堆积，如玉脂珀屑，团结不散，甘腴虽八珍不及"，对螃蟹极为夸赞，而且一到十月，就会与友人兄弟辈立蟹会，"由今思之，真如天厨仙供，酒醉饭饱，惭愧惭愧"。曹雪芹《红楼梦》里也写蟹会，宝玉、黛玉、宝钗皆有诗句，且还出了几个写蟹好句。

清代李渔是顶级吃客，就是写《肉蒲团》的那位，曾说螃蟹："独于蟹螯一物，心能嗜之，口能甘之，无论终身一日皆不能忘之。至其可嗜可甘与不可忘之故，则绝口不能形容之。"他喜食蒸蟹，"凡食蟹者只合全其故体，蒸而熟之，贮以冰盘，列之几上，听客自取自食"。李渔晚景凄凉，穷困潦倒，但每年蟹市未到，就先一点点存钱，等蟹上市了，他便买上一些养在大缸里，一直吃到下市，每天五六只，为此他还将秋天称作"蟹秋"。他自称："以蟹为命，一生嗜之……蟹乎！蟹乎！吾终有愧于汝矣！"别人称他为"蟹仙"，他自嘲自己是"蟹奴"。

袁枚更是个吃货，《随园食单》里面"水族无鳞单"中有蟹、蟹羹、炒蟹粉、剥壳蒸蟹四种做法，且季节不到时，还以"假蟹"代之，用黄鱼、盐蛋为料，加鸡汤、香蕈、葱、姜汁、酒，吃时酌用醋。其实这"假蟹"就是黄鱼羹，用咸蛋黄碾碎拌匀，色泽深黄，看上去就像蟹油在淌，用现在的食谱来比较，类似常见的名菜"赛螃蟹"。

及至现代，丰子恺先生每年中秋与家人赏月，必食蟹，尤其喜欢把蟹肉、蟹黄拆出放到蟹斗里，可下白米饭一大碗；梁实秋在《雅舍谈吃》里说，"蟹是美味，人人喜爱，无间南北，不分雅俗"，他特别喜欢吃北京正阳楼的蒸蟹；民国名医施今墨为食蟹，每年秋日蟹肥时，必至南方行医，为的便是一口嘴上鲜；汪曾祺也极喜爱吃螃蟹，在很多文字中都写过螃蟹。

螃蟹妩媚在众多诗文里，中国蟹文化的构建，一方面源自食蟹习俗的普及，一方面是文人墨客对生活审美化的智慧追求，在日常生活里也能生发出美的兴致，在细节里时时感受到生之趣味。

至今很感激第一个吃螃蟹的人，鲁迅先生说："第一次吃螃蟹的人是很可佩服的，不是勇士谁敢去吃它呢?"是这位勇士开创了一条人类饕餮螃蟹的幸福之路。

后来查了查资料，有趣的是最早吃螃蟹的勇士居然是猴子，直到现在有种食蟹猕猴还在东南亚雨林里吃螃蟹为生。估计人类的第一个勇士是受了猴子勇士的启发开始吃螃蟹的。

林语堂在《吾国吾民》中说："我们也吃蟹，出于爱好；我们也吃树皮草根，出于必要。"春吃海蟹，秋吃河蟹。一年一度秋风劲，农历八月挑雌蟹，九月过后选雄蟹，中秋节前后食蟹，自然是大闸蟹，据说历史上大闸蟹第一美味的是古丹阳湖的花津蟹，位于现在固城湖一带，排在第二位的是白洋淀的胜芳蟹，第三位的是宋朝后才形成规模的阳澄湖蟹。近代除了以上几地的螃蟹有名，太湖大闸蟹、高邮湖大闸蟹、蟹楼大闸蟹、兴化大闸蟹、洪泽湖大闸蟹、辽宁盘锦河蟹、天山雪蟹等也味道鲜美。

一蟹可以多吃，人们发明了蟹黄鱼圆、蟹粉豆腐、蟹粉茶徽、蟹酿橙、醉蟹、炒蟹、煮蟹、炸蟹、腌蟹、蟹粥、香辣大闸蟹、花雕醉蟹、螃蟹炒年糕、咖喱炖蟹粉煲、蟹黄汤包……多种多样的食蟹方法，不管怎么做，有螃蟹的菜，几乎都是佳肴。

虽羡慕古人，我对食蟹却心思复杂，复杂在蟹之美味全在一个鲜字，味蕾体验无可替代，馋虫上来，挡也挡不住。问题是吃起螃蟹来却极为麻烦，年轻时凭借一口健康的牙齿轻松地咬断蟹腿，大快朵颐。及至中年牙也老，生怕一不小心硌坏了，所以对螃蟹是既爱且恨，爱其美味，恨其有壳。对我这种无法抵抗螃蟹诱惑的人来说，正是那种熟悉的味道和温暖的情感让人留恋，虽大闸蟹价格日益昂贵，每到中秋节前后，我和家人还是会兴高采烈地吃一次螃蟹。

一年吃一回，吃蟹也要有仪式感，等院中那棵桂花树开花的时候，逢明月当头，竹叶摇动，沐手焚香，小桌上摆上醋姜，三五碟美食，然后是一盘螃蟹放中央，一家人一边赏月一边吃螃蟹，乐在其中。为了这一年一次的美食，我专门买了"蟹八件"，借助剪刀、小锤子、小勺等工具来满足口腹之欲。袁枚说"蟹宜独食，不宜搭配他物"，我深有同感，大闸蟹最好是趁热吃，掰开蟹壳，一股鲜香扑面而来，去掉蟹心蟹肺蟹肠，蟹黄入嘴，真是人间至绝之美味，若稍有延迟，蟹凉了便多了点腥味。"持螯更喜桂阴凉，泼醋擂姜兴欲狂"，食其本味，才是吃螃蟹原汁原味的吃法。

汪曾祺先生食蟹比较讲究，散文家李辉在《爱逛菜地的汪曾祺》一文中说，亲眼见汪曾祺吃大闸蟹，汪先生吃完之后，颇为完整地保留了大闸蟹的原模原样，让人大开眼界。对汪先生这样的高端食客来说，吃完蟹，还能把蟹壳蟹螯还原成原样，说明吃蟹技艺已经千锤百炼，趋于化境，让我很是羡慕。我有了"蟹八件"，但依旧不得法，照样把蟹腿砸烂了，抽筋扒肉食黄后，只剩下一小堆垃圾，颇为不雅。

现在不用自己动手剥蟹，也能吃到蟹黄包，蟹黄包虽有鲜味，但似乎少了些什么，仿佛吃到了螃蟹，又仿佛没吃到螃蟹，让人兴味索然。屈原在《离骚》中说，"朝饮木兰之坠露，夕餐秋菊之落英"，其实想一想，饮露餐英固然美好，如果每天再加一两只蟹腿，生活更有滋味。

关于螃蟹，还想起一件趣事。一次与同事闲聊，聊起前些年一所乡村小学附近，有户人家围塘养蟹，养了一段时间，螃蟹晚上纷纷越藩篱逃跑，有些跑进玉米地里打洞，庄稼地里爬了不少横行霸道的螃蟹。一个小学生偶然发现了，叫了一群同学来抓"越狱犯"，呼啦啦一大帮小朋友捉蟹，玩得不亦乐乎，连上课都忘了，抓完后还带到学校去玩耍。一师幽默，曰：蟹乃庄稼敌人，须消灭之。于是师生煮之共食，大快朵颐，传为笑谈。

听完如身临其境，很想亲身实践一番。怪就怪螃蟹太妩媚，饕餮之徒难免想入非非，惭愧惭愧！

有鸟在侧

1

凌晨我听见鸟儿在窗外开始唱歌。那是几只麻雀，它们在外面窗棂的横杆上，叽叽喳喳，叽叽喳喳，好像在讨论什么事情，仿佛是一群着急表达抢着说话的孩子。这些鸟，自得而无所忌惮，先把清晨召唤过来，再把我从睡梦中叫醒，其实它们有点吵，嗯，吵得有点可爱。我拉开窗帘，静静地看它们在外面的横杆上活动，我平时会在横杆上面挂晒晾的衣服，而这道横杆就成了鸟儿逗留休息的场所。起初我不知道它们为什么天天在我窗外唱歌，后来才发现它们在楼上空调外挂机下面静悄悄地做了窝。楼下人家种了几棵树，有一棵高大的梧桐树，已经长到接近四楼高了，还有核桃树、香椿树，麻雀不在树上做窝，反倒躲在空调外挂机的下面做了一个窝，让我费解。

这些鸟在自己的窝里生活，与我比邻而居，直到有一天，我非常奇怪没有听到它们唱歌，不知什么时候，有人竟然把空调外挂机下面小小的巢穴破坏掉了。我有些讶然，也许是因为它们热闹的叫声已经吵到了周围的邻居吧，又或者是那只常常在无花果树上上蹿下跳、爬行敏捷的黄猫，顺着树干爬上来，用爪子把麻雀的巢轻轻打掉了。这时我才感觉到没有鸟叫的早晨，仿佛已经不是早晨了，它们在这儿生活了整整半年，我甚至还没有来得及仔细观察它们的样子，也没来得及正式地与它们打招呼，它们就消失不见了，这让我心里有些难过。我依稀回忆起，它们在横杆上用尖尖的嘴巴梳理颈间的羽毛，有时它们衔来一根根小小的羽毛，或者是泥，建设自己的居所，而我居然不知道它们是否哺育了小小的生命。

很久以前，我曾经见过麻雀简陋而质朴的家，那是在单位平房高高的房檐下；也曾在另一个地方见过麻雀的巢，那是一只像心脏大小的巢，偶然有落下来的鸟蛋，摔得粉碎，还有一只在刚刚学飞的麻雀，扑棱着翅膀，跟着麻雀妈妈学飞。我见过的麻雀不少，曾在一片竹林中看到铺天盖地腾空而起的麻雀，它们常常是在竹林上空扑棱棱飞起来一群，有时在下过雪的树尖上，麻雀轻轻地飞起，雪的碎末飘扬，麻衣一抹，轻鸿一点，很是动人。麻雀远远地看起来像是灰色的，其实如果近看，会发现羽毛有点浅褐色，间杂着一点白色，冬天里团成一团的时候，看上去更像一只生动的球儿。麻雀活得很有趣，更像平凡人家的孩子，虽生活朴素，却活得津津有味。

2

我去上班的时候，正好要路过一座幼儿园，幼儿园的东侧是一片杨树林，每每我都会碰见一只喜鹊，静静地在树下啄食着泥土里的虫子。我常常遇见这只喜鹊，而且一抬头就能看见喜鹊的家，在离地面十几米高高的树上，遥远而神秘。

从树下经过的时候，喜鹊会扑棱着它的翅膀飞到高空，待我走过，才会重新回到地面寻找食物。幼儿园的孩子掉到地上好吃的东西不少，吸引了喜鹊的兴趣，所以它就不停地找找找。喜鹊的叫声有些粗犷，和外形有些差距，"嘎嘎嘎——扎扎扎——"，粗声粗气，那大半是在召唤远处的同伴。我看到远处的楼顶上，还有几只喜鹊仿佛在眺望远方，黑色油亮的羽毛，翘翘的尾巴。还有一抹俏皮的肚皮白，让人觉得它们永远在引领时尚。

喜鹊是一种容易让人产生好感的鸟，也许人们太喜欢这种鸟了，太喜欢它们身上的象征意义，所以永远怀着一种持之以恒的热情，对它们的一举一动充满了赞美，与喜鹊相遇让人觉得生命中带有某种吉祥的寓意。

我出门后抵达的最终目的地也是一所学校，绿树成荫，墙外则是邻近城市外环路的一片广阔的树林，同样也有鸟，会有不少种类的鸟从学校的天空飞过，有时可能是盘旋的燕子，有时可能是野鸽子，也有并不寻常的鸟出现。暑假里好几次我沿着学校的环行路下班回家的时候，与一只漂亮的戴胜不期而遇，它身体并不大，头上有着雄孔雀般的花翎，身上的羽毛是彩色的。当它在环形道上踱来踱去的时候，我仿佛看到了一位优雅的绅士，而这位绅士却并不想给我让道，于是我静静地停下车，等待它结束自己的散步。我看着它，它也看见了车里的我，彼此沉默，它似乎有点讨厌汽车挡了它的道，轻轻一跃，飞过我的车顶，继续在环形道上散步。在反光镜里，看着它傲娇的背影，我笑了笑，暗自赞叹，这一跃如此淡定，大侠，真好功夫！如果我是一只鸟，可能会情不自禁地爱上它。

3

　我听见过很多鸟鸣声，有琐碎的叽叽声，也有嘎——嘎——嘎的尖叫声，悬崖边的秃鹫狠厉地鸣叫，灰雁从芦苇丛惊起时的哀鸣，鸬鹚被硬环卡住时的闷哑呼噜声，猫头鹰在暗夜里的啸鸣，八哥乖乖巧巧地讨好学舌声，鹦鹉不甘心关在笼中的吱吱声，还有百灵那婉转动听的音调，啄木鸟啄击树干吃虫子产生的笃笃声……几乎每一次听见鸟叫，我都在想，鸟儿也有方言吗？可会有北极燕鸥与亚洲燕相逢而互致问候，却听不懂的情景？如今世界上大约有9000种鸟类，有3000多种鸟类语言，这真是惊人的数字，假如人类有好几千种语言，那会是多么复杂而又烦恼的事情。由此我羡慕古代破译鸟语的公冶长，也期望自己具有这样的超能力。

　多年以前，在我生命中最彷徨的年龄，在一个黑夜里，我独自坐在一片即将收割的麦田间，清淡的麦香沁人心脾，背后是一片果园，一只布谷鸟的叫声，引起了看园狗的狂吠。我望向天空，星河璀璨，却唯独不见鸟的影踪。这种鸟为什么叫布谷鸟，在这个季节，居然还有布谷鸟的叫声，我开始疑惑起来，鸟叫的是"不孤不孤""不古不古"，还是"布谷布谷"？我想了很久，假如此刻坐在麦田里的是一位国王，就希望"不孤不孤"；假如坐在这儿的是一个失败的商人，会感叹人心"不古不古"；假如坐在这儿的是个病人，最想听的是吃药"不苦不苦"；假如是个农人，就听到了最想听的"布谷布谷"。我接着问自己，那你听到了什么？沉思良久，最终我觉得还是希望自己一生笃定独立，听到的是"不哭不哭"。当我想明白一生所求，忽然一身轻松，

森　林

多日压在心头的石头一下子散去了，四周静悄悄的，只有风默默地在田野上吹过。夜色里的一声鸟叫，犹如神启，闪着善意的光芒。之后，那只布谷鸟就一直在我生命里不停地叫着。

4

我喜欢鸟巢，并不是那座举世闻名的奥运会建筑，用钢筋水泥建筑模仿鸟类巢穴的形态，虽是人类对鸟类的致敬和礼赞，却模仿不了真正鸟巢的精妙。我日常能见到的鸟巢只有几种，有燕子在檐下用泥和草所筑的精致坚固的巢，有麻雀那小小的窝，还有喜鹊衔来草木枝条建在树木上的家，这都是北方平原上常见的鸟类的巢穴。

那年冬日，在一座山上树林间看到了许多鸟巢，隔不多远，鸟巢就挂在树间，树已落叶，线条疏朗，鸟巢在树枝间清晰简洁，剪影般的轮廓仿佛绝美的画。呆呆看了许久，我惊讶那小小的身体竟然蕴藏着如此巨大的能量，用一片小小的羽毛、一根根小小的树枝、一点点衔来的泥土，就可以筑起无比坚固而温暖的巢穴。细细看去，有的鸟巢筑在离水源较近的枝头，也有鸟选择在岸边孤独的大树上，把巢在三根树杈间修成盆形，还有一个巢带有后现代风格，竟然修到了电线杆上。鸟类真是聪明，在岩石上，在树上，在房檐下，甚至是在岩洞里、隧道中，任何地方都能发挥它们的聪明才智，设计制作出精致的鸟巢来。我怀疑它们的智商远远高于人类，人类擅长分工合作，而鸟类，只靠自己的力量，就建设出近乎完美的家。

六月的一天，我看到了美国女摄影师莎朗·比尔斯的《鸟巢肖像》系列作品，在极简的静物拍摄方式下，这些鸟巢的复杂构成和独特美感被一一展现。橙头拟鹂的家用许多类似麻线的韧性草缠绕在一起，形状像个悬挂的巨大蚕茧；灰头地莺找一个树洞，在干枯的褐色树皮里铺上草，看上去这只鸟很聪明，善于废物利用；灰沙燕的家被白色羽毛包裹着，鸟蛋也是白色的，像童话般美丽；古巴翠蜂鸟的家建在针状树叶间，小巧精致；红嘴巨鸥的家用海边各种各样的贝壳堆砌而成，融在贝壳碎片中的鸟蛋，外皮颜色是那样可爱；金头唐加拉雀的家像是一座蜂巢，也许是一群野蜜蜂废弃不用的；小地雀用成团的小棉球和一些枯黄的旧草编织成一个家，玲珑有趣；美洲金翅雀在枯树叶间用杂草和泥混合筑巢，巢口借助干枯的树叶阻挡风雨……这真是视觉的盛宴，莎朗·比尔斯对生态自然进行了细致观察和影像记录，通过艺术的形式呈现鸟类世界的巢穴，这些脆弱渺小的生命，小亦有小的庄严和美丽。

也许，鸟是树上的佛。鸟巢，便是佛祖的家。莎朗·比尔斯——令人尊敬的女摄影家，我揣测着，她怎样拍摄这些大自然的鸟巢呢？远景、近景、朦胧虚化？抑或是搭起一把梯子，偷偷地爬到树上，捕捉鸟巢最美的瞬间？鸟之翅，是人类永远艳羡的；鸟巢的自由与完美，也是人类可望而不可即的。鸟让我们分享它的独立和自在，也分享它的平衡和柔韧。

5

随着旅行范围的扩大，我逐渐见到更多的鸟。在一座湖边，我见过美丽的白鹭；在航船的甲板上，我见过成群飞翔的海鸥；在公园里，我见过与人类亲密无间的和平鸽；在秋日的飞机上，透过舷窗我看到成群的大雁一会儿排成个"一"字，一会儿排成个"V"字，一起向南飞；我见过黑颈鹤，它们进入云贵高原，引吭高歌，鹤鸣九皋，声闻于野，它们越过雪山，飞过河流，掠过草原，经过上万里旅行，天空在它们的翅膀后面不断向后退去。

在法国艺术家、著名的电影大师雅克·贝汉先生拍摄的《迁徙的鸟》纪录片中，我邂逅了无数的鸟：知更鸟，大杜鹃，翠鸟，大雁，白鹳，灰雁，朱颈斑鸠，艾草松鸡，北极燕鸥，贼鸥，北极海鹦，三趾鸥，海鸥，北鲣鸟，北极燕，红胸黑雁，紫翅椋鸟，黑鹭，白脸树鸭，白鹈鹕，金刚鹦鹉，信天翁，凤冠企鹅，帝企鹅……雅克·贝汉和他的团队，在一年的时间里跟随着鸟儿辗转迁徙，设法接近它们，了解它们的习性。为了消除候鸟对摄影师的戒备，他们把鸟蛋放置在有人声和摄影的环境中，这样，这些鸟儿出生以后就不再怕人。雅克·贝汉动用了飞行摄影师，以及专门的飞机，跟随候鸟飞越几千英里，从欧洲西南部飞行到斯堪的那维亚半岛。雅克·贝汉这部"天地人"三部曲之一的《迁徙的鸟》，成为世界纪录片史上几乎无法逾越的丰碑。

这部纪录片的开始，有一段令人难忘的解说词："候鸟的故事，是一个关于承诺的故事，一个对归来的承诺，它们的旅程千里迢迢，历经重重危机，只为一个目的——生存。"跟随他的镜头，我看到春天来临时，有些候鸟振翅飞向北极的故土，有一些一鼓作气，不舍昼夜，另一些则且行且住，艰难地向着遥远的目的地挺进。它们在地球上最高的山峰上面飞过，飞过森林、沼泽、城市、冰川，头上是满天的星辰，下面是茫茫的大地，在无数的风雪中，它们克服恶劣的环境，在大漠中辨别正确的方向，在森林中，静静地休息，有时甚至会面临人类的枪击捕猎；在寂寥的天空下，这些飞翔的精灵，每一次迁徙都会在上万里以上。

这些迁徙之鸟，每次迁徙的准确程度，犹如日常的钟摆，天地间的鸟影，降落在湖边时，人们忽然知道，鸟类存在着神秘的记忆，它们在书写万里之外而来的传奇，顾不上洗去自己的风尘，它们抓紧开始建窝，忙碌地建筑着自己的新生活，完成抚育下一代的使命。这令人不禁感叹，它们生命中一定布满了密码，那是一代又一代，一个个小生命在母亲的艰辛孵化下，每年按照既定的旅程执着于自己的飞行。每一只鸟都携带着它们家族的梦想，都带着它们从远古继承而来的生命密码。

雅克·贝汉用自然之眼忠诚记录了它们在飞行当中划过天空的优美身影，感谢他让我们更真实地了解了这些精灵。

6

年少时，我做过无数次梦，有时候我就仿若在飞行当中，奇特的地貌在我身下次第出现。我滑过平原上的村落，滑过山岭，滑过树梢，滑过道路，我会穿行在一片茂密的森林，有时则会飞上树梢隐身于一片树荫之中，还会降落在葡萄园中，和躬耕劳作的农人一起，分享葡萄果汁的甜蜜。随着自己渐渐着地，地面的野草变得清晰，大地上土堆隆起，褐黄的泥土仿佛不断召唤我降落，我不知道为什么自己会在梦中翱翔，也许就像老人们所说，每个人在成长的过程当中，都会遇见一个飞翔的自己。

人类多么想向鸟类学习啊，学习它们飞翔的本领，莱特兄弟仰面朝天躺在地上，一连几个小时仔细观察鹰在空中的飞行，研究和思索它们起飞、升降和盘旋的机理，直到他们发明出人类第一架飞机，当年他们提出的许多新颖想法，在以后的航空工业中都得到了应用。飞机这只大鸟就是对鸟类的模仿品，借此我们才获得了速度、效率和能力，成为能在天空飞来飞去的人。我们学习鸟类的视觉能力，有了"鹰眼"，我们学习鸟类的建筑能力，才有了著名的鸟巢建筑。还好，人类善于模仿。

杜甫说"飘飘何所似，天地一沙鸥"，除了如鸟般孤独，还有"星垂平野阔，月涌大江流"与自然交融的壮美。如果能成为一只鸟人，我很愿意。

一只叫秋葵的狗

　　我本不想养狗。

　　童年的时候曾养过一只叫小米的笨狗，这只可爱的小狗陪我度过了没有网络、没有电视，也没有课外书可读的漫长时光，几乎天天在家门外等待迎接放学归来的我。每当看到它飞奔的身影，我都会觉得天很蓝，夕阳真好，它温暖了我的整个童年。

　　那时家家户户常见这种狗的身影，大多数孩子都喜欢小动物的陪伴，我也不例外。可能每个人的童年都守候着一只忠诚的狗，每只狗都注定要成为生命里的一颗流星。后来不知怎么小米就生病了，那时还没有宠物医院，家人请了一位老中医来给它看病，说小米脑子里长了虫子，无法医治。我目睹了它在疼痛中凄惨去世的情景，有过一段悲伤的经历，久久无法释怀。从那以后，再不愿养狗。

　　前年正逢疫情，女儿在家中上了近一年的网课。恰巧小区的朋友家有只纯正的秋田犬，生了三只可爱的小秋田，准备赠送给我们一只，女儿高高兴兴地去看，回来后就兴奋地计划着怎么养。平时女儿几乎每天待在家里，她的确需要一个很好的玩伴和精神的出口。

疫情持续很久了，长期两点一线，让人感觉十分焦虑，每当心情不好，我就想出去散散步，哪怕站在湖边望一望远方的湖面，哪怕站在一棵树的面前，用目光亲吻一片叶子一朵花，都能感受到平静。无法随时随地出门，去大自然自由地奔赴，感觉心灵也会出现裂痕。安德鲁·所罗门在《正午之魔》一书中说："抑郁是爱的瑕疵。我们是会爱的生物，也就一定会因丧失而绝望，抑郁正是这种绝望的机制。"疫情之中，你不知道你能爱什么，似乎周围到处都充满细菌，你接触一个人，这个人是安全的吗？不知道。会不会携带病毒？不知道。你需随身携带酒精湿巾，甚至握个手都不自然，似乎最安全的就是窝在家里。而这时也许一只健康呆萌的小狗，能够救赎人类，能够让人抵制不良情绪。

尽管如此，有过童年养狗的经历，有过青年时养的猫一去不返的经历之后，我对类似的小动物总是非常疏离。它们不是花草，花草只需到时施肥浇水打岔晒太阳便可，而养一只动物却要付出很多相互呼应的情感。对一只狗来说，能让它活得幸福快乐，似乎并不容易。

也许我在心理上还没有做好重新养一只狗的准备，特别是我怕十几年后它被衰老和死亡带走。现在养狗，不可以像过去那样散养，那时家家户户有狗，狗子很多，随便就在村庄里跑来跑去，有时狗自己就去隔壁人家串门去了，甚至邻居随手就把狗子喂饱了。现在养狗面临诸多麻烦，比如说如何喂优质狗粮，如何清理粪便，如何在小区里让狗叫声不扰民，如何能防疫驱虫，等等，一系列诸如此类的问题需要处理。

狗对人类的忠诚可能是始终如一、深入骨髓的庄重，甚至带有古典遗风，对人类能做到不离不弃的守护。倘若这种过重的情谊不能得到回应，也会深深地伤害它。很难说是人类需要它们，还是它们需要人类，这必然是一场双向奔赴，否则有可能会成为画地为牢的枷锁。

不久后我下班回家时，发现我不想养的狗，已经被特别想养狗的女儿抱回了家。这只小秋田趴在家中一个纸箱子里面，它看上去笨笨的，胖嘟嘟的，皮毛发黄，猛一看像中华田园犬。四五月份的天气，并不寒冷，它用黑色的眼睛看看我，居然还在微微发抖。

我本想说，送回去吧，但女儿特别喜欢狗，加上小秋田用它无辜的眼睛望着我，听着它奶声奶气的叫声，这句话我没能说出口。这只小秋田犬的意外到来，的确让我手忙脚乱，仿佛生活变了一个样子。一条狗进门前，你要么决定养，要么决定不养。但绝不能你养了它，然后再残忍地抛弃它。既来之则安之。只好临时先找了一只宽大的纸箱铺上厚厚的旧衣服，再买了尿垫放进去作为它简易的窝。

女儿每天网课结束时，有了一个玩伴，也有了网购狗粮、狗绳、狗玩具、狗餐具的无穷热情。我下班回来，也会先看一会儿它是否醒着，逗弄它一会儿。

最开始它怯怯的，总是在窝里蜷曲着身体，抬起头懵懂地看着我们，轻轻呜咽着，它也许是在想念自己的妈妈。女儿轻轻抚摸着它的头，跟它轻声说话，小东西渐渐熟悉了周围的环境，就东嗅一下西嗅一下，爬出窝开始它的探索之旅。

遇见一个塑料袋，它耐心地走过去嗅嗅；遇见一张凳子，它也伸出自己肉乎乎的小脚爪去碰碰凳子腿；几个花盆它也试着爬上去，踩趴下几棵花草；看见一个跳来跳去的乒乓球，它会紧张地盯着，待看到对它没什么威胁，就试着去抓去追；看见我们走动，就围着我和女儿的脚转来转去，实在是黏人得紧。它的食量并不大，一个鸡蛋黄配上一把浸泡柔软后的幼犬狗粮，便能让它饱食一顿，然后它便幸福地四仰八叉晒上半天太阳。女儿每天都会拿着玩具和狗粮训练它，让它学着坐卧，学着听口令，也学习不随地大小便。

狗必有名

俗话说，一个孩子生下来，必须起个名字才算是个人。所以人需要有姓有名，有字，甚至还有号。中华姓氏从上古八大姓分枝，乃至姓氏树上有了几百个姓，姓无须变来变去，能取的只剩下名和字了，姓本就那么多，又有张王李赵四大姓，为免重名，所以很多人为取个与众不同或者有美好寓意的名字而绞尽脑汁。

人尚如此，动物也不例外。狗必有名乎？答案是必有其名。好像一条狗不叫个有趣的名字，就称不上一条狗似的。每只狗狗都是独一无二的，有一个独特的名字可以帮助它们表达自己的个性。其实给家里的狗狗起名字，可以与狗建立更亲密的关系。经常呼唤它的名字，有助于家庭成员与狗狗建立更深厚的情感联系。如此一来，遍布各家各户的狗子们就都有了各种各样可爱的名字。

网上甚至有狗子取名大全、狗子取名攻略之类的神器。取名方向大体上有以下几种：比如招财类型的，大多取名如意、元宝、旺财、旺旺、四喜、来福、招宝等；以好吃食物为名的，有麻团儿、肉球、玉米、土豆、芝麻、雪糕、汤圆儿、排骨、黑豆、热狗、汉堡；以好玩为名的，则有两条、胖头鱼、老佛爷、小毛驴、超人等；以叠字为名的占大多数，常见的有花花、跳跳、嘟嘟、豆豆、叮叮等；乡村好养活的柴犬，好以皮毛颜色为名，什么大黑、包青天、斑斑、白雪、黑尾、灰灰、黄糖、虎子，你一听就知道狗子长什么颜色；而给狗子取夜华、史努比、麦兜、小怪兽、蜡笔小新、孙悟空这些名字的，大多是二次元的新新一代。

狗必有名，看这些狗名，大体也能知道当下人们在期望什么，有什么样的喜好。

普京大帝喜欢养狗，当年安倍晋三以日本国礼送给普京大帝一只秋田犬，普京为这只狗在全俄罗斯广泛征集名字，于是这只狗最后有了一个可爱的名字：梦。安倍晋三期盼通过一只狗能拉近一点与普京的距离，并打着算盘期望从俄罗斯手中取回南千岛群岛（日本称"北方四岛"）。与普京见面时，安倍晋三夸赞"这是一只好狗"，普京答道："狗是好狗，就是爱咬人。"结果这些岛屿至今依然姓俄。

巧了，来我家的这只狗也是一只秋田犬。是朋友的馈赠，与朋友没有领土之争，有的只是一番盛情，更是有必要好好为这只狗狗取个好听的名字。

以我贫瘠的词语，要起名也无非是黄黄、豆豆之类的俗名。这只小狗是女儿抱养来的，命名权也就归属于她。女儿想了想，说叫她葵吧。我一听，这名字好啊，葵是菊科草本植物，有锦葵、蜀葵、秋葵、向日葵等，向日葵有向阳成长的好兆头，锦葵蜀葵都是开花的植物，秋葵还是一种蔬菜。

《左传·成公十七年》中有句云，"葵犹能卫其足"，指葵草之叶可以为根须蔽阳；《尔雅·释草》中有句云，"菺葵，蘩露"，清郝懿行疏："此草叶圆而剡上，如椎之形，故曰终葵。冕旒所垂，谓之繁露。"《乐府诗集·长歌行》有句云，青青园中葵。无论哪一种"葵"都有草木之心，做小狗的名字都是绝佳，于是我家这只狗子小名就叫葵，大名呢，秋葵这种植物颇耐观赏，干脆就叫它秋葵吧。

自此，这只狗就如同圣埃克絮佩里童话中小王子驯养的那只小狐狸，不是一只随便漂流孤独的狗啦，而是今后在漫长的一段时间内，我们家的一位成员。

狗亦有巢

动物学家说一只狗每天需要休息十二到十四个小时，睡眠时间甚至比人类还要多。现代的狗已经无须担心外敌入侵了，但给狗狗选择一个合适的窝非常重要，它们同人类一样需要温暖、安逸、舒适的地方，因为这是它们休息放松的独属空间。

基于原来听说的狗狗拆家的"光荣事迹"，诸多狗子把家拆得七零八散、惨不忍睹，甚至有的主人不得不把自己家的沙发更换为不锈钢椅子，以防止它们随时随地搞破坏。于是我们商量，把狗窝设在院子里。家里有人的时候，就让它进入室内，在室内一角放个柔软的棉垫，作为它休息的地方，家里没人的时候，让它在院中自己的狗窝里玩耍，不至于拆家拆到头疼。

最初想给它搭一个木质的小房子，后来听朋友说，下雨后木头容易潮湿腐烂，滋生细菌，即便是防腐材质的木屋，夏季也容易生虫，容易让狗子身上沾染病菌，狗窝帐篷更适合室内使用，室外则可以选择不锈钢材质的笼子，春夏秋三个季节都能保证通风良好，夏天笼子顶上搭遮雨棚，雨季或冬天的时候，笼子再用防护罩罩上，防雨防雪防风，更适合狗子居住。秋田毕竟属于大型犬类，窝不可太小，长大后容易伸不开腿，不利于休息。综合考量，于是选择了后者。

有了这样的考虑，丈量好院子合适位置的尺寸，在网上比较来比较去，找了一款合适尺寸的狗笼下单了。先有了狗窝，再选择柔软舒适的垫子给它做床，可不知道为什么，再舒适柔软的垫子，我家秋葵都会用爪子刨一阵子，把里面的棉絮揪出来，甚至用牙齿把垫子撕个稀巴烂。反而是把家人的旧衣服放在里面，它会咬玩一阵子，然后枕在上面香甜地入睡。

一只黏人的拖把

随着时间的推移，秋葵与我们慢慢熟悉起来，三四个月大的时候，不管我走到哪里，它时常喜欢叼着我的裤脚，有时我拖地或者在院子里浇花，它就像故意黏在我身上，死死用牙咬着裤脚不松口。像一只拖把一样，随着我的走动，在地上摆来摆去。

我若准备出门去上班，随时需要与秋葵斗智斗勇，展开一场激烈的搏斗。刚从它的小嘴里拔出一只裤脚，一不提防，另一只又被咬住了。

蹲下来与它好好商量："葵葵，我上班挣钱给你买狗粮，你拽着我，我怎么给你买狗粮啊?"

"葵葵，你看，我快迟到了，再不走，可真不行了!"

"葵葵，我回来就陪你玩，行不行?"

"葵葵，你去玩别的吧，先去玩球吧。"

它瞪着懵懂的黑眼睛一动不动地盯着我，根本商量不通。于是我采用声东击西的方法，抛下一只玩具球，它好奇地跑去追，我拔腿赶紧溜走，快速地出门。有时还要跟家人协作配合，一人吸引它的注意力，我赶紧避开纠缠。

有过几次这样的经历，我再抛玩具球的时候，秋葵一边斜着眼睛看我，一边偷偷瞅一眼球。于是我换了方法，每当要出门时，就拿点秋葵喜欢吃的食物，或是一根肠，或是一把狗零食，等它开始吃，我就出门。人们常说，一只狗子的智商相当于一个三岁的孩子，就心智成熟度来说，它永远赶不上人类，那是因为人类的世界可以很大，而一只狗的世界里几乎只有它的主人。我这样骗它，不知道它会不会伤心，但想必是不怎么喜欢的。

我出门时它有多么依依不舍，回家时它就有多么热情似火，无论我出门时把它骗得多么痛苦，进门时它都十分欢乐。有时是围着我不停地转圈，尾巴都要摇到天上去了，有时是猛地跳起来直接扑到我身上，不停地舔我的胳膊和手，留下它黏黏的口水。及至后来它长大了，依然喜欢跳起来一扑，力气大得把我扑倒在地，再不管不顾地凑上来舔我的脸和脖子。

据说有个国家的狗证上有一个感人的句子："经常和我说话吧，虽然我听不懂你的语言，但我认得你的声音，你是知道的，在你回家时我是多么高兴，因为我一直在竖着耳朵等待你的脚步声。"狗把它们的所有给了我们，我们是它们的世界中心。每当我回家葵葵扑向我的时候，我就仿佛看见它一天天匍匐在大门后面竖起耳朵等待我回家的情形，不禁涌起一股内疚之感。

吃货一枚

在现代经销商的宣传下，狗的食物似乎唯有狗粮是最健康的，这大体可以看作是半个谎言。就像多年前有人将钻石寓意"钻石恒久远，一颗永流传"，与爱情忠贞不渝挂上钩，结婚订婚都离不开一枚钻戒一样，利益驱动之下，本不是必需品的钻戒，变成了必买品。

狗是杂食动物，肉类、水果、蔬菜都可为食，营养均衡即可。狗粮只是狗的食物选择之一，狗粮中添加了各种营养成分，喂养狗狗方便快捷。有不少养狗主播，把每日喂狗的经过拍摄下来，上传网络，引来数万人围观，其食物之品种丰富，肉蛋奶水果齐全，让围观者不禁发出人不如狗的感叹。

我家秋葵的食物以狗粮为主，间或辅以火腿肠、鸡骨头之类，有时候它也跟着我们吃点面食，它尤其喜欢吃我们包的牛羊肉馅的水饺。秋葵算是一个典型的吃货，不管看见我在吃什么，都要凑上来，先是闻闻，再是用可怜巴巴的眼神望着我，弄得我不好意思吃独食。也舀出一点来让它尝尝，如果是对了它口味的食物，它会反复过来要。比如夏天我吃西瓜，它尝了一口，从那以后就开启了吃西瓜的热情，每次只要我切西瓜，它都急切地跑过来，用爪子拍拍我，表示它也想吃，把一块西瓜啃得只剩青青的瓜皮，啃完一块还不罢休，还得再要一块。

葵葵三个多月大的时候，有一天我买了一斤半生羊肉，准备炖炖吃。当时忙着做家务，一不留神，它从电动车筐里偷偷叼走，等我发现的时候，一斤半生羊肉已全进了它的肚子，我摸着它圆溜溜的肚子，哭笑不得，这家伙之前从没吃过生肉，万一把肠胃吃坏了可就麻烦了。那一夜家人一直不敢睡实，半夜爬起来去看看它怎么样了，怕它撑坏了，生怕它呕吐拉肚子，结果第二天，它活蹦乱跳得很。我又饿了它一天，才敢喂食。从那以后，才知道狗的消化能力多么强大，哪怕半生不熟的食物，对它来说也没有半点威胁。

慢慢地我发现，秋葵还有一个癖好，就是喜欢把吃不了的食物藏起来。有时打扫卫生会在沙发下面发现它藏了块鸡胸肉，还有一次发现它埋在花盆里的零食棒，被土一沾，根本没法吃了，连院子里几棵竹子下面也藏有它的食物。我从它藏食物的地点掏出来好几次吃的东西，一次实在忍不住，把它揪到花盆前，你看看，沾了土的食物你也不嫌脏，可怎么吃啊，下次不能再埋了。它看看我的脸色，有些不好意思地瞅瞅，下次还是偷偷藏。这让我以为是有时没喂够它，它才学得像只老鼠一样贮藏食物。

后来我查资料才知道，狗藏食物的行为可以追溯到它们的野生祖先。在野外，野生动物需要学会藏食物，以便在食物短缺时果腹。这种本能使狗在野外的生存能力得到了提高。虽然家犬已经不再需要这种方法来生存，但这种本能仍然保留了下来，成为狗不自觉的行为。而且狗对周围的事物充满了好奇心，这可能是它们藏食物的另一个原因。狗可能会把食物藏起来，以供后续玩耍，或者因为它们对周围的环境感到好奇而想探索一下。

的确，秋葵对家里任何一个角落都富有好奇心，几乎是每个地方都要看看，观察一下。有时，我在书房里看书，怕它进来捣乱，更怕它撕坏我的书，可它一点也不甘心，非要蹲在门口，等我出来时就偷偷地钻进来。有时甚至在门外不停地用爪子扒门，闹个动静给我听，故意引起我的关注，好在它没有把食物藏在我的书里。

秋葵一岁左右的时候，长大了，忽然就不藏食物了，估计是觉得藏了也吃不了，而且藏了还可能变质，似乎一夜之间就佛系了，悟透了，再也不藏了。

狗之"尿"

养狗的人都知道，狗也要定期打防疫针、驱虫。第一次开车带秋葵去宠物医院，带它去打防疫针。把它装进一只笼子里，陌生的笼子带给它不安感，刚上车它就嗷嗷叫了起来，及至医生按住它打针，逃无可逃，更是瑟瑟发抖，尿得尿了一地。

下次再去打针，刚准备把它关进笼子里，它远远看见笼子就开始躲，女儿追着它，好不容易才逮住，它一副坚决不去视死如归的样子。小时如此，再大一些，拴了狗绳，还没到宠物医院门口，就拽不动了，它死活不向前走，大义凛然要当逃兵。好容易抱住它，送进屋里，更是一副拼命挣扎的样子。有一次挣脱出去，跑了很远，追上它时，它甚是可怜巴巴地望着我们。

这让我想起某个搞笑视频中的小朋友，打防疫针时对着医生大喊，"我怕疼，你轻点——你打呀，你真打呀？——哎，怎么打完了，怎么一点都不疼呢？——"那种滑稽感笑死个人。

破坏大师

秋葵在一岁之前，堪称破坏大师。人们常说二哈爱拆家，而秋田这种犬种在某些城市禁养，一是因为它是一种大型犬，二是因为它本是一种战斗犬，曾经有过斗熊的光辉历史，所以它的战斗力也不容小觑。

葵葵好像对什么都有咬的热情，试图咬尽家中一切可咬之物，在它漫长的磨牙期里，根据我的不完全记忆，它咬坏的东西有塑料脸盆、它自己喝水吃饭的容器、花盆、饮料瓶、无数条毛巾、我的若干条裤子、一条裙子、两只包包、玩具熊、玩具驴、玩具绳、玩具面包、玩具骨头、纸箱、快递邮件、花卉、葡萄藤。它把我订阅的报纸杂志我的书直接咬成碎纸，把多卷卫生纸咬成天女散花般的碎片，把几根竹子直接从根部咬断，把自己小窝冬天的迷彩罩门帘咬烂撕下来，几根遛狗绳、几把雨伞被咬到漏雨无法使用，它自己窝里的狗垫子咬坏了三个……它还打碎了若干杯碟、几只玻璃杯……

两个洗手池的下水排水管直接被咬透多处，留下若干牙印，只好找师傅换成了不锈钢材质的管子。甚至低处插排的电线也被咬断，幸好当时没通电，不得已家中凡低处的电线都套上了一层坚硬的外壳。

关键是它做了错事，还不知悔改，"我是披着毛皮外衣的喜悦天使，来到你的生命中舞蹈，逗你发笑"。在秋葵看来万物皆可咬，一而再，再而三，三而不竭，一副你夸我你夸我的自我满足和膨胀，的确可笑。训斥并不管用，它屡教不改，仍然执着地再犯，可谓劣迹斑斑，令人发指。女儿专门买了宠物磨牙棒供它磨牙，咬了几次，三两天就没了兴趣，又在不断寻找合适的目标下手。

咨询朋友，朋友说这可能是断奶后遗症，也是狗精力旺盛无处消耗能量的表现，需要让狗发散它的注意力，不妨常带它出去跑跑遛遛。如是，一家人开启了遛狗之漫漫征途。

遛　狗

遛狗的重任一开始由女儿承担，疫情严重不允许出小区门的时候，带着狗在小区遛弯。疫情不太严重，可以出门的时候，女儿骑电动车带小狗去金牛湖边遛弯，秋葵每天都兴高采烈地去跑步玩耍。它会拽着女儿一个劲地向前跑，人跑得上气不接下气，它还不尽兴，而女儿骑着电动车牵着它跑，它跑累了，坐卧在地上一动也不动，怎么拽它也不走。小一点时还能抱着它回来，及至一岁左右，体重已达六七十斤，抱都抱不动。

还有几次，女儿约了好朋友一起带着它到湖边散步，女儿的朋友给它买了烤肠，下次再路过卖烤肠的小摊，它便坐在那里不愿走。直到给它买了一根，吃完了再继续遛弯。就像个贪吃贪玩的小孩子，让人哭笑不得。

及至疫情结束，女儿返校上课，遛狗的重担就转移到我家先生身上，间或我也出去遛遛它。经此我总算知道什么叫遛狗，真像过来人所说的，不是人遛狗，而是狗遛人。

台湾作家杜白说："狗是佛法的实践者，它很清楚自己在生物界里的角色扮演，分分秒秒都是很欢喜很自在地生活着。"这话我信。

若我平时自己散步，哪里平坦路好走，哪里空气好，哪里有花就去哪儿。跟秋葵出去，哪里有坑洼不平的地方它就向哪里跑，哪里有灌木丛它就向哪里去，哪里有土、有草它就向哪里去。真像一首歌的歌词里唱的"哪有不平哪有我"，它似乎对这些不平的地方有异于人类的热情。对着灌木丛里的野猫一阵狂叫，看见草丛里的虫子逗来逗去，看见一条小沟使劲跳过去，看见一堆土也要刨开个坑撒个尿，听见树林里有动静，就拼命跑过去凑热闹，唯恐里面没有狗拿耗子的闲事。

遇见对面来的小型犬，一旦小型犬发起挑战，它转身就走，仿佛在说，就凭你这个头不值一战。遇见大型犬，则警惕地盯着对方，看有什么可疑之处，如果对方很友好，就和对方玩到一起，互相嗅嗅对方的气味，一起追逐打闹。它跟一只叫土豆的拉布拉多犬特别投缘，每次遛狗时遇到，都会在一起玩好长时间。

小区里的还有一只秋田犬，名字叫四月。四月和葵葵体型相当，是葵葵的亲妹妹，样子颜色与葵葵极为相像，但性情一点也不像。葵葵除了爱咬坏东西，性情相对温顺，和家人相处的时间比较多，从不咬人，甚至有人来了，它紧张地叫两声，就边叫边退回自己窝里去。

四月的家人比较忙，有时照看商店晚上也回不了家。一开始还能偶尔见到出来遛弯，后来四月就常常自己在家里，周围的邻居说四月变得有些凶，晚上总能听到四月在院子里闹动静。一次出来遛弯，它竟然咬了葵葵一口，还有几次欺负了葵葵，虽被拉开，从那以后葵葵就不喜欢四月了，两只狗见面就打。直到后来，四月家人顾不上它，把它送给了朋友，我们也没再见过它。

龙生九子，各不相同，何况狗乎？每只狗的命运都与它的主人紧密相连。每每见到街上遛狗的人，我都在想，这家主人与他的狗有什么样的故事呢？

在小城的中央有一条穿城而过的河，河边有大片的草地，有灌木丛，有树木，那是葵葵最喜欢的奔跑之地，它心目中的天堂。早晨可以去别的地方遛弯，晚上则必去河边，因为只要走到路口，牵它去别的方向，它左看看右看看，蹲在地上怎么都不动弹，只要一往河边的方向走，它立马屁颠屁颠地小跑。周围没人时，家人会解开狗绳，让它放肆地跑一会儿，它一个箭步就能飞奔很远，然后再呼哧呼哧跑回来，有时跑远了，还会停下来等主人。

真愿意它能有一个永远放肆奔跑，而不是被圈养的童年。

狗眼看人

人生活在社会中，总会遇到形形色色的人，性情相投的能成为好友，甚至成为莫逆之交，由此古人留下数不胜数的佳话。也有人一见面就看彼此不顺眼，话不投机三句多，甚至反目成仇，恨不能永远不见这个人才好。人类如此，狗是怎么判断人类的？人骂狗时爱说，狗眼看人低。除了对自己的主人，狗又如何看人？

前来我家修水管的小伙子，人勤快，大嗓门，说话好远就听得到。每每他骑着电动三轮到我家门口时，葵葵已止不住狂叫，进到院子或屋里，葵葵更是叫得地动山摇。我们呵斥葵葵，把它搂进窝里，它还是狂叫，一直是警惕状态。我们觉得费解，这小伙挺不错的，修水管经常是随叫随到，很踏实勤快，却偏偏不受葵葵待见。后来想到原因，估计是他天天忙碌，走家串户，身上气味杂，在嗅觉灵敏的动物闻起来，便不受欢迎。

我先生的几个同学，常到家中来聚，其中一位，每次都喂葵葵好吃的，葵葵也很喜欢他；另一位，每次葵葵都追着他叫一阵子，如果不拦着，估计葵葵会咬他一口。还有一位，葵葵看见他必躲到一边去，似乎很怕他的样子。葵葵在敬畏什么，恐惧什么，从哪里感受到的压迫和威胁，真不好估量。

邻居奶奶年近80，常来串门，葵葵看到她慈祥的身影，就很温顺，有时还会蹭蹭奶奶的裤脚，跑到她跟前转一会儿。奶奶出胡同，它还会尾随着奶奶走到胡同口再返回来，它是通过邻居奶奶的声音感受到亲近，还是从奶奶的动作感受到的？

平时遛狗，经常遇见小朋友，有时是好几个小朋友围上来，要摸摸葵葵的头，葵葵高高兴兴地让他们摸，有时还高兴地趴下来，让他们跟自己玩一会儿，尾巴还翘起来，很开心的样子。一只童年的狗遇见童年的人类，陌生的善意，也让生命有片刻的温馨。

记得一篇科普文章说，狗眼睛是二元色视，看不到太多细节，只能看到以灰色、黄色、蓝色为主的简单色调，并且对于红绿等色彩没有实在的感受力。例如绿色的草原，在狗眼睛里就是灰扑扑的，它们眼中的世界色彩是单调的，并不像我们人类的世界这么五彩缤纷。

所以一只狗所看到的人类，大概也是灰白色的吧。对于灰白色的人类，它既高度提防，又高度热爱，既高度厌恶，又高度冷傲，看似不知道什么理由，但想必也有它们自己的道理。狗能看透人类，生存基因已在它们肢体里根植了辨别人类情绪与表现的密码，只是，自以为是的人类从没想去破译。

毛发如草

好看的小狗千篇一律，高冷的冤种万里挑一。

秋葵已经是一只成年狗了，经过十几个月的修炼，长得狗模狗样，越来越像一只黄色的小狐狸。它的脸颊下半部是狭长的白色，眼睛周围却是黑色的，从眼睛向上又长成黄色，嘴边两侧各有十几根长胡须，奇怪的是左边的胡子全是白色的，右边的胡子却有几根是黑色。身高有 63 厘米，身长有 85 厘米，一条毛茸茸的大尾巴 35 厘米，高兴时会高高地翘起来。一身干净光亮的黄毛皮，腹部柔软的部分则是黄白色的。

它特别精神，看上去真是一只俊俏的狗。

可惜所有的狗子都是掉毛大师，尤其是秋田犬这个品种，两层毛发，即便营养再好，也是习惯性掉毛。让人无语的是，除了冬季掉得少，其他季节，尤其换季之时，用梳子轻轻一梳就掉下不少。我若穿个毛衣或者呢子的衣服，那可好，让它一扑一抱，弄得浑身都是毛。它在床边走一圈，蹭得到处是毛，沙发上也是它留下的毛发。为此，不得不买了个吸尘器，还买了粘毛的专用刷，定期给它洗澡，以免浑身变脏变丑，掉毛更多。有时，我会指着它掉下来的毛问，你这家伙，是掉毛怪吗？

狗的毛像是野草，清扫扫不尽，才扫复又生。逢到吹电扇，那真是如蒲公英的种子般漫天飞舞。为预防过敏，我在家里有时也不得不戴口罩。

染　疫

过去的这个夏天，秋葵遇到一次劫难。它忽然变得没精神了，整日蔫蔫的，呕吐发烧，也不想吃饭，勉强吃点东西，也是有气无力的样子。本以为是感冒了，经宠物医院的医生检查，才发现是患了狗瘟，不知道是在遛弯时传染的，还是什么原因。

照顾过狗的人都知道，狗瘟治疗起来非常困难，一旦染上，极其危险。一只狗不会说话，染上病更是可怜，无法用语言表达自己的难受，即使喂它好吃的东西，它也没胃口。没几天工夫，它几乎站不起来了，鼻镜干干的，裂开了纹路，原来柔软的脚垫现在全部变黑了，结了厚厚的、硬硬的茧，沙发也爬不上去了，眼睛也变得没有光泽，看上去特别忧伤，原来光滑柔顺的毛发，也开始变成土黄色，发赖发懒。

先是吃药，但很难骗它吃下去，只好天天去输液，当把它抱上输液台时，它或许它以为我们要遗弃它，开始流泪，满身都是抗拒。当家人陪着它，轻轻安抚的时候，它似乎安心了，乖乖地忍受输液打针之痛。输完液回家的时候，它静静地趴在我们旁边，再也没兴趣来抢东西吃，而且出现了肢体一侧抽搐的情况。

在宠物医院还有不少患病的狗，同样在接受治疗。一对老夫妻，天天抱着自己家的狗来打针，对患病的狗不离不弃，照顾关爱；也有主人忙得很，交上钱，把狗拜托给医生，下班时再来接的；周末还有小朋友陪着自家的宠物狗来输液的；也有脾气急躁的中年男子，看见狗输了几天液不见好，因为不耐烦，骂骂咧咧；还有位狗主人经济条件不好，房子已断供，听医生说治疗周期长、价格不菲，直接把狗子遗弃在了宠物医院门口，那只狗挣扎着去追，却没有力气爬起来，眼里满是绝望，主人也满脸是泪，让人看了忍不住心疼。真是人间百态，狗样人生。

葵葵治疗的过程也是无比艰难。自从葵葵染病后，我们给狗窝和周围的环境消了毒，饮食上也格外注意，因为它肠胃虚弱，需要用流质、好消化的食物，比如碎肉粥，再把蛋黄碾碎了给它喂下，需要经常用温水帮它擦拭眼角和鼻腔的分泌物，还需要经常帮它揉一揉痉挛的腿部。每每我下班回来，看见它努力摇摇晃晃站起来迎接我的时候，都心酸不已，怕是它的最后一天。尽管知道狗的生命很短，不过十几年，可也愿意它能健康地活着，这么一只可爱的狗，实在不忍心看它痛苦地离开这个世界。好在它似乎也感知到了我们的善意，也在努力地自救，努力地吃东西，慢慢地恢复。十几天的输液打针，加上吃药，葵葵慢慢地有好转迹象了。

一个多月后，葵葵除了还有间歇性抽搐的后遗症，其余的症状逐渐消除。鼻镜破裂的地方愈合了，有点湿润了，脚掌也开始软了一点，也有了一点力气，可以出去短时间地遛一会儿。只是不能像原来那样一个箭步就蹿出去好远，也不那么欢实了。四个月后，葵葵基本康复，只是犬瘟后遗症神经痉挛还需要慢慢恢复。

那段日子对秋葵和我们来说，真的很难熬，我们有时沮丧，有时高兴，有时煎熬，有时绝望，有时兴奋，互相打着气，一天天盼着它好起来，也盼着它不留什么后遗症。有时葵葵看到我心情不好，还会过来安慰我，轻轻地舔我的手，似乎在说，一定会好的。狗就像智者转世，在小小的躯体里装满了对人类的热爱，这份热爱是对主人不离不弃的陪伴。

比利时童书绘本画家嘉贝丽·文生说："对一只狗好，也许只花你一部分的时间，而它，却将一辈子回报于你。如果你愿意，狗，它知道怎样感动你的心。"

葵葵染病以后，似乎变了性子，康复后忘记了什么，变得安静了一些，很少乱咬家中的东西，对我们更依恋了，几乎是走到哪里就跟到哪里。

柴门闻犬吠

刘长卿有一首《逢雪宿芙蓉山主人》，"柴门闻犬吠，风雪夜归人"，诗中的意境让人欢喜，听见狗的叫声，便知主人回来了。犬吠叫出了贫寒人家的期望所在，一盏寒灯飘摇，家人和狗在等夜归人，或是外出劳作，或是探亲访友回来，或是山中打猎迟归，犬吠声包含着温暖的期盼。陆游在一首诗中也有这样的句子，"犬喜人归迎野路"，狗让生活增添了几分喜悦。

葵葵也是如此，喜欢等我回来，我家先生通常比我回家早，葵葵就拽着绳子向外跑，有时在小区门外东张西望等候。看见我的车过来，它就开始欢蹦乱跳，兴奋起来，我刚一停好车，它就扑上来热情地拥抱，不停地舔我的手。

如果没出来迎接我，在大门里面只要听见我刹车停车的声音，它就高兴地摇尾巴，它能辨别我的脚步声，而且能分辨出我的车和邻居车的声音。这个有灵性的东西，知道自己的归属所在。也许它能一直这样陪伴着我们，十几年后，当它年老时，我们也将陪伴着它走过最后的时刻。

好狗与恶狗

好狗自古就有，"洪荒时代，人类从大自然中选择了狗，而它也终究没教人失望，成了自然界中最善解人意的动物"。这句话说得极好，自古以来狗子的基因里就厚植了忠诚和善良。

不必提二郎神的哮天犬之神奇，康熙乾隆的猎犬也很有名，并已经定格在清宫著名画家郎世宁的画作中。郎世宁常见乾隆打猎，细犬必定在一边协同，由此便创作了著名的《十骏犬图》，不同花色的细狗在他写实的笔墨下神气潇洒，甚至有几分儒雅。

及至现代，搜救犬帮助人类实施救援，缉毒犬帮助卫士查找违禁品，导盲犬帮助盲人探路，牧羊犬帮人们放牧牛羊，雪橇犬帮助人类拉运东西……在人类社会里，它们发挥着各种各样的作用。

季羡林先生在一篇散文中深情地描述，他的母亲逝世以后，她养的一条狗却仍然日日夜夜卧在家门口，宁愿忍饥挨饿，也绝不离开那破烂的家门口。"黄昏时分，我形单影只从村内走回家来，屋子里摆着母亲的棺材，门口卧着这一只失去了主人的狗，泪眼汪汪地望着我这个失去了慈母的孩子，有气无力地摇摆着尾巴，嗅我的脚。茫茫宇宙，好像只剩下这只狗和我。"

读来令人忍不住泪目，季先生母亲养的这只狗从未计贫富，只崇一字忠，古来铸此品，今世应特咏。的确，满是缺点的人类，却能找到这样一个物种，与人类维持几千年的漫长友谊，无论何等境遇，都该好好珍惜。

恶狗也有，前段时间，有两只恶狗咬坏了一个孩子，被网民口诛笔伐；还有人出门遛狗，不拴狗绳，吓坏了老人；还有的狗仗人势，坏得令人厌恶。

画家韩美林先生在一幅画里题道：当狗也不容易，跟着走的是走狗，耍赖的是癞皮狗，憨厚的是宝贝，赖在怀里的是"儿子"，不在家里养的是野狗，不是亲生的那就"狗娘养的"！

唉，狗有点奴性会被骂没有骨头，谄媚主人；喜欢自由，有点个性跑在外面，又会被骂成野狗、丧家狗；忠于职守，看家护院，会被骂狗仗人势；无所事事，又会被骂作懒狗。毁之誉之，皆是那条狗。不变的是狗，善变的是人心，还有人的舌头。

民国时期，谭延闿特别喜食狗肉，还催生出了一道名菜"红煨狗肉"，现在广西玉林还有可怕的"荔枝狗肉节"，一条狗能顺利地活到老，已是福分，善变的人类不知道什么时候改了主意，说不准什么时候被遗弃，会被剥皮食肉，甚至抽骨剥筋。狗的命像草芥一般，秋风一吹就黄了。

如此想来，对狗来说，生而就不平等，仿佛像一个可有可无的玩具，有用时夸一句好狗，嫌弃时弃之如敝屣骂一句滚蛋。

好狗与恶狗，容易区分。天空之下，日月流转，不容易区分的是人心。

旧时光：乡村动物影像

那时候，村庄四周到处是树木，田野里庄稼繁茂，不经意间就能遇见许多小动物，它们悄无声息地在村庄四周活动，给我们的生活带来许多乐趣。它们仿佛是上苍赠送给人类的物种启蒙，它们的身影也丰富了孩子们的童年，让生活变得有滋有味。回忆起它们，就仿佛在怀念儿时的一群朋友。

刺　猬

刺猬整天背着一身刺走来走去。它面部表情温和，看上去很幽默。它那无比小巧的脸，怎么也分不清楚雌雄。刺猬最好看的是肚子，很柔软的样子，让人很想伸手去抚摸一下。不过，手若伸出去，一定会被狠狠地扎几下，直到现在，我还没有抚摸过刺猬的肚子，这让我多少有些遗憾。

在田野里走着走着，有时听见细微的声响，当你有些紧张，以为遇见一条蛇或者一只野兔时，小刺猬忽然与你迎面相逢了。它警惕地用小眼睛瞅瞅你，便慌里慌张地钻进草丛跑了。有时太近，来不及跑掉，它就球成一团，让你觉得无趣，只好先它一步转身而去。

有时，我会故意找来一根树枝逗它，但它用一身刺甲对待我，一直不理不睬，全然在另一种境界。在它眼中，人类或者是一种极可恶的动物，它可能在想，人啊人，咱们各走各的路也就罢了，干吗惹我？我怒发冲冠，必须自我保护，我扎扎扎，扎你。

如果植物和动物可以类比，我想刺猬就像植物中的荆棘，刺本无心，只为生存罢了。试想，一只可爱的小动物，一不凶残，二不会变色，三不会飞翔，也不会喷出毒气和毒液，如果再不允许它长出防身自卫的长刺，它怎样才能在自然界中生存下去呢。

长刺是因为卿本可怜啊。

那一年秋末，在一片枯草地里，村里人取土时，我看到挖出的几个刺猬的洞穴，洞并不深，洞穴的底部铺满了碎树叶和干草。就在那一次，我见到了三只刺猬，我不知道那一次是巧合，还是它们本来就喜欢把巢选在相邻的地方。动物也有很多秘密，让我对它们的世界无比好奇。

梅子妈送给我一只。我怕它跑掉，就把它倒扣在一只筐子里，筐子上面压了一只砖。我每天去给它送菜叶和水，但人家一直不喜欢，宁愿饿死也不吃嗟来之食，害得我一直担心它会死掉。后来，不知怎么它就不见了，我纳闷极了，跑去质问梅子是不是偷偷把刺猬拿走了。

过了两天，邻居笑着说，你家的刺猬找到啦。原来小刺猬用力顶开筐子逃走了，竟然逃到隔壁去了。邻居半夜听见灶间不停地传出声音，担心进了小偷，取火照亮，发现竟然是刺猬在咳嗽。村里人说，只要刺猬吃了盐，就会像老人一样咳嗽。这只刺猬真奇怪，我送它的东西不吃，偏要跑到邻居家去吃盐。我实在猜不透，只好把它放到路边的草丛里，让它去找自己喜欢吃的食物。

我有些纠结，童话书里爱画小刺猬背苹果的画面，刺猬真的喜欢吃苹果吗？当时村庄里只有一小片果园，那儿住着看园老人，小刺猬不问路怎么能找得到呢？后来我才从看园老人那里打听到，刺猬是一种杂食动物，它喜欢吃昆虫、蜗牛、鸟蛋、蘑菇、草根、坚果、瓜和小蛇，有时一晚上能吃掉 200 克虫子，成熟的刺猬是捕虫高手。

刺猬很喜欢安静的环境，喜欢在田野、山林、溪流边生活，冬天的时候它很"宅"，喜欢待在家里冬眠。我想象中的刺猬，睡觉时应该是趴着睡的，还会不停地打呼噜。如果躺着睡，对刺猬来说实在是"如躺针毡"，有些勉为其难。我很同情它。

可是，也有不少人说，刺猬是团成一个球睡觉的，那样让它觉得安全。我没见过刺猬睡觉，它到底是怎样睡的呢？我很纳闷。

除了听见过刺猬咳嗽的声音，刺猬发出的其他声音我从来没听到过。如果刺猬会说话，一定也是轻声细语的，它看上去那么腼腆，那么沉默。它看上去充满智慧，闲适地在田野、乡村、山林、溪地生活，自得其乐。

多年以后，我曾在一座山林里遇见过一只刺猬。它默默无声地朝我走来，我赶紧给它让路，它不慌不忙地走掉了。我忍不住回头看了好久，嘿，这只刺猬真大气，让我忍不住想追上去跟它握手。

蛇

蛇满身布满鳞片，有着极其光滑冰凉的躯体，当它爬过的时候，会引起一阵惊悚。蛇在鸟窝里作案的时候，我听见鸟惊恐地叫着，在树旁来回乱飞。当它在鸡窝作完案想要离开的时候，显得很疲累，它吞下了一只鸡蛋，慢吞吞地找到一棵树盘旋自己的身体，试图通过挤压把鸡蛋压碎。

一条蛇要消化一只鸡蛋，或者消化吞下去的一只小老鼠，需要很长时间，可是，人们很少伤害它。我看见梅子妈用铁锨把这样一条蛇铲起，然后送到离院子比较远的一条壕沟里。梅子告诉我，蛇是不可以杀的，因为蛇爱记仇，如果杀死它，把它砍成几段，它会像蚯蚓一样再活过来，过些天会再找回来，听了让人有些毛骨悚然。我问过村里的老人，知道蛇虽不会复生，但有些蛇有毒，最好还是别去招惹它。

院子里有无花果树的地方，常有蛇出没，大约是无花果的香甜吸引了它。人们有时不叫它蛇，有时说，我家来"财神"了，财神指的就是它了。蛇为什么让人们联想到聚财，这里面也有一定的原因吧。

我见过不少蛇，其中一种绿色的蛇，人们说它是无毒的，喜欢吃老鼠。还有一种褐色的花蛇，吐着红红的蛇芯，据说被它咬伤，很快就会丧命。那年下大雨，池塘边的枯树上挂着好几条蛇，其中有一条水蛇，我们看见它在树上滑下来，在水里游得飞快。

我是怕蛇的，尤其怕头部是三角形的蛇，这一类蛇多半是有毒的。花猫似乎不怎么怕蛇，遇到蛇，它会伸出爪子不停地去触碰蛇，蛇吐着红红的蛇芯冲着花猫发威的时候，花猫稍稍收敛，但毫不畏惧，一会儿又伸出爪子去试探。如是不断你来我往，大战几十回合，大多数战争最后是不了了之的。唯有一次，我见一只猫被蛇激怒，在蛇身上下嘴咬了一口，蛇疼痛极了，迅速用尾巴抽向猫头，猫便退却了。究竟蛇和猫哪个更厉害，不好断言。人们常把猫和蛇打架叫"龙虎斗"，说明它们实力相当，有得一拼呢。

蟾　蜍

我至今分不清蛙科、蟾蜍科的成员。我习惯把长得漂亮一点的叫作青蛙，长得丑一点满身是疙瘩的叫癞蛤蟆。

它们都很勤奋，尤其是夏天，整天忙着捉虫子。在麦田边经常能看到它们的身影，它们蹲伏在那里，眼睛有一种毒毒的光，哪怕再小的飞虫，它们都能把长长的舌伸出去，快速而又准确地卷进嘴里。

它们有的体型稍大，像成人拳头般大小，而小的那一种，则像卡通版的袖珍玩具。它们的存在，让人觉得造物主的神奇，竟然有这样一个物种生活在我们身边。

青蛙的弹跳力无人能比，有时在池塘边，人来它惊，嗖一下就入了水，像飞一样。如果举行动物跳远比赛，它一定是冠军。癞蛤蟆比青蛙要肥胖一点，它的体重让它跳不远。

癞蛤蟆太丑，皮肤粗糙，凹凸不平，丑到让人不想看。癞蛤蟆有黄棕色、黑褐色、灰黑色，有些具有不规则的棕红色花斑。除头顶外，全身布满大小不等的疣粒，看上去像是被毁了容。人们平时形容谁癞，就爱拿癞蛤蟆说事。造物主真是太不公平，偏偏让它长成了这副模样。不过，因为长得丑，不受待见，癞蛤蟆也不怎么爱搭理人。

据说它身上的蟾酥竟是一种很珍贵的中药。我有一年得了腮腺炎，高烧不退，村子里一位中医用药杵捣烂了一只癞蛤蟆，和另几味中药掺杂在一起，黑乎乎的一团抹在我脸上，用纱布包起来，最后退去了炎症。

我从此知道癞蛤蟆不癞。

麻　雀

麻雀是一种司空见惯的鸟，因常常现身而被忽略。

村庄里很多地方都有它们的身影，晒场上，它们不请自来，群飞而至。人们把它们轰走，过一会儿它们又会试探着飞回来。庄稼成熟的季节，田野里会有许多稻草人，那多半也是为了吓走它们的。麻雀很皮实，什么也阻挡不住它们生存。

麻雀会把窝选在一户户人家的檐下，偶尔也会在墙洞里蓄一个窝，看上去极像缩微的景观。

麻雀似乎不怎么怕冷，即便在冬天，也会三三五五地飞出来，在雪地上啄来啄去找食物吃。人来了，就一哄而散，飞到树上。我觉得冬天的麻雀最好玩，也最好看。好玩，是因为它的小，微小的身体，灰褐相间的羽毛看上去很柔软，肚子上的羽毛白白的，偶尔捡到它一根袖珍的羽毛，我会欣赏好半天。好看，是因为冬天的麻雀肚子圆嘟嘟的，站在树枝上，看上去很可爱。远处一望，麻雀点缀在树枝上，剪影一般。

麻雀喜欢群居，有时十几只，有时几十只在一起，我还见过谷仓附近成百上千只麻雀一惊而起的雀阵。铺天盖地，很是壮观。

麻雀曾被列为不受欢迎的鸟，被当作"四害"之一剿杀，用密密的网捕捉，用气枪打，用弹弓打，各种手段都在它身上实验过。即便如此，麻雀还是顽强地活了下来，当人们知道它不只是吃粮食，也吃树上的一些害虫时，才知道曾经错杀无辜。

麻雀在我家檐下也做了窝，总是听到它们吵吵闹闹的，有时也会有鸟蛋掉下来，摔得粉碎。孵完小鸟一个月左右，会有小麻雀出来学飞，老麻雀带领小麻雀学习飞行，很是耐心。有几次看我靠近，老麻雀上下乱飞，吱吱叫着，害怕我伤害它的孩子。我急忙退却，它这才警惕地停在树上。

麻雀平时很自由，它们又很活泼，叫起来无所顾忌。"叽叽喳喳"这个词估计就来源于麻雀，可不是嘛，还没有哪一种鸟随时随地就在人们耳边执着地叽叽喳喳的，除了麻雀这样坦荡的鸟儿，这样既招人烦，又招人爱的鸟。

古人画的《竹雀图》，耐看。竹子和麻雀在一块画，俗中有雅，很生动。近人有画《雀飞图》的，看上去，也还有那么几分意思。雀儿再小，也还是飞在外面的。

历史上陈胜说，燕雀安知鸿鹄之志哉？有一天，我曾经想，满天飞满鸿鹄也挺麻烦的，鸿鹄飞得高，离地面太远，如果看的话，得拧着脖子。麻雀跟人们亲近，所以都叫它们"家雀儿"。没有了麻雀的生活，那哪像什么生活呀，有了麻雀的生活，热闹，踏实。

粉笔逸事

我上学时，教室里还没有电子白板、投影仪等教学设备，那时最崇拜有一手"粉笔神功"的老师。

小学有位数学老师，手臂一抡，黑板上一个光滑规范的圆立即出现，连圆规都不用，画三角形直接一次落笔，拐两下就立即成了，让人惊叹；初中有位教地理的杨老师，边讲课边画图，省市地图、中国地图、世界地图随手画来，用不同的颜色表示河流、道路、山川，一节课下来真是享受，可惜他后来选调到外地，不幸患了癌症，中年早逝，让我们不胜唏嘘；另有教美术的老师，在黑板上画铁路树木透视图，由近及远，近处树木大，越远处树木越小，铁轨上的枕木先是画长一点，后面的逐渐画短一些，站在教室中央，仿佛就真的看到远方的火车冒着烟开过来，真觉得粉笔画很神奇；高中一位老师，双手能同时写不同内容的粉笔字，而且左右手写得同样漂亮美观，板书如同字帖，收获了一大批粉丝。

无疑，他们是课堂上粉笔字的王者荣耀。一位教师达到什么段位，从他熟练运用粉笔的程度就能判断。

新手上课，板书多而杂，板书内容不加选择，字也不那么规范。学生在下面说话做小动作，教师一瞥之下，用粉笔头投掷作案者，本想砸 A，结果命中了无辜的 B，惊起一众不解的目光。效果为零，甚至是负数。

高手上课，板书简明清晰，横平竖直，点捺撇折看上去赏心悦目，教学要点一目了然，偶尔还能穿插简笔画，富有艺术性。更重要的是看见班里有调皮捣蛋的学生，影响了班级学习秩序，或发现因过度热爱学习而去拜见周公的迷糊娃，老教师眼角余光一斜，手中粉笔头轻轻一弹，无须导航，便精准定位，一击即中，既是提醒，又是警告，没有言语，却"杀人"于无形。被砸到的同学一个激灵，顿时身形挺拔，手脚老实，呈认真听课状。

粉笔既是教学工具，又是课堂武器，从前学生淌鼻血，偶尔还会用粉笔塞住鼻孔止血，这时粉笔又成了止血神器，一物多用，物尽其用，也难怪能长盛不衰多年。

作为学生呢，我们也有自己的粉笔密码。20 世纪 70 年代末，我们班参加学校演出，六一节那天，无论男孩、女孩，一支红粉笔染出了全班一模一样的红脸蛋，面颊都如红苹果，眉心间一人点了一颗傻傻的红粉笔痣，每人唇上还抹了一点，噘着嘴，怕掉色，一直到上台前都不敢说话，不敢舔嘴唇。上得台去，主持人报完幕，集体共唱了一首《文明礼貌之花》，然后"一二三"一起鞠躬下台。我们美得不行，上午演完节目，下午还不肯擦，晚上睡觉前才卸了平生第一个"妆"。

粉笔还有许多其他功用，我们有时偷偷拿半支白粉笔做染料。那时最时髦的是绿色的解放鞋、白帆布鞋，白帆布鞋又叫白胶鞋，也称白球鞋，白球鞋刚穿时雪白，及至穿几次，过几水，胶皮边上会泛起黄印，俗称汗渍印。极少有同学会买白球鞋粉，我们大都一人半支粉笔，沿着白球鞋胶皮边上有印迹的地方厚厚地涂上一圈，"黄球鞋"又变回了白球鞋。可惜，这样涂过的白球鞋白不了多久，脚一活动，鞋子就掉白渣渣，还得再涂。于是，粉笔盒里的粉笔就日渐稀少，有时老师上课都找不到粉笔，被气得不行。

"一二一，一二一，一二三四……"听口令，"嘟嘟嘟——"，我们正在操场上体育课，体育老师正喊得带劲，我们班主任迈着她稳健而又带点炮仗味的步伐走过来了。我们一脸疑问，谁犯错了？

班主任在我们队伍前方站定，跟体育老师小声嘀咕了几句，体育老师喊口令："穿解放鞋的同学向后退三步，预备——向后退！"随着口令声，三十几个同学向后退了三步。

"穿白球鞋的同学向前进三步，预备——向前走！"体育老师接着喊。听到口令，二十几个同学向前进了三步。

体育老师又喊出最后一个口令："穿布鞋和其他鞋子的原地不动！"二十几个同学听从命令没有动。伴随着口令，我们已自动分成了三排。

体育老师冲班主任示意，班主任走到第一排穿白球鞋的同学面前，说道："把你们的右脚伸出来。"班主任挨个看过去，最后指着其中两个同学说："你们俩，去后面！"那是两个刷了球鞋粉的同学。

然后班主任开始训话，一副恨铁不成钢的语气："你们啊，你们，让我说你们什么好呢？啊——啊！这一周我都去教务处领了五盒粉笔了！教务处领导说了，你们班是吃粉笔的吗？不是我说你们，女生爱美还情有可原，你们这些男生，也用白粉笔刷鞋！你看，这粉笔末掉的，操场上都有白印了，好看吗？"

"好看——"有嘴贱的两个男生小声说。

班主任白了他们一眼："你们俩偷粉笔，不以为耻，反以为荣，今天教室里的卫生就让你们全包了，值日生今天不用值日了。"

"其他用白粉笔涂球鞋的女生，每天一人负责擦教室黑板，擦完为止。用白粉笔涂球鞋的男生分组负责扫教室的地面、擦玻璃一个月。以后再有偷粉笔涂白球鞋的同学，写检查，请家长，就不用来上学了，天天在家刷白球鞋吧!"说完，班主任气愤地拂袖而去。

唉，这惹祸的白粉笔!我们顿时觉得白粉笔不香了。班主任老师从此去教务处不领白粉笔，改成领彩色粉笔。估计她想的是，这回你们这群捣蛋包恐怕不能用彩色粉笔刷白球鞋了吧。

可惜，她低估了我们的创造力，彩色粉笔更好玩。我们用来画图，随手就在课本上把里面的人物换了色彩，还用小刀在粉笔上竖着刻字，"齐天大圣到此一游""白骨精到此一游"。有调皮的男生把彩色粉笔用小刀一点点削下来，碾碎变成彩粉，放在纸上随手一吹，扬起五彩缤纷的粉末，美其名曰"彩色的雾"。

有了彩色粉笔后，我们几乎每人都有了自己的印章。用粉笔的粗头，在上面刻上自己的姓氏，有的刻成凸起的，有的刻成凹进去的，我们竟然无师自通了"篆刻"，而且有阳文图章，有阴文图章，每到商量一件淘气的事，商量成了，就用自己的彩色粉笔章盖上自己的姓氏，表示自己参与了。不得不说，这种做法很利于老师破解班里无人认领的悬案，几个捣蛋包偷偷拔老师自行车的气门芯，这个案件就是这么破的。

没过多久，班主任就后悔了。因为，接下来的这一周，她去教务处一共领了七盒彩笔，教务处对我们班停止供应，我们班需去别的班级借粉笔上课。基于严峻形势，班主任设了一个"粉笔委员"，这个委员职责重大，负责管理班级粉笔使用，每天只能拿出两根粉笔来，供上课老师使用。

若干年后，山不转水转，想不到我也成了一名教师。当教师的第一要务，就是基本技能提升，"三字一画"是日常基本功，也就是练好粉笔字、钢笔字、毛笔字和简笔画。此时，粉笔已由过去的白垩粉笔，变成石灰粉加石膏做成的粉笔，慢慢又发展为无尘粉笔。

学校在宣传栏的反面设了黑板，每人一小块地方，写好姓名，每天到达学校，先去宣传栏的背面去写一首指定的古诗，全校师生都能看见，大家都感觉不能一笔臭字丢人，所以天天练字。后来因雨雪天气，粉笔字容易被雨水冲掉，就改成每人发了块小黑板，既能在教室里使用，比如写拼音汉字习题什么的，也可以每日用来练粉笔字，把小黑板放到学校大厅里，供师生品味观摩。

我发现班里的小学生对粉笔依然很有兴趣，喜欢用粉笔画画，特别喜欢在白墙上画彩色小人和花草树木，尤其爱画"公老头"，一边念念有词一边画："一个公老头，借了俩鸡蛋，三天还，四天还，一还还了个王八蛋。买了三根韭菜，花了三毛三，买了一块肉，花了六毛六，买了四个扣，花了一毛一。"不知道谁发明的，越强调不能在墙上画，他们越喜欢偷偷画。我现在还纳闷，这个小气吝啬的"公老头"到底是谁，怎么这么多小学生传播他的光荣事迹，有待于考证一下。

粉笔在小学生的"厕所文学"中也偶尔现身，隔段时间就能在厕所墙上发现"张x琪我再也不理你了""李x明大坏蛋""杨老师作业多"这样的经典名句。把后勤校长气得够呛，他刚把厕所里的粉笔字刷掉，盖死痕迹，没几天又冒出新的来，导致他一天到晚火冒三丈，看见手里有粉笔的学生就目光炯炯，嗖嗖发射X光，一种神探断案的感觉。后来学校设了涂鸦墙，专门让小学生画着玩，几盒彩色粉笔天天在涂鸦墙那儿摆着，有学生在上面画彩色小人、小鸟。再后来，涂鸦墙变成了宣传安全的黑板报。

近几年，小学生不玩粉笔了，粉笔之外，手里多了两样神器，一种是各种彩色的小卡片，第二种就是橡皮泥。橡皮泥在他们手里已出神入化，捏各种小动物，摆各种造型，不亚于我们当年对粉笔的开发利用，他们对粉笔的兴趣似乎减退了。

老师也很少用粉笔写板书了，上课时粉笔板书几乎可以不写，课件播放，在电子白板上用手指写字，可保存可删除，方便到不用吃一嘴粉笔灰，也不用一擦板书就白头了。

若干年过去，我们恍然发现20世纪的老师，腹有诗书气自华，就凭"一支粉笔一张嘴"站稳讲台，还能让学生听课听得津津有味，学得兴致盎然，板书点画撇捺赏心悦目。细想起来，课堂上粉笔的作用还是很强大的，我还能记起老师上课时漂亮的黑板画，还记得我一次爬黑板写字时，语文老师圈出了其中一个字说，"这个字的捺别写那么长，都快把后面的字绊倒了"。这巧妙的提醒，让我一提笔写字，就时刻注意。

粉笔有时可以下岗，但不能每节课都下岗。原因很简单，对小学生来说，一笔一画地写字就是示范。学生到黑板上来板书，字的间架结构、田字格的占位，看起来非常直观，如果在写得好的字下面画个红圈圈或对号，更是皆大欢喜。

前几年，某学校有位老师用粉笔头弹到一名上课走神的学生课本上，学生回家告状，家长不依不饶，打了热线投诉，说孩子被吓着了，教师被一次次约谈，一次次写检讨。从此再也没有老师敢用粉笔头提醒淘气的孩子。

粉笔的功能已回到写板书的原点，不知道粉笔以后还会不会有写字之外的其他功用。

乡村记忆

村 庄

如果从高空俯瞰下去，你会发现这上百户人家散布在"井"字形的道路旁边，错落有致。这"井"字的每一道笔画都是一条狭窄的黄土小道。道路两边杂乱地长着若干棵杨树、榆树，还有几棵五月间香飘满村的槐树。"井"字的尽头便是田野，把整个村庄包围起来的庄稼地。

日子很安详，就像村东的那方池塘，涨满了水。妇人们在苇丛旁边，拿着棒槌敲打一家人的衣裳，连绳子也不拴，直接就往池塘边的树杈上一搭，傍晚再差使家里的小孩子来取就是了。水性好的孩子就在池塘里玩狗刨，有的还故意把一个白白的肚皮露在水面上，那是有意要在小伙伴面前露一手了。池塘似乎深不见底，有几个孩子曾经比赛看谁能摸到塘底的淤泥，结果有一个孩子被塘底的水草缠住了脚，在池塘边路过的村民，潜下水去解开了要命的水草，救了他一条小命，从此再没人做这样的游戏了。孩子们又发明了新游戏，用捡到的石子或瓦块投到池塘里比赛，谁溅起的水花大，谁就得胜。惊得池塘边洗衣服的女人连骂带吼，不久这游戏也偃旗息鼓了。

孩子们是不甘寂寞的，又想了新主意，用长绳拴了罐头瓶，里面撒一点干粮末，静待小鱼入瓮。多多少少是有一两条小鱼的，运气好的还能有三五条小鱼。这时，孩子们最大的乐趣就是在池塘边的大树下，比谁捉的小鱼可爱。间或有恶作剧的孩子，捉了蝌蚪来比谁的逗号弯曲，谁的尾巴大，谁的尾巴长，就又很讨大人们厌。

如果走在夏日的池塘边，就会听见，青蛙在池塘里开会，蛐蛐在草丛里开会，孩子们在池塘边开会，妇人们在棒槌声里开会，各种声音时时响起来，如同路边三三两两星星一样闪烁的野花，好不热闹。

冬日的池塘也是欢腾的，塘面结了厚厚的冰，孩子们可以拉着爬犁在上面走。孩子们在塘面上溜冰，有的用一小块木板拴了绳子，做成爬犁，自然是剪子包袱锤，谁赢了谁坐在上面，其余的人拉的拉，推的推，拉到岸，再从头来过。还有的在冰面上打瓦，用木棍狠命一击，远远地落在目标处，引起一阵欢呼。池塘的冰很厚，有人想钓鱼，凿了半个上午，才凿出一个碗口大的洞，钓了不多久，鱼没见踪影，尼龙绳却被冻进冰里，白白损失了一条好绳。

顺着池塘往南走，不远处有一条宽阔的壕沟。除了春日浇地时有水，其他三季都只长了些野花野草，冬天里只剩下些枯草寂寞地匍匐在沟底。壕沟以南地势偏高三两米，以壕沟为界，南面是前村，北边是后村，两个村子合起来才是一个完整的村庄。

还是回到田野上来吧。前村的地里种着不少枣树，爬过壕沟就能看见。春天有蜜蜂嗡语，枣叶间隐藏着像米粒一样绿中泛黄的枣花，那花儿谦逊到不仔细看就找不到它们。用指甲掐一粒填进嘴里，有点特有的甜津津的清香。夏天，枣儿一嘟噜一嘟噜地在枝叶间招摇。摘一个塞进嘴里，又艮又涩，自然引不起孩子们多大兴趣。孩子们大多是被树上的蝉蜕吸引，捉蝉猴来了。一群孩子提着瓦罐、玻璃瓶，不约而同地跑来了。大大小小的窟窿眼都能让孩子们兴高采烈地挖上一阵，如果忽然挖出一只癞蛤蟆，孩子们就会一哄而散，嘴里还要嘟囔几句："天灵灵，地灵灵，癞蛤蟆，别显灵。"那是因为有大人吓唬过孩子，有蛤蟆精吃小孩子。不过挖着挖着就所获不少，玻璃瓶眼看就满了半瓶，蝉猴在瓶里相互拉扯推搡着，爪子无树枝可抓，就在瓶子里冲撞，无目的地抓着同伴的脚，亲热得不得了。

最吸引人的还有野葡萄棵，小指甲盖大小的野葡萄，紫得诱人，饱满得像一粒露珠，沁满了蜜汁。还有一种草本的花，长得像梧桐花，摘下花来放进嘴里轻轻一吮，湿漉漉地甜。它们就躲在田边地头，有时就夹杂在庄稼里，和人们偷偷种在玉米地里的地瓜一样，但逃不过孩子们的眼睛。走着走着，孩子们就钻进了田野深处。

在田野上往往有许多奇遇，比如那只羊吧，它啃着啃着青草，就走丢了。天快要黑下来了，孩子们唤羊的声音里已经有了哭腔。可远远地又像听到了羊咩咩的叫声，循声走过去，只闻其声不见其羊，反复转了几个圈，孩子们发现草叶被啃的痕迹就在附近，拨开草丛，呀，小羊在一口废井的底部正仰头呼叫，看上去一只腿似乎摔伤了，站不稳的样子。孩子们想出了办法，把每个人捆草的草绳一股一股打了结连起来，拴在一个身体轻巧的女孩身上，把她顺到井底，抱起小羊，大家再想办法把她连羊带人一起拉上来。草绳虽然断了那么一两次，但还是被接好，把她从井底拽上来了。这时大家"噢"地叫了起来。

可是当一阵狂风刮起来时，孩子们才想到身后渐渐远去的村庄，才看到天已擦黑。他们开始奔跑，开始借着风力撒开脚丫飞翔，旷野无边，家在远处。他们像是和风在比赛，要赶在雨脚之前回去。当第一个雨点打着他们胳膊的时候，他们已经飞跑到壕沟边上。大风一下子把他们吹起来，从三米多高的壕沟这端一下子飞到了那端。他们愣了一下，家，竟然一下子来到眼前。风把他们从田野送回家，还送了几片枣叶在他们头上身上。

屋门合拢的刹那间，滂沱大雨从天而降，外面已成大海汪洋。村庄就像汪洋中漂浮着的一艘小船，像一个小小的逗号。

房　子

村子里的房子大多是土坯房，有的只用砖砌了三分之一，剩下的是用土坯砌起的。土坯房子冬暖夏凉，让人踏实放心。

走在村子里，看不出这座房子与那座有什么不同，土黄色的墙，土黄色的屋顶，甚至用久了的屋门，斑斑驳驳的，也接近土黄色了。

一个人在安静下来时会发现，房子在一个人的印象中并不是立体的，而是平面的。当我们用记忆与遥远的童年心灵对话时，空间和时间中的房子已经固定成三两幅平面的画面了。如果把记忆还原，试着把人加入其中时，才会变成立体的。

走进屋，正冲着门的，是一张方桌，旁边是两张老式的木椅子。有的人家在方桌的正中间端端正正地摆着族谱。一般靠着窗户的，是一架炕，稍年轻一点的是一张木床。炕上的被子是粗布的，印着喜庆而又有点艳俗的花，炕是一户人家冬闲时长待的地方。媳妇儿在床上剪鞋样，缝缝补补，男人边吹牛边从玉米芯上往下搓玉米。柴火把炕烧得暖暖的，一日的光阴不知不觉就过去了，日影西斜，这一日很是妥帖舒展。

还记得一个冬天，我在梅子家玩，雪化了，一串串的冰凌在檐下一点一滴地融化着，太阳一照，水珠滴下来。我和梅子打开窗户，伸出头去，用舌去接冰水，好凉啊。梅子说，比冰棍还冰。我们的脚在暖炕上快要捂出汗来啦，外面冷到结了冰。

我们专心听着外面的滴答声，迷恋着这样的时刻，我们无所事事，发着呆，看着外面的冰凌渐渐滴落成水。房子庇佑着我们心满意足的童年，一个个细节点亮了那些平淡无奇的日子。

事实上，假如今天我去问询自己的记忆，自己是否在那样一座房子里居住过，答案可能是否定的。可是走进那院落之后，这样的画面累积起来，我仿佛也生活在那样一座院子里，有了一堆哥哥姐姐弟弟妹妹，在种种少年心事里，在土坯房滋养的温暖里，慢慢长大。

柴

我不知道现在的村庄还烧不烧柴火，也许在比较偏僻的地方还保存着这样的习惯吧。一座村庄里没有一垛垛的柴火，就好像缺了点什么。多年以前，人们在村庄里打眼一望，看到一户人家房顶烟囱飘起的炊烟，就知道这家人烧的什么柴，是在蒸馍还是在炒菜，日子过得是不是殷实。

在北方常见的柴火，无非就那么几种。麦秸是最不经烧的一种，人们常说麦秸火一阵，说的就是这种火了。人们喜欢把麦秸作为引火，麦秸易燃，划根洋火，轻轻一点，着了，吹口气，一蓬火起来了，塞进炉膛里铺底是再好不过了，接着续进别的柴火，拉起风箱，"呼呼嗒嗒"，一会儿锅底就起了熊熊的旺火。旺火一起，炒菜做饭都香，人们蒸馍馍、贴饼子、熬粉条白菜，日子过得很滋润。麦秸除了烧火，还能造纸，卖给拉麦秸的人能挣一笔钱补贴家用，加上麦秸很暄，占的地方多，家里的小院放不下一两垛麦秸，大都在场院里堆着。于是人们只留很少的麦秸做引火，其余的一股脑地堆在田野地头，逢到麦秸商走村串户来收购，就一并都让人拉了去。

麦秸垛里最容易藏小动物，老母鸡偷偷在里面孵一窝蛋是常有的，一地黄茸茸的鸡雏从麦秸窝里钻出来的时候，煞是好看，颇有点惊艳的味道。老母鸡得意扬扬地踱着方步在小鸡旁边走来走去的时候，最是好玩。倘若有人试图逗弄小鸡一下，老母鸡乍起翅膀和全身的羽毛，做出一副要跟人拼个你死我活的模样。小鸡累了的时候，晒着暖洋洋的太阳，偎在老母鸡身旁，老母鸡躺在麦秸垛边上，其乐融融。田野上的麦秸垛里还会藏些野兔、野獾、黄鼠狼之类的稀罕物。

夏天人们喜欢到场院里乘凉说古，场院边也多是麦秸垛，月光下人们抽烟拉闲呱，孩子们多是在麦秸垛里藏猫猫，常有藏着藏着就睡着了的。夜里大人一摸，床上少了家里的小儿子，也并不慌张，猜想一准是在场院里麦秸垛中睡着了，找过去，果然在。麦秸在太阳晒过之后，有暖暖的香味，泛着一点甜，比床还舒适柔软，也有不少人家用麦秸铺炕。金色的麦秸像阳光一样在村庄里无处不在，染进了人们的生活。

秋天，割倒了玉米，人们用地排车把玉米一车一车地拉回家，晒在院子里。还有一车车的玉米秸，多半倚墙立在院墙外边，待到晒干了，可以铡了喂牲口，也可以一拐两半扔进灶膛里烧火。玉米秸的火烧起来也有点暄，不过比麦秸火可强多了，抱几抱玉米秸来，就能做熟一顿饭。和玉米秸一起在灶下燃烧的还有棒子核（方言，hú），就是把玉米粒剥下后剩下的玉米芯，棒子核潮湿的时候，爱冒黑烟，那叫一个呛。干棒子核是最好的柴火，火旺，还不压火。说起来，玉米全身都是宝，人们有时还烧玉米的根部，晒干了，用铁锨拍去里面的干泥，塞进炉膛里，也是上好的烧火材料，方言里把这种柴火叫玉米 zhà，这个"zhà"字怎么写还真拿不准，如果取根须四周奓开的意思，应该是玉米"奓"吧。不管是不是这么写，反正人们常常从地里用锄头把玉米奓一点点费力地刨出来，然后再拉回家，晒在路边或院前院后。尽管玉米奓烧起来有点费事，占的地方大，遇到土没拍打干净，还会压火，人们还是舍不得扔掉。庄稼就这么养人，粮食收了，得熟了才能入口，剩下的柴火就入了灶口，一丁点也瞎不了。

其实除了玉米秸、玉米奓，人们还会把棉花柴拉回家烧火。褐红色的干棉柴邦邦硬，稍不小心就让干棉枝扎一下，棉柴烧起来很有劲，火是实火，煮饺子、炖野兔再好不过了。一根粗壮的棉柴烧尽了枝杈，只剩下直直的棉秆的时候，随手抽出来拍打拍打就当了烧火棍，往炉膛里捅捅柴火，架架火，再续续新柴火，可手着呢。农家的灶屋里，房梁已被熏得发黑发亮，四周的土墙也是黑色的，冒着烟味儿。可是日月还是没有尽头，还得一把把火烧下去，一顿顿饭煮下去，一天天过下去。

那时候村庄四周可烧的东西多着呢，不少孩子挎着篮子在寻寻觅觅，或是一摊牛粪，或是一串羊粪蛋子，或是路边干枯了的树枝，或是用铁扦子串起的一串串杨叶，或是从路边沟里刨起的干茅草根，连秋天地里散落的一点点干黄豆叶，也都用笤帚疙瘩一点点扫起来，用手捧到筐子里。田野四周的壕沟里干枯的野草，也随手薅到筐里，一来可以喂羊，羊不吃呢，可以烧火。

杨叶落地时节，拿了笤帚的孩子把看到的杨叶扫到一起，没拿笤帚的孩子找根木棍在地上画个圈，先占下，然后跑回家去拿家什，后来的人看到地上有圈，就去别处扫杨叶、串杨叶，拿完家什回来，那片地方果然没有人动。

当这么多可烧的植物填塞到炉膛里，燃起缕缕炊烟，放羊的孩子回家了，田地里劳作的人也迈着疲惫而舒坦的步子回家了，一缕炊烟就是一声无言的召唤，远处望去，升起的缕缕炊烟让一座村庄飘浮在白云里。

月　亮

村子的景观，印象最深的是月夜。

月亮那么大，那么圆，近得仿佛一伸手就能摘下来。满天的星斗闪烁着，跟月亮做着伴。抬头看看天上，星河灿烂，偶尔还有流星在天空划过。

到处亮亮的，能看清胡同的深处，能看到一家家的大门四敞大开着，仿佛在等待着谁走进去。村子里的人，都是离月亮最近的人呢。我咳嗽了一声，看见月亮也像抖动了一下。那时候，我还小，还分不清上弦月、下弦月、满月，只觉得月亮好看，月亮上面还影影绰绰的，好像有人影树影。人们说，月亮上住着许多神仙，一到晚上，他们就会轻盈起舞，所以月亮会慢慢地转动，转着转着天就会慢慢亮起来。

我踩着满地的银子往梅子家去。梅子家住在村西头，我去找她捉迷藏，梅子出来了，大志也出来了，还有小波、小洁，也会出来。月亮那么亮，怎么藏啊，我们都发愁。有人躲在院子里，不一会儿就找到了。有人躲在牛尾巴后面，一眼就看到了，还有人在猪圈后面，也没什么好找的，一下就被发现了。哎呀，这么亮的月亮，什么都能看见，连一颗石子掉在地上都看得那么清楚，实在是没有办法捉迷藏的。于是，大家冲着月亮喊话，月亮月亮你下来，要不我们不玩啦——

月亮并不管我们怎么喊，还是继续那样清凉地亮着。

我们围着村子转圈，边玩边闹，引起一阵狗叫。

那时的夜晚，月亮天天在天上挂着，一抬头，有时是月牙，有时是圆盘，有时是小船，月亮就在人的左右。人们独自去串门，也不害怕，怕什么呢，不是有月亮吗？

夜

入夜了，坐在门前的凳子上。月亮模模糊糊的，四周有鸭蛋黄色的光晕，天空似乎很宁静，不过据说明天有大到暴雨。树梢在夜风中开始晃了，晃出一种颤动感，如同一个长发的女人在发抖。风是从远处飞来的，我看见了，看见风滚动着在树梢上翻来翻去。它飞行过的地方，有一道模糊的长长的影子，还有积攒了许久许久的一股气流。

风没有带来清凉，带来的似乎是闷热，一只白底黑花的猫倏地从北边的花圃钻进另一边去了。房子边的灯很亮，把高大的冬青照得很绿，绿得有些油黑，冬青挡住了我的脸，那一侧像个盾牌。蝉声很响，我不知道它们为什么在夜里，还会间断着发出那样直接而嘹亮的声音，以往我并不知道它们在夜里也会叫出声来。我记得小时候祖母说过，知了不是叫，而是哭呢。我问祖母，它们为什么哭，祖母说，嫌活得短活得难呗。现在我才听出了喑哑的泣声，听出了一声苍凉，也许因为我也快到祖母跟我说话时的那个年纪了。

蚊子狠狠地叮了我一口。

我拍死了一只，还有几只蚊子在我身边飞舞。血总是要献出去的。血管最终总会空洞洞的，就像曾经的奔涌循环一样。可是献血没有祭坛，不过是低微，承受，与胆怯。

一只黑色的多腿的甲壳虫从我的脚边爬过，它迟疑了一下，还是穿过一棵小小的地皮草向前急促地爬去，我目送它的背影，对这只夜里出行的昆虫满怀怜悯。那棵地皮草紧紧贴着砖缝生长，我伸手把它拔了出来，它的根须很长，遍布毛须，这是顽强的脚，只要它巴住任何一点土壤，就会疯狂地生长。我用尽力气把它扔到一个角落里，那个地方可能更适合它，不会有踩来踩去的一双双大脚，也不会再有人注意到它。

周围的树丛很浓密，合欢树、七角枫，还有苦楝树，在灯光投影里模糊着它们的脸。我看不清它们，它们也看不清我。鸢尾草在晚风里招摇着，打开扇面般的叶子，仿佛还要给这样的夜晚制造闷热的风。风已足够大了，驱动着闷湿的气流，也许一场大雨就要来了。

一只清瘦的黄花狗从远处跑过来，前腿蜷缩起来，趴在离我不远的地上，伸着舌头喘着粗气。它认真地侧着头看了我一眼，我不知道它为什么看我，但它没有叫，也没有驱赶我的意思。不一会儿，另一只狗跑过来，黄狗忽然大声叫起来，边跑边狂吠，直到那一只狗夹着尾巴离开。它愤怒地驱赶走它的同类，然后又温顺地匍匐在地上，继续伸着舌头，喘着粗气。

时光离去，我也终将从这个夜晚离去。虽然我知道每个夜晚都会消逝。月亮升起在过往时光的树梢上。我听见村庄里一声婴儿的啼哭，在树叶上飘浮，像水一样若隐若现。

多　爷

　　中午的阳光有些寡淡，像被冻住似的。我走出胡同去上学，看见胡同口的多爷正袖着手，倚在墙角的牛圈边晒太阳。我抬眼看看天上发着不冷不热的光的太阳，说是晒太阳，实在不怎么准确，也许晾太阳才是真的。

　　多爷看我不爱搭理他，先自咧开脸上的菊花纹嘿嘿笑起来："上书坊啊？又认识几个新字哩。"这时，又凑过来几个搬马扎的老头，这是他们的习惯，午饭过后，势必要凑到一起打打牌，拉拉呱的。

　　多爷大半是不怎么打牌的，却是在旁边看热闹的一个，多爷主要的营生是喂牛，那牛被他喂得瘦成了牛肉干。

　　多爷拔草时常常是早晨出门，到晌午还没走出村口，遇到谁都要聊一阵子，哪怕是遇到一个卖熏枣的外地人问路，他也能从地下聊到天上，再从天上聊到河里，从河里又聊到树上。聊了半天，卖熏枣的实在不耐烦了，推着车子边摇头边乐："您这老哥，可真逗！我可耽误不起工夫，得卖枣哪，您包圆得了。"多爷便忘了拔草的事，帮人吆喝起枣来。

　　多奶循着声音出来的时候，看见多爷又在那儿白话，一脚踢飞了篮子："老不死的，牛饿得直叫唤，你还在这里瞎起哄，都到啥时候了，你拔的草呢？"多爷讪讪地，觍着脸笑："着啥急哟，牛不是会倒嚼吗，这会儿不是嚼胃里存的草吗？"多奶更加生气："拔不回草来，你这顿饭就'挓挲脖'吧。"多奶气冲冲地回家了。

多爷不生气，还是嘿嘿地乐："我这老婆子是刀子嘴豆腐心，可舍不得我呢，顿顿还给我打小酒喝呢。"众人一听，哄地笑了，乡亲们都知道多爷没少饿了肚子。

多爷慢吞吞地挎起篮子向村外走，他走路左脚先迈出去，右脚在地上画半个圈，突突踏踏，才撵上左脚，边走路还边唠叨："着啥急哟，三日不打，上房揭瓦，这娘们急吼吼地赶死呢。"多爷年轻时，上房干活摔断过腿，腿好了却落下了残疾，自那就变得性子慢了，干什么事也不上心，口头禅"着啥急哟"全村都有名。多爷拔草从来没拔满过半篮子，多半是稀稀儿根草，篮子底还不怎么满，就回村了。多爷家的牛也不怎么待见他，有一次饿急了，还顶了多爷一回，害得多爷好几天都下不了地。

我傍晚从学校出来，回家的时候，看见多爷还在他家牛圈跟前呢，这回不是倚着，而是把手揣在棉裤里，坐在墙根边上。周围没有人，只有他家的那头皮包骨头的老牛听他絮叨："着啥急哟，天咋黑得这门子早哩，才看见几个小人儿上学去，这会子就回家来哩。"

我回头看，可不，我身后还跟着梅子、小波、大志他们呢。

小波和大志，瞅了一眼多爷，忽地跺着脚唱起课文来："哆啰啰，哆啰啰，寒风冻死我，明天就做窝；哆啰啰，哆啰啰，寒风冻死我，明天就做窝……"

多爷眯着眼："这些小人儿，还会唱歌子，书坊里咋还教个这哩。"多爷坦荡，觉得唱的歌子与他无关。

一群小人儿唱得越发起劲，口无遮拦。"哆啰啰，哆啰啰，寒风冻死我，明天就做窝；哆啰啰，哆啰啰，寒风冻死我，就做窝……"声音稚嫩，像树枝上的新芽。

多爷听了一阵，忽地发问："没学点别的？就教这点？学没学数数？"

我们吵嚷道："就不告诉你，就不告诉你。"一窝蜂跑了。

多爷最大的优点是从不向大人告状，见了孩子家的大人，多半是说："你家小人儿顶顶聪明，以后出息着呢。""你家娃娃，虎头虎脑，昨天还给我唱歌解闷呢。"

多爷多少岁了，我们没问过，人们说他年轻时就显老，现在老了还是继续老着，就显得不那么老了。

我们上学时他在那儿，我们回家时他还在胡同口，多爷在，附近的狗不待见他，从来也不屑凑过来咬我们一口。反正世上多一个多爷不多，少一个多爷又会少到哪里去呢。

有一天，还是放学，大志又跳到多爷前面唱："哆啰啰，哆啰啰，寒风冻死我，明天就做窝；哆啰啰，哆啰啰，寒风冻死我，明天就做窝……"

唱了一会儿，多爷还是耷拉着脑袋，大志不耐烦，推了多爷一下，多爷倚在墙上，闭着眼睛，没有声息。梅子忽然咋呼道："大志，你把他唱死了！"我们一下子呆了。他，真的给唱死了？

多爷死了。发丧那天，太阳还是很寡淡，胡同口变得也很寡淡。

丧　歌

冬天的早晨总是那样姗姗来迟，太阳还没有升起来，村子上方笼罩着一层薄雾。男人已经开始在三轮车上往下卸东西，桌子、椅子、长凳子，还有各种各样的乐器，电子琴、唢呐、二胡、锣鼓等。车上的音响并没有卸下来，音箱方向冲着三轮车外面，从房后电源扯过一段电线连接上插座，开始播放起一段流行音乐。

村里的主事的已经派人送来了水壶，一个小小的蜂窝炉。水壶冒热气的时候，唱班子支开架子准备他们一天的演出了。看上去是一家人，男人有四十五六岁，穿着暗绿色的棉袄，脸膛黑里透红。另一个应该是他的女人，皮肤白皙，跟男人说话时语气亲昵，上身是深青色的羽绒服，有四十三四岁的样子。还有一个女的，与女人相貌相似，三十七八岁左右，像是女人的妹子，性格活泼，频频朝周围的人挥手打招呼。另外还有两个男孩，一个看上去像初中生，坐在电子琴后面熟练地弹着电子琴。另外一个个子还没有长开，好像还没有小学毕业，上身穿着羽绒服，下身是一条蓝色的校服裤子，正腼腆地敲着手里的锣。唱班当中的两个孩子，虽然琴弹得很流利，表情看着有点紧张局促，不敢直视观众。

这时，男主人敞开嗓子喊了一声："老少爷们儿，今天我们一家来为咱村里的老人送行来了，听说是八十多岁的高寿啦，这是喜丧啊，咱们高高兴兴地把老人送走，那我就先给大家来一段《包龙图打坐在开封府》。"男人亮开嗓子，开始唱这段京剧。其实周围的观众不过十几个人，墙角有两个老大娘，还有一位老大爷搬着马扎坐在靠墙根的地方，兴致勃勃地瞧着这个唱班子。一段包龙图唱完，没有激起多少掌声，只不过人们渐渐地从四面八方聚拢过来。

男人唱完了，那女人又开始吆喝："各位叔叔大娘，各位老少爷们儿，他二大爷二婶子，我给大家来唱一段《西游记》里的插曲《女儿情》。"女人唱得很投入，面庞带着笑，周围的人噼里啪啦开始鼓掌。女人并不谦虚地接纳了，很兴奋地向周围招手，唱完了这首歌，接下来是他妹妹为大家演唱《西游记》的主题曲。

这一家子看上去多才多艺，每逢有一个人出来主唱时，他手里的家什就会被别人接了去，跟在乐曲后面伴唱、附和。倘若平常人唱三两首歌曲的话，会累得上气不接下气，而他们接连唱了四五首，却并不显得累。有时候唱完了歌的间隙，反倒是边说笑边和村里的人唠嗑，一副兴奋的样子。

人越来越多了，人们看唱班人的眼神，就像在看一个马戏团。靠着墙角有不少村里的老人，坐在那里认真地看着演出。戏班子唱累了就停下来歇会儿，喝口水，用音响循环播放着几首流行歌曲，前面院子里的哭声断断续续，好像在这民间的演唱会伴奏下，悲哀变得轻了些。

天已经半晌，这时候丧家的女儿出来开始迎接自己的亲戚，拜祭开始了，大外甥打着彩纸扎的花篮，领着自家的亲戚，跟着母亲往院子里走。村子里的人指指点点，这是大女儿家的儿子，那是大女儿家的姑娘和女婿吧，女儿和女婿前几年好像来过，在外地工作。后面接着是另外几个女儿，来接自己家的亲戚，带到院子里去拜祭了。

院子里的唢呐也响着，每逢来客人的时候，都要吹上几声。吹唢呐的人，看上去有五十六七岁的样子，头发已经有些花白了。迎着正屋外面的桌子上摆着去世老人的相片，他看着自己跪倒的儿孙，笑眯眯地不说话。

此时外面街上的唱班子更热闹了，一会儿是唢呐独奏，一会儿又是二胡伴唱，这会儿又唱起了《红楼梦》当中的《枉凝眉》，"一个是阆苑仙葩，一个是美玉无瑕。若说没奇缘，今生偏又遇着他……一个是水中月，一个是镜中花……"天还是灰蒙蒙的，并没拉开帘儿。灰突突的，冬日的唱班的人，仿佛眉眼里包含着一点清冷的温暖。

　　前来吊丧的客人越来越多了，断断续续地有三轮车、汽车停在村口，有人拿着花圈和烧纸前来吊唁。吊完了丧，有的散去了，有的就站在街口静静地看唱班的表演。靠墙根已经坐了十多个老人，脸上大多长了斑，乐呵呵地瞧着唱歌的人。今天送走的可能是他们熟悉的一位老人，他们也许已经感觉到，自己离这一天并不遥远，听着唱班的歌声，倒像是在目睹以后自己临走时的情景。

　　很快就到了中午，中午来吊丧的人是最少的，村里的人也三三两两地回家吃饭去了。音响里音乐声调得稍小了些，唱班的人也慢慢地享用主事人送来的午餐，那是一大碗炖鸡块，还有管够的馒头，唱了一上午，许是累了，大家都不说话，静静地吃着自己的饭。寒风里，馒头冷得很快，菜也冷得快，看见女人提着热水，倒进孩子的碗里，馒头泡了进去，就着热水，接着吃剩下的菜。饭罢，街上的人还是很少，唱班并没有接着唱，男人在那里坐下来抽烟，女人和孩子则悄悄地说着话。

　　村里有三五个人并没有走开，慢慢地搭讪，问孩子上几年级了，在哪儿读书。还有的打听，女人为什么这么冷的天也跟了出来，不在家里围着热炕头转。女人答得豪爽，出去打工，搬砖也是一天，出来唱唱热热闹闹的也是一天。钱挣得差不多，大人孩子，起码在一块儿呢！就当出来赚个零花钱吧！另有人问，一家人唱这么好，为啥不上中央电视台呢？男主人嘿嘿笑着，中央电视台，哈哈哈，人尖群里还当自己是颗星嘞？以为俺们也能上春晚吗？瞎唱唱还行，乐和乐和呗，哪能把自己当根葱啊！

　　日头偏斜，瓦盆子在村路上摔响的时候，唱班吹响了他们的最后一支唢呐曲《百鸟朝凤》，仿佛无数只鸟儿在空中起舞，伴着丧家的哭声去往田野里的家族墓地。

　　在冬日的村庄，有人去世，悲凉夹杂着喜感，倒像是在过一个节日，而节日的气息正是唱班带来的。

雨中帖（四题）

家住雨中

童年的一段时间，居住在一所小学校里。早晨，栖息在树上的鸟儿首先唱几句，唱着唱着把天唱亮了，接着是一片喧哗热闹的童声。悬挂在树上的吊钟被某位老师长长地敲响，仿佛专门在等待那些贪玩迟到的学生。夜晚，校园就静得唯余一束灯光射向天空，没有一点声息。

借以安居的房子，陈旧简陋到无法描述，经过一番修整之后，有了房子的样子。然而逢雨遇雪，却徒有其表。外面雨声大，室内雨声小，脸盆、茶缸、饭碗，所有能够接雨的工具一律身兼数职，忙碌不已。遇到夏日大雨，雨水漫过矮矮的房门，泛滥成一湖浅水，特别适宜鞋子们在水中游泳漂荡。这是孩子的节日，我兴奋地捞起水中浮游物，激动地很心情，或者按正常语序来说，就是心情很激动。

有一次顺水甚至漂来一只肚皮鼓胀的青蛙，我用勺子把它舀起，竟然听到"呱"的一声大叫，吓了我一大跳。终还是让它

"质本洁来还洁去"，到外面自寻生路去了。

校园里树木葱茏，其中有三两棵粗大的枣树。每逢大雨，似乎被一只巨手拼命摇晃一番，枣树醒了，抖落下许多尚未成熟的枣子，有的刚刚红了一点点，像老枣树的泪珠。我急忙披上庞大的雨衣，穿上雨靴，"吧唧吧唧"，在水中跑来跑去，一手擒一只小盆，一手捡起枣子，胡乱向嘴里塞去。青青的枣子，味道美极了，涩涩的甜涌向心底。

水中漂浮的枣子，调皮之至。往往顺着水花追逐着雨点，稍不小心就跳远了。乃至于我不断跌倒又兴奋地爬起，手中又多了一枚战利品。雨小了，老枣树精神抖擞，不再流泪。我手持一小盆青枣，大声嚷道："下大点，下大点。"盼望着天再降大雨于此时，我能盆满钵满。却听见房里忙碌的大人大声呵斥："雨大点，看你今晚往哪儿睡！"

睡依旧睡得香，小雨叮咚敲击脸盆、水杯，就着美妙的琴声，少年不识愁滋味，一觉睡去已是半夜。脸上却被新漏的一处雨打湿了，便叫喊起来。灯光亮了，手忙脚乱架床挪位置，接漏雨。恍惚里，水韵余波叮咚声中，夜很幽静，在拉长了的夜里倾听着水的旋律，忽然听到母亲一声长长的叹息。

童年那么快就结束了，雨中的居室也已不在。生活在我面前凸显出不同层次，经历也日渐丰富起来。我想，人本身能体会到的大幸福和小幸福，是两种精神感受。比如命运抉择的成功、人生的悲欢离合等等，可能是大幸福，那些琐碎细微的日子中的快乐可能是一种小幸福。不过细想起来，那样的童年一去不返，那样的快乐也非金钱所能购买，归根结底应该是人生最大的幸福吧。

雨中蝉音

连续几天下雨，无心驻足周围的风景，生命的版图只是路上的匆匆再匆匆。从此到彼，从这儿到那儿，从清晨到黑夜，刚刚开始便已抵达。

听够了缠绵的雨声，当雨声成为寂静的底蕴，便只有无边地静，静，静。天光已经倾斜，朦胧的黄色像病西施捧心而颦的脸。光与影一点点淡了，又一点点浓了。

这时候，一声蝉鸣偶尔响起，孱弱却柔韧，仿佛有些嘶哑。也许它是一只新蝉，刚刚穿越法布尔所描述的地下世界，然后在树枝上悄悄蜕变后唱出第一支歌；也许它垂垂老矣，两只遗憾的黑眼睛高高仰望着天空，心已知秋，叹美好生命的短暂与易逝……古人说它"居高声自远，非是藉秋风"，生物学家说它"饮汁露，吸食树木精华"，金蝉脱壳的故事已是老生常谈，作为一种计策也只有孙膑这种挖空心思的残疾军事家才能想出来，他似乎更知道其本义。也许他便是一只蝉。

旧的躯壳要脱掉无数次，才能成为一只晶莹的玉蝉吧。

在泥土里爬出，在雨水里翻滚，在攀爬时挣扎，在蜕皮时疼痛，在剧变时死去，在死亡时醒来……醒来时用平静的眼神看，看天，看地，看云，看雨，也好奇地看自己。最终用反思过生命超越了死亡的自由之翅飞来飞去，加入纯美歌唱的队伍，幸福来临了。

蝉，悲伤过，当它匍匐在泥土的黑暗之中，当它用力蜕掉那层沉重的躯壳而苦苦挣扎之时，当它一次次死亡又一次次苏醒。悲哀触到深渊的底部时，却以更快更高的速度反弹回了明净与澄澈，在逃离与跳跃中又回到了本源，回到最原始的生命，赢得了自由的绝唱。

蝉音断断续续，忽而高亢忽而婉转，忽而清脆忽而浑厚，新来已非一只蝉了。夏天是它们独领风骚的舞台，茂盛的枝叶似翡翠的面纱，与浅吟低唱相和。纷纷细细的雨也来凑趣，扬起缤纷的礼花，像许多只鼓掌的手。

仰坐在潮湿的树下，凝望树冠，只是一蓬蒙蒙的绿，水烟弥漫，侵入眼中。静静地坐，听蝉声停了，雨声入耳；雨声碎了，叶子起舞；舞曲浅了，蝉音又鸣。交替往互，周而复始，天地之神秘，自然之灵秀集于一瞬。风声雨声蝉鸣声声声在耳，天事地事人事事事入心。人不可能不敬重自然，不敬重绿色生命。顺手掐一枚新绿放在嘴里咀嚼，微苦的清香从舌尖深处浮上来，梦一般透明……

小时候常手执电筒，在树根下，灌木丛边寻觅蝉的幼虫，那是餐桌上的美食。用油一煎，色泽金黄，颇为诱人。渐渐年长，却对它少了食欲，有时也吃，那是从营养学的角度。吃得极少是因为总觉得扼杀了自由之翅，未免残酷些，再也没有了童年捉蝉食蝉的从容和快乐。或许已到了从容听蝉的年纪，这场雨仅是引子。

半睡半醒，眯着眼睛，静听舒缓悠长的回响。枕着青草——绿色的水枕，厚厚的绿覆盖承载着一颗听蝉的心。我非蝉不知蝉之乐，蝉非我却悠游一生。它的生命从追求自由始，到留恋自由终，生命的空间是自己创造的。雨渐渐停了，蝉音已歇，满耳流淌风的声音，簌簌地响。

不知什么时候，一轮月亮款款而来，很美很圆很温柔的月亮。望着这样澄澈的月亮，树上的蝉眼里含着泪水，感激它一次次升来，以一种抚慰的目光注视着自己。

树下的人久久地躺着，不想睡，也睡不着。

夜寂静，天地有情。

夏天的雨

这个夏天，一直在下雨。"一直"两字有夸张的成分，却传达了一种真实的感受。下雨了，雨是世界的主角，似乎很难计数，那些绵长的雨。

夜里的雨几乎不停歇，宁静而沉稳地接上黎明，白日里却又上演了雨的独幕剧。北方阴润潮湿的天气并不多见，在这个夏季倒仿佛生了根。看雨，檐下的雨串成几百串珠子。远处千万盏白色的小灯笼在地上盛开，继而又覆灭，越开越艳越开越茂。很美，灵魂也飞跟而去，成了小水泡中的一朵，轻盈地飘。

偶尔有一两只鸟斜掠过小街，雨肥风瘦鸟声斜，鸟声都仓促到斜掠而过，这世界几乎剩不下什么安详的事物了。

很难说清这个夏天的雨有什么不同，静静地看雨时有些诗意，而在雨中时则有些茫然。穿越大半个小城上下班，买菜、做饭，仿佛雨水是一双巨手，推赶着我朝不可知的方向飞奔，稍一懈怠或停滞就会被时间的匕首击中。湿漉漉的街道，匆匆的行人，梧桐树下滑落的大片雨水，路旁各色招牌暧昧地笑，快速在我眼角滑过。有时想，如果把一掠而过的镜头作为某部影视剧的片头，足以勾勒出非常独特的港片氛围。雨季的小镇画面，推出身着旗袍的女子背影，披散一袭长发在雨中缓缓地走。而我骑车的样子似乎朝着这情景或画面追逐，唯恐看不到最精彩的一瞬。雨水推动我去追赶，深刻地领会速度与想象之美。

街面上泛着水光，霸道的车辆在水中疾驰而过，溅起水渍、泥点，溅湿了行人的裤脚与鞋子，惊起几声尖叫与骂声：藏在鲜艳雨披里的影子，如同一只只"♀"形的怪兽，在两只圆形车轮的带动下，"鸭"立而行。不知道穿上雨披之后，路上的人谁还能认识谁。

雨与水的恣肆汪洋，几乎看不到避雨的人。古时候如果突如其来一场雨，人们会在檐下久等、张望、聊天、打哈欠，细数雨的韵脚。不耐烦了就索性找个酒馆，几个人要上一壶上等的酒，几碟小菜，唱上一曲。边吟边击掌：好雨！好酒！好天气！人们因雨聚在一起，黄昏时分雨散去，人们便带着因雨而来的快乐离去。雨来雨去终要留下点什么，比如歌声的温情，语言碰撞的灼热感，以及蓑衣上还保存着的几点雨滴，都给人以温润而奢侈的感觉，也许这种古典的雨已经消失了。

现代的雨扑面而来，每个雨点在人们身上爆炸或敲击，黏腥腥的，屠宰动物洗涮它们肢体的气息，黑污色斑驳的雨花，从天上来的时候已经裹挟了灰尘、烟雾，以及无法滤掉的各种杂质。因而在雨中的每个人都会变成一枚火箭，纷纷做加速运动。想慢已无法慢了，当你慢的时候，别的火箭已超声速很远，于是就拼命点燃自己，唯恐落在后面。

说不清这种虚拟的速度会带来什么，如果追赶了许久，人们忽然发现前面什么也没有，会不会惊骇万分？雨中我看到人们面无表情，脸色苍白，莫非人们早已预感到前面的虚空或失落？我自己的脸也是如此吧。我弓身骑车的样子大概像极了一只弯着脖子的鸭子，除了自我感觉，直观的影子比比皆是，在路上，在雨中，千人一面，都被一只速度的巨手提着走。

这样的思考一掠过脑际，马上想起米兰昆·昆德拉在《慢》一书中指出，速度是出神的形式。当人把速度性托付给一台机器时，一切都变了。从这时候起，身体已置之度外，交给了一种无形的、非物质化的速度，纯粹的速度，实实在在的速度，令人出神的速度。张炜在《纸与笔的温情》一文中也表达了类似的见解：速度催逼思想。

在不停息的奔跑中忽然觉得很累，很滑稽，极想停下来喘息一会儿，试图悠闲一点诗意一点。一种孤单的感伤浮上来，雄赳赳气昂昂的速度之旅，被莫名的针刺了一下，忽然就萎了，不知道该向哪里去。

尴尬的雨，一片白茫茫的海洋。这个夏天的雨，终于淋湿了我。

雨　裳

雨下得这么大，这么久长。好安静，在一世界的雨声里，却仿佛静得只剩下心跳。一场秋雨，雨点落在地上是那样干脆，丝毫不缠绵，如同小时我在绸缎店看到的利剪，轻轻一剪，"哧——"的一声，绸缎一下撕裂，静静地躺在柜台上。喏，拿去！营业员漫不经心地说。此刻的雨也有了这份漫不经心的干脆。

站在窗前，看雨，雨脚顺着屋檐滑落，抛了个漂亮的S形弧线，那是被风吹起的皱纹。不经然想起那个"将年少滴落"的句子，真好，雨声一层层、一层层剥落，入地而不见，童稚恍可闻。"而今听雨僧庐下，鬓已星星"吗？是谁洞穿了这时序的秘密，而忍不住要剪裁下来，告诉世人？仰头看天，天灰沉沉的，并不作声。雨裳依然如密如织。

这样的雨日，如果没有一卷好书握在手中，不妨捡几片雨中的秋叶慢赏。捻着叶柄，看到叶面的颜色逐渐加深变黄，而叶脉分明，似乎便读出了一叶烟雨，使人抑制不住猜测和遐想。

紫叶李的叶子，小到精致，身姿轻盈，深红色中透着那么一丝微紫，有嫣然的意味了。回头看树，在风中摇摆着，那样的一丛深棕红，简直像一个有韵致的女人了。

秋雨来，银杏叶落，一地黄金。银杏树是一种古老的树种，可追溯到中生代，有笔直优美的树干，高贵到总让人产生联想，仿佛没有什么强风暴雨可以让它弯下腰身。银杏叶子煮水，可降血压，平复肉身里的血液和情绪起伏，看一枚银杏叶在雨中飘落的时候，时空如同静止一般。你会产生片刻的恍惚感，这样的雨急促而又缓慢地下着，曾在何时落在何人的心上，如贯古今。

在一枚秋天的柿子叶上，则可以看得见河流，顺着叶柄的方向，叶脉中间部分逐渐变红，红色的外部开始发黄，而叶子周边却还是绿色的，就像一条红色的河正朝着一片开阔的领域奔流，当雨水在一枚叶子上凝结，便相当于一幅山水画正在最后着墨，给一片叶子穿了一件新衣裳。

色木槭的叶子在一场秋雨后也会变颜色，色木槭又名五角枫，常常生长在干旱山坡、河边、河谷、林中、路边、山谷栎林下，疏林中，阴坡林中，杂木林中。色木槭的叶片呈现为纸质状，叶片主要以绿色为主，在秋天会变黄，或者发红。一场透彻的秋雨会让叶片发生神奇的反应，兀自变幻出一年四季，带来隆重的仪式感。如此时处于山谷之中，见红叶、黄叶满山满谷，落叶之华丽，如见自然之裳。

四季是有戒律的，唯一场秋雨融化屏障，慈悲到能在一片叶子上见到四季。

人间又见一湖秋

1

秋日一场大雨后，天上白云翻卷，蓝天颜色分明，岸边杨柳依依。瓦蓝瓦蓝的天空，很匀净，湖中有无数朵云的倒影，看不出是在飘移还是一动不动。

因为想念，来看看这座湖。

未能抛得小城去，一半勾留是此湖。几乎隔段日子，我就会绕湖转一圈，有时是周末早晨，有时会挑一个黄昏，一个人沿着湖边散步。一片湖就是一个城市的"肺"，一个城市能有一片湖，就是这个城市的幸运，在现代快节奏的世界里，依然能够有一片传递自然气息的湖水，让人慢慢卸下人类世界的外壳和伪装，感觉到在万事万物深处有一条鱼在游，刹那间物我两忘，真是慈悲。

这湖有它自己的名字，据说它是一只卧倒的金牛，与财富和吉祥有关。虽然是一座人工湖，仅有十年的历史，却也有了美丽的传说。在中国，每一座湖都会有故事，或古老或经典，大都是美好愿望和当地文化的结合体。

我喜欢称这座湖为柳叶湖，沿湖四周多高大的柳树。春日嫩黄的柳叶生机勃勃，夏日柳枝迎风婆娑起舞，秋日落下来的柳叶颜色斑驳，冬日则沉默静敛，几乎到深冬才能彻底落尽残叶。尤其是秋天，靠近岸边的湖水里落满了柳叶，铺在湖面上的柳叶变幻多端，依据时间的顺序飘落，呈深褐色、浅黄色、半绿色半黄色，还有杂色……神似教堂里彩色的玻璃窗，不知道枫丹白露派的画家们能否画出这样繁杂而又丰富的色彩。

柳树在古人笔下，有"留"之谐音，寄托离别依恋之情。宋朝词人晏几道《清平乐》一词中有"渡头杨柳青青，枝枝叶叶离情"的句子，宋朝诗人周紫芝在《踏莎行》一词中"一溪烟柳万丝垂，无因系得兰舟住"的表述也流传深远。唐朝诗人陈光《长安新柳》云："九陌云初霁，皇衢柳已新。不同天苑景，先得日边春。色浅微含露，丝轻未惹尘。一枝方欲折，归去及兹晨。"这几首诗词里描述柳树意象的句子，句句都关情，含有审美的意境。因为喜欢古人笔下的柳，观照投影到现代的柳树身上，也多了些异样的感觉。

湖边看柳，不必抒情已有情，不必做梦已有梦。人生短暂，柳树坚韧，隔了多少朝代，送别的人依然把它们写进诗里，湖边依然有深情的凝望，依然有临水自照的倩影。所以我更愿意柳叶湖这个命名是膜拜经典的印记，包裹着来自古代的文化基因图谱。

一座湖就像一本书，折叠了许多光阴，折叠了尘世的喧嚣，折叠了无数的故事，折叠了万家灯火，折叠了茶米油盐的琐碎，折叠了四季的幻影。

看到湖，就不由得想起了苏东坡，当年他不是被贬就是在被贬的路上。熙宁四年（1071）面对弹劾，谢景温诬告事件让他初次感受到政治险恶，他不做一言辩解，"乞外补"，第一次到杭州任通判；二十年后元祐年间，司马光退居洛阳，苏轼也立即乞补外任，他第二次到杭州，外放任知府。及至在杭州西湖一隅安顿自己，一肚子不合时宜，虽不是万分失意，也是处于旋涡的边缘状态，因政见不同随时有再贬的可能，也随时有招致杀身之祸的危险。好在他生性豁达，"用舍由时，行藏在我"，心安之处皆吾乡，泛舟湖上，快意人生。这般境遇中，苏轼发现西湖长期没有疏浚，淤塞过半，"葑合平湖久芜没，人经丰岁尚凋疏"。他带领官员和杭州百姓疏浚出大量西湖淤泥，又下令将这些淤泥筑成长堤，贯通西湖南北两岸，既方便往来，又成就了西湖的一大美景，这就是赫赫有名的"苏堤"。与以诗人白居易名字命名的白堤相互呼应，成就一段佳话，也为后世的文人做了安然自立的人格示范。

苏东坡曾在杭州留下了很多关于西湖的诗句，白日看湖"未成小隐聊中隐，可得长闲胜暂闲。我本无家更安往，故乡无此好湖山"；雨中看湖"水光潋滟晴方好，山色空蒙雨亦奇""黑云翻墨未遮山，白雨跳珠乱入船"；晚上看湖"菰蒲无边水茫茫，荷花夜开风露香。渐见灯明出远寺，更待月黑看湖光"。他生于世俗，却不流于世俗，不仅游览西湖美景，写诗作文，而且满怀对生活的热爱拥抱世俗的烟火，既可食猪头肉，还可以就着猪头肉饮酒写诗，换句话说，在世俗的生活里他也能找到自我，在他眼里，到处皆诗境，随时有物华，简静恬淡。

"谁知万里客，湖上独长想。"苏东坡做到了，后人也在阅读他的诗词中，学到了风骨和趣味。

　　明朝袁宏道有首写西湖的妙诗："一日湖上行，一日湖上坐。一日湖上住，一日湖上卧。"诗人湖上"行坐住卧"，超然物外。在美丽的自然景色中，与天地万物融为一体，感受到生命的无限奥妙，这种心境，正是中国古代文人墨客所追求的天人合一的境界。

　　走近一座湖，我们可以更好地理解自然界的法则，找到那种与自然和谐共处的感觉，正是在这种与自然的亲近中，我们才能真正体会到生命的美好和宁静，更好地认识自己和生活。

　　在这个快节奏的现代社会，人们往往被各种琐事和压力所困扰，各行各业也卷得不能再卷，很难"偷得浮生半日闲"，优哉游哉独享一湖秋的惬意。不过还是有很多人想在忙碌之余长长地喘口气，适当地释放一下压力，享受难得的松弛。

　　早晨去柳叶湖，会遇到很多在湖边散步的老人，还有环湖骑行、慢跑的青年，有在湖边广场诵读经典的孩子，有在进行网络直播对着手机屏幕唱歌的年轻女孩，有甩着响亮的鞭子进行锻炼的中年人，还有在凤凰传奇《最炫民族风》的节奏中跳一曲广场舞的大妈。无论哪一类人，都能和这座湖形成一种默契。

　　有了水就有了灵性，每每走到湖边，都会忍不住发出一声轻轻的叹息。太阳缓缓在东方升起，湖水荡漾，万千柔波波光粼粼，大自然给它涂抹最合适的颜色，寒露节气过后，湖边的草木开始迎接自然的露水，霜迹慢慢显现，一切变得渐渐舒朗，湖水呈深绿色，像一块暖玉，繁简相间，浓妆淡抹总相宜。

　　袁宏道说，西湖最盛，为春为月。一日之盛，为朝烟，为夕岚。而我以为柳叶湖最盛，为秋为霞，一日之盛，为波光，为落霞。

在秋天，一座湖已完成了很多事，凭借水本身的潮湿与柔软变得更加滢润，水草繁茂，鱼虾肥厚，河蚌丰润，乌龟长瑞，野鸭欢叫，成全了多少动物和植物，培育了多少精灵，也收纳过落水后再也醒不过来的灵魂。秋天的柳叶湖，湖水的精神是冷静深远，迎面临风，气息甘洌如酒，不动声色而深沉，无雨自润，无雪自洁。湖水拍岸的声音穿过空气、芦苇、水草传过来，已经被过滤成温柔的絮语，很像是神灵在这些植物的背后轻轻地说话。那声音饱含了耐心与韧劲，在这个宁静的湖边，这些絮语如同繁茂的植物一样声声不息。

"无边落叶潇潇下"，走在湖边看到柳树肃穆，栾树枝头染了媚红色，槭树叶子开始变黄变红，梓树挂满了"长豆荚"，灌木和草地上有晶莹的露珠，各种各样的植物正努力结它们的种子。当落日余辉映在湖面，阳光透过云层，洒在湖面上，形成一片片金色的光斑，霞彩漫天，金色、绯红色的云彩镶着灰色的花边，一层层地在天上铺开，是意象派画家提炼了色彩，彩笔一挥把天空变成了名画。

秋暮之际，让人想起诗人米沃什的诗句："在这人世间/我们走在地狱的屋顶上/凝望着花朵。"远处楼宇间开始亮起灯光，灯火可亲，半湖瑟瑟半湖红，天空之苍茫与人间之温暖同入怀抱，刹那间一匹空灵的马开始奔跑。

如同人生的中年，经历过无数的考验和磨炼，有些美要在中年之后才会显现，而且远比年轻时厚重耐看。人到中年，可单可棉，可冷可暖，可咸可淡，可苦可甘，可丰可俭，可贫可安，可泪可笑，可忙可闲，万般皆好，一切皆安。山一程，水一程，风一程，雨一程，霜一程，在这样一重重的进境中，完成季节的萃取和提炼，净化后有了结实的灵魂，有了斑驳绚烂的秋湖。你会觉得最美莫过于季节之秋，湖畔之秋，人生之秋。

一座湖就是要把每一个焦虑而身不由己的人，从世俗中片刻扯脱出来，借用宁静的小憩来积蓄能量，继续努力在世俗中郑重地生活，为碎银几两沉浮世间，转身披挂铠甲，为所爱之人仗剑天涯。

3

湖的东南，有一片繁茂的芦苇，因为"蒹葭苍苍，白露为霜"的文化记忆，在中国人的审美里一以贯之地具有古典美。经历了夏日的热烈，芦苇长得密密麻麻，褐灰色的苇穗优美地挺立着。秋日的风吹过来时，它们在风中摇摇晃晃，像在调皮地荡秋千，舒服地摆来摆去。风再大点时，就一层赶着一层荡向远方，发出沙沙的声音，如同一首优美的乐曲。

以前我印象里苇穗是白色的，其实走近去看，深秋的苇穗是褐白色的，并不是棉花白，看起来有些沧桑，就像麻雀或者野鸽子颈上羽毛的颜色，而芦苇秆上的叶子还是绿色的，过段时间会逐渐变成米黄色，那是另一种美。

这片美丽的芦苇，半倚斜阳半风流，成为湖畔一道独特的风景线。每到秋天，有不少人过来打卡，还有人以芦苇为背景，为增加色彩对比，专门挥舞一条彩色的丝巾拍照留念，有一次还遇到一对青年人在湖边取景拍婚纱照，吸引了不少人围观。

芦苇丛里的小动物们也各自忙碌着：一些鸟儿在苇丛中筑起了温馨的家园，孵化着下一代；一只野鸭从水面上掠过，留下一道短暂的水痕；几条鱼在水里吐着泡泡，偶尔冒出水面，留下一

芦 荻

圈圈涟漪。喜欢游泳的人，会沿着苇塘的小路下水，无论春秋冬夏，在湖中自由游泳。

"刺棹穿芦荻，无语看波澜"，秋天的柳叶湖，在我面前，一副顺其自然的样子，像一个沉默的诗人，被赋予了意义。在这里，我们可以放慢脚步，静静地聆听大自然的声音，感受那份宁静与祥和。湖畔，可以是事物发生的一种方式、一个出口，更是一种相遇。让我学会和自己独处，找到一条向内求的路径，知道万事万物平等一体，善待他人，并接纳一切发生。

在柳叶湖的秋天里，我听到过各种各样的鸟鸣。

苇塘里传来鸟儿的叫声，"嘟——嘟——"仿佛体育老师吹着哨子，召唤集合的哨音，无比清脆。

一群野鸭听着哨声上操了，"嘎——嘎——"大大的嗓门真是聒噪。

叫不出名字的鸟儿，在远方呼应，"滴滴——滴滴——"不知隐身在哪儿。

估计是野喜鹊藏在湖畔的树上在呼唤同伴，"喳喳——喳喳——"

在湖边，这鸟类的群落如同旺盛的植物一样蓬勃。夕阳西下，湖面上波光粼粼，人在湖边走着走着，仿佛也把自己走成了一棵树，一片云，一只鸟。

假如有一天，我从一个认真拘谨的人，慢慢变成一个像金圣叹那样幽默有趣的人，大概是因为接受了这片湖的滋养。金圣叹砍头在即，他留给儿子的遗嘱是"花生米与豆腐干同嚼，有火腿滋味"。被砍头之后，金圣叹耳朵里滚出两个纸团，刽子手打开一看：一个是"好"，另一个是"疼"。我呢，临终之前，也想留一字条："在湖边柳树上一只蝉蜕里，等风来。"

如果可能，作个归期天已许，我将化身为蝉蜕，在月光下安放灵魂，与秋天的湖水对望，正如诗人大卫在诗中所说：

　　　　肯定有什么正在进入我的肺腑
　　　　夕阳和夕阳下的一切，皆高拔，孤傲，冷峻
　　　　万物进入我，又离开我
　　　　仿佛我在产生万物的同时，也产生了荒芜。

　　是啊，秋天的荒芜也美轮美奂。它让我以蝉的姿态抵达了这世间所有高远、开阔的地方。

远方的信

 已经很多年没收到过信了。几乎每天都会收到电子邮件，通知、会议函告、文件往来，相同的形式冷冰冰的文字，让人感觉仿佛收到的不是信，更像是公文。有时也会收到纸质的信件，信封上写了我的名字，打开之后，要么是各种报刊，要么是一叠纸质印刷的彩版广告，要么是精美的宣传册页。这些东西，在我看来是信件而不是信。

 前些日子无意间翻检旧物的时候，竟找出几封过去的信，最后一封信，日期是 2006 年 11 月 10 日，是朋友写给我的一封谈论作家扬之水、止庵其人与其文的信。这大约是我收到的最后一封信，距今已经有十多年之久了。回忆起来，自 20 世纪 90 年代末期起，电子邮件就逐渐入侵了我的生活，大约 2003 年以后，朋友同学都嫌用笔写信麻烦，几乎所有的信件都变成了电子邮件往来，通过快捷的网络，仿佛让生活提了速，加快了与朋友同学间的联系。其实，渐渐地与朋友之间连电子邮件也不再发了，只是通过短信告知消息，后来又使用微信，在微信上表达短促的评价和赞扬。包括现在写作，只要写出来挂在网上就已经是发表，投稿也往往是用电子邮件，鼠标轻轻一点，就发往报刊编辑部了。即便等待，也已等不到编辑信件，而只是等待发表后寄来的杂志罢了。

电子邮件与传统书信的不同，可能就在于那个等的过程。在很久以前，与朋友联系寄出一封信，在等待回信的过程会猜测信什么时候到达朋友手中，回信什么时候到，朋友会在回信中写些什么，甚至回信的信笺是用古香古色的宣纸还是普通的信纸，一边盼望着，一边忐忑着，内心情感世界的体验非常丰富。现代的人姑且如此，想想古时候交通不便鱼雁传书，苏东坡中秋夜寄子由的诗词，辗转数月后才通过驿站送到远方亲人手中，那种内心的牵挂与惊喜，复杂的情绪相互交织，可谓悲欣交集，这许是书信的魅力吧。

其实每一封信都是需要等待的，而且每封信里都隐藏着情感的秘密。不可想象，如果卡夫卡没有留下他和情人密伦娜、未婚妻菲利丝的通信，后人又怎么会目睹卡夫卡的犹疑而饱受折磨的内心世界，那些令人难忘的细节让卡夫卡成为一个真实的卡夫卡活了下来。想想假如没有过去的信件，而是现在的电子邮件，鲁迅和许广平的两地书，会不会超越时光的推移而成为永恒；当年沈从文在湘西的渔船上，写给他的三三一封又一封至情至爱的信件，人们由此也欣赏了湘西的美丽，体会到沈从文内心对妻子的牵挂；还有 E·B.怀特写给他妻子令人感动的难忘的信，也穿越时光流传至今。也许在电子邮件当中也会有这样的信件，如果整理出来也可能会有许许多多经典，但现在毕竟还没有真正发掘出来，而且我怀疑，当一个人面对着电脑的时候，内心所想要表达的话和所想要抒发的情感和写在纸上的内容相比，有可能会变了味道，甚至会变质。

我们与一封信相遇，或者是在无意中重新打开，阅读信件时与过去的人重逢，时间就被无限地拉长了，当我们在对写信人的文字发生判断时，就让我们有了切肤般的现实感，这正是我们内心情感世界曾经得以存在的证明。我们能从纸张感受到写信人的温度，能从纸上文字用笔的流畅迟滞与否，能从文字的书写程度，看到一个人对另一个人的情感，或者说是纸与笔的温情，更容易唤起真实的感触，很难有人能从信中隐藏自己，即便是一封分手信，里面也存在着颇费琢磨的意味。无论这些信件是荒诞的、神秘的，还是充满着情感朴素写实的，都让我们感受到叙述的不朽，文字的不朽。

我已经记不清一生中曾经收到过多少封信，在搬家的过程中曾经遗失了不少，现在留存下来的仅有二三十封。有时候，打开每一位朋友曾经写给我的文字，就仿佛看见在同一舞台和同一个时间里，不同的人在说着不同的话，有的信词汇优美，有的信情感真挚，也有的信写满了简单的俗话。心情的犹疑、对友谊的思念、对爱情的渴望、对梦想的描述，在这些信的风格当中，我仿佛遇见了一种古怪的和谐统一，那些文字后面生机勃勃，充满了一个时代的气息、一批人的气味，宛如聆听记忆深处遥远的、各种各样不同的朗诵。我翻阅这些信件的时候，慢慢变得沉静，一封封动人的信，如同一条不断延伸的道路，它的方向并不是远方，而是我的内心。

作家契诃夫曾经说过一句骄傲的话："我能把一个长长的主题简短地表达出来。"事实上，所有的信都具有这种特点，大都文字不长，通过简要的叙述、简单的描写、简短的句子表述出来，在不同的信中我能辨别出不同人的特点，或者说是某一个人的生活习惯：比如有的信文字倾斜，我在这种倾斜的字迹当中，看到了她趴在床边上，静静地给我写信的情景；有的信文字非常潦草，我似乎体会到，他似乎是因为某件事情而着急，正急迫着要去做，所以写信的时候有些马虎；有的信文字则非常清秀，一行行非常规矩工整，看这样的字的时候我就想起写信人的严谨，他一贯的生活态度以及他的性格为人，读一封信仿若读一个人。

多年以前在我们大学的校园里，班级里曾经传看一个女孩写回家乡的信，我不知道这封信是如何到达班里同学手中的，传看的这封信的内容，当时却成了大家共同议论的话题。那个女孩父母离婚，她长大后跟随父亲到天津生活，她给在家乡的母亲写信，描写自己看见父亲和继母的孩子在一起的时候，内心常常有着令人无所适从的紧张。在长达十几页的信中，她描述了自己内心世界的惶恐，她说有一次曾经在天津的一座大桥上转了很久很久，一直想从桥上跳下去，可是想到母亲有可能会因她的自杀而悲伤时候，又觉得自己实在没有一点勇气，她的泪水忍不住一滴滴掉下来。实际上我们也看到那信上，有被泪水打湿的皱痕。那个女孩后来的生活怎么样了，我们并不清楚，但我们推测，她在城市生活中，既无法安放自己的灵魂，又怀着对家乡母亲的思念，也许她的生存状态，并不会太理想。这已经是二十多年前的事了，而我今天想起这件事情，仍然记忆犹新。

早在四百多年前，散文家蒙田就曾说过："探测内心深处，检查是哪些弹簧引起反弹的，但这是一件高深莫测的工作，我希望尝试的人愈少愈好。"在这封信中，我们已经看到她内心的弹簧泛起的文字的浪花，她当时只是给母亲写了一封非常平易的信，描述自己内心的感受，但实际上，这封信因为散发着真实的气息，我们体会到了它的细节，体会到了她内心的折磨，同时也体会到了她的爱和善良。人内心世界的丰富，可能是无法彻底用文字表达的，有的时候，言论并不重要，那些滔滔不绝的文字，似乎在反映着生命的韧性。

如同时代的路标，书信当中跳动着深不可测的心灵，这样一种紧张的对峙状态，可能已经在反映一个时代可以忍受的限度，这个时代的人所呼吸的空气与其他的时代是否有所不同，反映一个时代当中人们的喜怒哀乐。书信其实是人记忆的博物馆，有些叙述的序曲或者前奏，与我们的记忆一起链接出现，当我们慢慢琢磨生活的实质，生活在抚摸我们的时候，我们也显示出了触摸生活的强烈愿望。我不知道当下是不是有人在做中国书信史的研究，我想这是一个非常值得深入的话题。

有人说生活就是生动地活着，那么其实在信件当中，我们也是生动地活在这世界上。奇妙的是，这种生动地活着的方式，这种幸福的方式，感受生命悲欢离合的方式，已经渐渐地远离了人们的愿望，也在逐渐淡出人们的生活，我不知道这究竟是幸还是不幸。

城市的深山

　　越来越多的人离开了城市，躲进了深山。据说现在的终南山上，至少已经有五百名隐士。当年晋人陶渊明，采菊东篱下，悠然见南山，而这样的南山，现在已经变成了很多现代人向往的地方。也许人人心目中都有自己的南山吧，那里不仅有房前屋后的菊花，也应该有心中理想的生活。

　　比如画家二冬，就借山而居，在山里花几千元钱租了一个院子，一租就是二十年。每天面对着山里的白昼，面对着寂静的夜晚，面对着山上的松树，面对着院子外的柿子树。在院子里养一群鸡、几只狗，听听鸡鸣狗吠，听听风吹树叶的声音，画画，写字，读书，也晒晒太阳，这样度过一个又一个日子。二冬说，他想以自己喜欢的方式过一生。还好，画家二冬能凭借手机，实时向外界传递生活当中点点滴滴的消息，并且为外界所知。终南山不过是现代人热衷选择的清净之地之一罢了，而另外的一些人可能选择的是平原上的一个村落，或者是去天涯海角面朝大海迎接春暖花开。

　　新疆作家刘亮程在一个叫菜籽沟的村庄，先是他自己买了一座房子，把它改造成自己的书房，长期在里面写作，后来又受朋友的委托，帮助许多画家、作家，还有艺术家，也在这个村庄里买了许多旧房子并加以改造。村庄像是一个掉了牙的孤寂老人，原本有很多人外出打工，只剩下老弱病残已接近空城。就是这样一个普普通通的村庄，在他的带动下，这个村庄逐渐改造成一个艺术村落。慢慢地，这个就要荒废的村庄，又逐渐恢复了生机和活力。

书法家陈新亚是当代富有独特艺术个性的艺术家，2008年，他放弃了城市生活，回到家乡蕲春大别山深处的笔架山达摩峰，过起了每天读书、写字、种地、抚琴的耕读隐居生活。种种菜，养养花，他平时甚至连手机都不用，全靠山下来的邮差，送来传统的信件。他虽然不拒绝现代的便利，但却以旧式文人的方式体验生活。"避世不辞客，种田还买书"，感受自然之美，享受劳作之乐。在他住处不远的地方，有一棵百年木瓜树，春天红花满树，秋天硕果累累。陈新亚喜欢这木瓜，取诗经《木瓜》中"投我以木瓜，报之以琼琚。匪报也，永以为好也"的句子，改号为木瓜。"百年何须臾，浮生多迫促。山深许逃名，不必问高躅"，这样的好诗句，倒是陈新亚先生的写照了。

现代的人越来越想找一个安静、偏僻的地方生活，让生活日用更天然，包括水和空气，再比如吃自己小院里种出来的菜，养出来的土鸡。仿佛这种沉于一隅的专注和安静就会给自己带来安全和幸福。最近我在想，可能像作家二冬、刘亮程、陈新亚这样的一大批作家、艺术家，比常人更需要一个偏僻安静的地方，然后用于创作，用于心灵和自然的对话。实际上，可能藏得越远藏得越深的人，他内心的焦灼感、忧虑感，就越重越深。因为他无法面对喧嚣世界里的自己，所以一直在跟自己对抗，对抗现实生活的欲望，也对抗人性当中的贪婪，甚至对抗奢侈的物欲，试图放下对物质生活的追求。浮生多迫促，岂念世悠悠，生活回到原点，回到那种天然的状态，就会找到陶渊明般的幸福吗？我不知道。但很多人期冀着这样做。

我们传统文化中有一种深深纠结，而这种文化生态里一直存在出世与入世的矛盾。入世的人追求名利金钱，更在意子女和家庭的温暖，在这热闹的状态当中，享受着生活当中每天的小确幸，人生就这样快乐满足地度过了。而出世的人则在努力割断与俗世的联系，如弘一法师世人皆醉我独向佛而生。也许这既是哲学史的问号，也是文学史上的问号，同时更是生命的问号，生命的无解命题。

假如山中有一只鸟在枝头鸣唱，声声入耳，一个人享受到了清脆、美好的鸟鸣感到幸福，那么在城市的另一端，有另一个人听到汽车的鸣笛，感觉生活充实，一直在向前奔跑，也感到了自己的幸福。那么，倾听鸟鸣的幸福和听到汽车鸣笛的幸福是同样的吗？在生命当中的体验是一样的吗？这样的幸福又有什么不同？

几千年前老子在说无为的时候，时光飞逝，他一定体会到了生命的飘忽，感受到空气中飘满了细碎的尘埃，融入了自己的感悟。而当孔子在说吾生有涯而知也无涯的时候，他也必定有自己生命的体验，悲欣交集，心灵富足。哪有绝对的非此即彼，出世与入世复杂地纠缠在一起，粘连着，就像血与肉，彼此无法彻底剥离。举目四顾，生命既无法承受不可承受之轻，同样也无法承受生命不可承受之重。即便生活在自我的世界里，我就是我自己吗？如果人有归隐之心，处处皆是终南山吗？

山里的日子，层层叠叠的植物，各种果实各种花木，各种野生的动物，到处都是。生活在山里的人可能与蘑菇，可能与野兽一起，与一片树叶一起，共同拥有一片苍茫的大地，而在这样的山里、寂静的树林里，众多的生灵在寻找着自身的平衡，寻找自己的家园。按照生命轮回中的自然法则，生生灭灭。与青草、雨水、秋天的霜、冬天的白雪、山上飘来飘去的云在一起，渐渐地生命沉浸在其中。当停留下奔波的脚步时，那个时候是不是会油然而生对自然的热爱，对祖先的感恩？如果是我在这样一个地方生活，会是什么感觉呢，会充满与大自然拥抱的温情，还是远离现实社会之后心灵陶然？也许在很短的一段时间内，会欣然接受这样的生活，如果在较长一点的时间范畴内，我会不会想念现代社会当中的人事物，以及现代生活的方便呢？厮守在一个地方，可能只有经历过死亡之后，才会是一个生命完整的过程，我朝着这条通往广阔原野的方向望去，半隐半藏，仿佛是在追逐着跳跃闪烁的光点，也仿佛是一种来自古代的暗示，这条许多人尝试走过的路，也许会出现新的生机。当我盯着陶渊明的背影，当我看着现代的这些书法家、艺术家、作家有着同样的生命追求时，看着他们的背影，仿佛被他们努力左突右冲的生命状态温柔地刺伤。

人各有路，当这些人从这儿来到那里去，来来往往的时候，站在这样的路上，他想着也许走到这里，这里就是自己最终的路。几千年来一种生活方式的后面，还有更多的人慢慢地朝着同一个方向走。也许在生命的最初便是这样，有着无数个十字路口，在这个路口上他走向深山，而另外的人可能走向了村庄和田野，还有一些人，生活在城市的酒肆高楼，甚至是把自己囚禁在一个狭小之地。人生本来是什么样子，人应该按照什么样子向前走，或者向另外的歧途走，谁也不知道。曾经有句谚语说，上帝给你一样东西，必先夺取你一样东西，也许，生命中的桃花源从来无法复制。因为上千年以前，有人在找，而千年以后，仍然有人在找。如果真的找到了，那为什么后世的人还在找？人类其实一直在追求心灵的自由，更多的是像云彩一样，在山水当中，盛开自己的寂寞。

让我心怀另一份敬意的，并不是在瓦尔登湖畔的卢梭，也不是种豆南山的陶渊明，更可能是始终在路上的杜尚。马塞尔·杜尚是一位法国的艺术家，不管是在纽约还是在巴黎，都活出了另外一种精彩，他灵魂里的暖意，像星光照耀着很长很长的夜晚。他业余时间想画画的时候就画两笔，然后他的画就意外地成为经典，有时候他的画广受争议，在那幅著名的《泉》中，那个器皿仅仅是一个小便器，很多人甚至觉得这像是在开一个低俗的玩笑。像他这样的人不多了，他极端引人注目，又极端臭名昭著，哪怕是来自任何一个地方的赞美或呵斥，都不会让他不安，他喜欢做生命的减法，想在人群中做一个不被别人注意的人，很多时候他陶醉在国际象棋的棋盘中，在象棋世界里沉浸的时间，要远远大于画画或者是做其他事的时间，日常生活中很多时候，他就那么静静地发呆。他曾经毫不粉饰地说过，他不爱读历史，甚至不爱读普鲁斯特的《追忆似水年华》，并且对当代许多流行的事物并不知道。杜尚不是世俗意义上成功的画家，自然、艺术、生命，他分得非常清楚，他最自由的感觉是呼吸，其次才是艺术，最后剩下的可能是自然。其实对于他来说，这几点都是合而为一的，也许他更像是一个艺术上有些颠覆，而生活中有点童真、非常纯粹的人。

杜尚留给这个世界的文字并不多，唯一留给世界的是他和友人之间的访谈。稀疏的文字如同冬天的树枝，也许我们无法拔掉，无法通过那一根根枝干，而目睹他生命当中全部的璀璨树叶。杜尚自己说："我不是那种渴求什么的所谓有野心的人，我不喜欢渴求。首先这很累，其次，这并不会带来任何好处。我并不期待任何东西，我也不需要任何东西……我很长时间什么也不做，感觉好极了。"

杜尚仿佛一直在克服外部世界对他的侵扰，保存着一种警醒的自觉，我们不知道这是不是另外一种创造。杜尚很危险，他的生命里一直活着另一个自我，左手和右手进行搏击，他独自潜伏在人类最热闹的场景里，潜伏在城市的中心地带。如此，纽约就变成了深山，巴黎也成为深山。杜尚在的地方，到处都是深山。

一轮明月，满天繁星，窗外有云，几上有茶，笔下有画，闭门即深山，万物皆净土。人间好热闹，人间好寂寞。

沉默的鱼山

1

如果在高空俯瞰，鱼山就像一个不规则的句号。

这样一座海拔不足百米的小山，真是奇怪。在一片平原上孤零零地匍匐着，画出了一个圆弧状的标点。

鱼山虽小，却很有名气。和它重名的山并不少，比如在青岛、杭州等地都有被称作鱼山的小山丘。然而，那些山都没有这一座引人注目。

我曾在谭其骧先生的《中国历史地图集》中，试图搜索古代鱼山的所在，却遍寻不得，它隐匿了，仿佛藏在了大地深处。也许因为太小，在地理上，它的确不能成为一个坐标，然而在文化史上，它却不能被忽略。这座山隐藏着一段别有意味的历史，也埋葬着一个人旷世的忧伤。

带着这种好奇，往纵深处看，那个权谋横行、狼烟滚滚的乱世仿佛展现在我的眼前。权力的王冠频频招手，三国两晋南北朝时期，群雄逐鹿，到处狼奔豕突，充满混乱和角逐。一个乱世敞开它巨大的胃，不仅包裹了杀伐与对抗，还装满了世事的无常，生命的苍凉。在那个政权动荡、鼓角争鸣的乱世，文化却奇异地发散出持久的魅力。

粗略一数都会令人惊讶，除了曹氏三杰，建安七子孔融、陈琳、王粲、徐干、阮瑀、应场、刘桢也声名远播，此后有广为人知的竹林七贤嵇康、阮籍、山涛、向秀、刘伶、王戎与阮咸，医学方面的集大成者则是华佗。之后东晋王羲之成为书法史上一座至今无法逾越的高峰，顾恺之的《洛神赋图》《女史箴图》成为不朽的佳作；陶渊明的文字"质而实绮，癯而实腴"，则在自然的旨趣与哲理之间打开了一条通道，至今仍产生着深远的影响；道教学者葛洪则学贯百家，集炼丹术、医术于一身，写出了道教经典之作《抱朴子》；南北朝时期的祖冲之则是著名的数学家和科学家……

看看这些名字，就不能不让人心生敬意。我曾想，在中国历史中能与那个时期比肩的恐怕只有春秋战国时期，以及近代的民国时期，这三个时段奇异地相似，都是战乱频仍，世人颠沛流离，与此同时，却群贤丛生，光芒四射，许多领域都取得了巨大成就，涌现出不少文化史中绕不过去的人物。如果为中国的文化史画出走势图，魏晋南北朝，或许是图中最为耀眼的部分。在高峰的顶端，里面最为纠结复杂的，恐怕是一个家庭，父子三人。

人们反复提到曹操父子三人，并衍生出一个又一个故事时，我曾心怀疑问，这个权势家庭对于文化的贡献何在？难道曹操一边手上沾满鲜血，一边在用文字掩盖身上的膻腥？难道曹丕和曹植就像清代乾隆皇帝那样附庸风雅，四处题写垃圾诗浪得虚名？

真的走近这个家族，细细打量之后，才知道走进了多么深沉的文字之中。先读读曹操的诗作《观沧海》吧：

东临碣石，以观沧海。
水何澹澹，山岛竦峙。
树木丛生，百草丰茂。
秋风萧瑟，洪波涌起。
日月之行，若出其中；
星汉灿烂，若出其里。
幸甚至哉，歌以咏志。

沧海之中，日月星汉皆有所出，天地原来如此苍茫宏阔，从容干净。生死有期，这位大政治家、思想家在坦然面对之时，还有隐隐地对生命流逝的无奈：

精列

厥初生，
造化之陶物，莫不有终期。
莫不有终期。
圣贤不能免，何为怀此忧？
愿螭龙之驾，思想昆仑居。
思想昆仑居。
见期于迂怪，志意在蓬莱。
志意在蓬莱。
周孔圣徂落，会稽以坟丘。
会稽以坟丘。
陶陶谁能度？君子以弗忧。
年之暮奈何，时过时来微。

还有让人过目难忘的《短歌行》《冬十月》《秋胡行》，自然质朴，毫无浮华之气。曹操的生命时空是多维的，政治生命本是主页，然而他生命中更为精彩的一个主页却是诗歌。从文学意义上来说，曹操在乐府的基础上发展了诗歌，让诗歌有了更深厚的内涵，苍劲雄浑，言之有物，把诗歌从汉赋以来的辞藻华丽、铺陈排比中解放出来，这是一个了不起的贡献。

接下来要说说曹丕了，他的生命格局要远远小于他的父亲，精神格局亦有些萎缩。不过，这可是一个超级的文学发烧友，"天资文藻，下笔成章""博览坟籍，文质彬彬"，与一批青年才俊一起组建文学社团，时时唱和吟咏。现在看来，曹丕最好的作品既不是诗词也不是歌赋，而是散文，比如《典论·论文》《与吴质书》等，是少有的有思想、有识见的好文字。《典论》的出现，是古代文论开始步入自觉期的标志，将中国文学带入一个充分自觉的时代。可惜，《典论》"唐时石本亡，宋时写本亦亡"，我们能见到的仅有一篇，可以想象，如果书中的其他文字也能保存下来，那将是一处多么丰富的矿藏。

至于曹植的文学成就，几乎不需要再多说什么了，钟嵘在《诗品·序》中指出"陈思为建安之杰"，唐代诗僧皎然在《诗式》中说："邺中七子，陈王最高。"读读曹植的文字，其实四个字足以概括，那就是才情灿烂。

父子三人，都是建安风骨的核心组成。尽管也有些不同的认知，比如郭沫若先生就曾指出曹植的诗作模仿痕迹过多。后世当然也有不少人重新为三曹排序，余秋雨就曾说过，曹操应该排在首位，曹植第二，曹丕第三，因为曹植固然构筑了一个美艳的精神别苑，而曹操的诗，则是礁石上的铜铸铁浇。

不管曹氏父子三人如何交换文学史中的位置，毋庸置疑的是，他们在文学的转折期，让一条河流舒缓地流淌，静静地转了一个方向，奔向更为开阔广袤之地。

2

天下没有什么比权力对文人的诱惑更大的了。

对曹植来说，更是如此。如何评价曹植的一生，这算是个难题。

历代公众舆论普遍同情这位天才诗人，一个欲登王位未遂而不断被其豆相煎的弱者，一个出口成章、七步成诗的才子，一个成者为王、败者为寇，被贬一隅郁郁寡欢的落魄人，一个被夺去所爱之人后如同抽去骨髓的木偶人，一个英年凋零埋骨异乡的零余者。

日本作家吉田丰子曾说，最好不要乱碰别人的人生，尤其是不要随便提旁人的苦恼。可是，面对曹植，不触碰他的人生，他的存在就变成了虚无缥缈无所依托的空壳。他的文字以及人生经历本身就像飘蓬，在权力的旋涡里随风飘荡，随便一阵风就能将他刮向天涯海角，刮向不可知的地方。鲁迅先生曾说，悲剧就是把美好的东西毁灭给人看。其实，在曹植身上蕴藏着悲剧的所有要素。美，便在这种错讹中诞生了。

曹植"年十岁余，诵读诗、论及辞赋数十万言，善属文"，及长，则"思捷而才俊，诗丽而表逸"，最初被父亲曹操看好，想要把他立为太子。但曹植"任性而行，不自雕励，饮酒不节"，让曹操很不高兴。加上兄长曹丕善于权谋，屡屡排挤曹植，最终曹丕黄袍加身。以建安二十五年（220）为分水岭，之前曹植的生活如同在天堂，享受众星捧月的尊荣，之后曹植身陷地狱，生活窘迫，提心吊胆，悲愤交加，郁郁而终。

不得不承认，曹植的文学智慧卓越尘寰，而他的政治智慧却耽于末流。典型的例子是群臣为曹操出征送行，曹植高声朗诵称颂父亲功德的华章，这对曹植来说非常容易，他的才华足以让他出口成章。而他的兄长曹丕受谋士吴质指点，颇能矫情自饰，以痛哭流涕换来了父亲的恻隐之心，面对一个舍不得自己征战的儿子，曹操感动异常。曹植败下阵来，不是输在才华，而是输在了真诚率直，输在了心无城府。加之日常生活中，时有放任之举，不拘小节，屡犯法禁，最终引起曹操的震怒，在立储斗争中成为牺牲品。

曹植的后半生始终在梦魇中徘徊，缕缕在弃妇、怨女诗中托人喻己，借助比兴，诉说哀怨。在身边好友一个个被兄长杀害之后，还是幻想"拔剑捎罗网，黄雀得飞飞"。命运挤压着他，他自己也在用旷世的才华挤压自己。曹植变得唠唠叨叨，在唠叨中蕴藏着悲凉和无助，一次次上疏祈求，一次次在诬告中获罪，无非因为当权者总是怀疑他有建功立业的野心。

曹植是中国历史上离政治圈最近的诗人，他生在帝王之家，带着诗人巨大的热情去追逐权力，却不知道权力通常是离诗性最远的，如此一来，注定会赔上自己的一生。在封建王朝中，帝王将相御人之道不是纯净的诗歌，而是权谋。历史必然选择曹丕这样的人称王称相，也必然会选择曹植这样的人给他戴上诗人的王冠。时空在此错位，一个想成为政治家的诗人，结果却成为中国历史上最失败的政治家，最优秀的诗人。

凝望曹植一生跟跟跄跄的脚步，后世的人多么希望才华横溢的他不是被动意义上的倾诉者、命运的哭告者，而是在一定限度上回到那种自然的人的状态，不被权力牢牢绑架，能够有文学的自信和安静。在这个意义上，作为一名诗人，或许他缺乏的是文学的自觉和精神的独立。或者我们不应该以现代的标准去苛求一位古人。可是看看比曹植晚了二百多年的陶渊明，我们就知道安然自立的文化人格，会绽放出怎样的异彩。为自己找一个合适的安放心性的去处，一处僻静的田园，"倚南窗以寄傲，审容膝之易安"，在这种状态中诗人是多么自在。还有后世的苏东坡，"问汝平生功业，黄州、惠州、儋州"，这份自嘲式的豁达，精神的旷远，又会让多少诗人黯然失色？

也许后世并不需要做这样的比较，一个人既定的轨道已经铺就，他便已经身不由己了。"十一年中而三徙都"，我们在曹植的文学作品中听到无助的哭泣，一个纠结的灵魂处在激烈的情感里面，像大海一样掀起惊涛骇浪，而这些浪花中充满了高贵的单纯和善良。他的文字中传递出复杂的信息，将两千年前一个诗人纠结的生命体验注入后世读者的心灵，让人体会到生命在夹缝中的艰难，在理想幻灭后的极度悲凉。

文章自古憎命达，其实作为诗人，凭借这样的表达，曹植已经可以不朽。

3

曹植死后近两千年，我才走进鱼山。

鱼山并不高，面积也不大，漫山遍布葱茏的树木，很寂静也很安详。山脚有隋碑亭，书法史上著名的"隋陈思王曹植碑"就保护在里面，碑身遍布沧桑的痕迹。这块碑曾埋身大清河之底，数度被河水冲刷，命运多舛。

拾级而上，春夏之交，漫山都是绿色。山间各种灌木、野草丛生，也不乏高大的稀有品种树木，构树、桑树、刺枣树山间随处可见。曹植的墓葬青砖封门，依山而建，仿佛躺在山的腹部，那个躺在里面的人可会感到来自一座山的暖意？下雨时，周围的树木能把潇潇的雨声传到坟墓里面吗？这么一个雅静自然之地，安放一颗落魄的灵魂，的确是一个生命最好的去处了。

曹植墓南侧有一片碑林，多少文人骚客在此留下墨宝。每一块石碑都在诉说着一段历史和一个惊心动魄的故事，也表达着深深的惋惜之情。望着一块块石碑，浏览着上面的文字，我在想，后世多悲歌，唯有石上留其名。曹植受封东阿王之时，已经三十八岁了，离他四十一岁的寿命不过只有短短的三年。曹植磕磕绊绊地走了一生，在临终之前早有佛缘，只是在等待这样一个契机，等待一座小山来点化他。或许他在生命尽头才发现，这个世界上原来有那么多并不需要的东西，有那么多可以放弃的东西，也因此"喟然有终焉之心，遂营为墓"。

"生存华屋处，零落归山丘"，曹植在《箜篌引》一诗中曾写过这样一个别有意味的句子，不想一语成谶，他的最终归宿仿佛一个印证。这是曹植生命中一次最重要的选择，也是唯一能够自己做主的选择。曹植选择了这座小山，也成就了这座小山。

一座小山和一个长眠在这座小山上的人，想必两者之间的关系是相互的：这座山必须能接受一个人全部的重量，接受他的生命，接受他的爱，接受他的恨，接受他的沉重和苍凉，也接受他永久的名。用岩石，用灰尘，用植物，用日月星光，用一个久久的拥抱。

而这个人也必须承受一座山，他必定知道，这儿是构树，那儿是酸枣或紫花地丁，哪儿有水，哪里可以小坐。他知道这里每一年的冬天，每一年的夏天。他知道草木什么时候长什么样子，甚至也熟悉杂草间昆虫跳起时的影子。他知道山风吹来的气味，雨什么时候到来，雪什么时候飘舞，知道太阳升起的时间，星星在何时陨落。

渐渐地，他会触摸到这座小山的心脏，浸染浓郁的气息。

时间长了，长眠的人必定会变成一株植物，植物再也不会叹息，它欣然用自己的根须紧紧地拥抱着鱼山。最终没有人能把它们分开，因为它们在沉默中已经合而为一了。

近两千年了，曹植在鱼山的怀抱里安眠，偶尔也会到山顶的亭子小坐片刻，站在山顶远望，可以看到泰山余脉，连绵起伏的山影在远处召唤，而鱼山脚下则是清河和黄河，缠绕在鱼山东南。

这期间，他在鱼山听到岩岫间有诵经之声，如听天籁，遂拟为梵呗。我们后世的人从流传下来的梵呗音乐中，能听到缥缈的吟哦：

> 吁嗟此转蓬，居世何独然。长去本根逝，宿夜无休闲。东西经七陌，南北越九阡。卒遇回风起，吹我入云间。自谓终天路，忽然下沉渊。惊飚接我出，故归彼中田。当南而更北，谓东而反西。宕宕当何依，忽亡而复存。飘飘周八泽，连翩历五山，流转无恒处，谁知吾苦艰。愿为中林草，秋随野火燔。糜灭岂不痛，愿与株荄连。

下山之时已近黄昏，山上渺无人迹，吟哦之声已被风声吹远，树影间一抹斜阳孤寂地挂在那里，回头望去，如同一个沉默的句号。

遇见一座城

题记：一个记忆唤起千百个记忆。

——〔俄〕赫尔岑

年轻的时候，总是向往那些热闹的城市，一有机会，就往外跑。繁花似锦人群密集之地，将青春的浮躁与心中纠结的梦想之鱼，一同捕捉着。当心灵渐渐平静下来，越来越年长，生命的欢喜也越来越单纯，也越来越安静。近些年，常常去些小城，喜欢静谧的自然之地，喜欢默默地观察宁静的街景，喜欢听老人们讲久远的传说和故事，喜欢看街角默默盛开的小花，喜欢那些自然而生动的表情，这时，我会感到历史是一条流动的河流，这座城这条街是活的，一切都变得澄澈明亮，变得无比动人。

朴素的东西是应该令人敬畏的，比如树木、天空和大地，还有我们脚下的泥土，比如我脚下的这座城。眼睛饥饿的时候，素朴的绿色已经足够滋养干涩的心灵，太多的光与影，总让人困顿和疲倦。

地理：想象与猜测

想要走近它的时候，已经有了一些缤纷的色彩。先是阿胶，传统的补血良药，曾像血液一样注入过我的身体，让身体内部的血脉经络相通，再就是日常饮用的东阿泉桶装水，把纯净的河流装纳在一个容器里，呈现在我日常的生活里。东阿这座小城，不动声色，安详地在我的生活里布置前哨，然后静静地等待我到来。

带着好奇，我与那些素朴的地名迎面相遇：牛角店——来自"苦瓜打金牛"的优美传说；铜城——该是此地曾盛行打铜为业，手艺精湛，渐有远名；鱼山镇——是得名于当地一座有名的小山了；大桥镇——古时候那个镇子上有一座桥吗？杨柳渡——自是长满杨柳的渡口了。这些名字有些是状物，有些是象形，多少都蕴含着些趣味，听上去很美。东阿的地名简单，但会让人产生无数的遐想，回到农耕时代，生发久远的诗情画意。

随后步履踏上了这块土地，望着天空飞跑着的云影，在广阔的平原上空飞过，便默默地想，这儿历史上极少马蹄踏响、征伐游牧的痕迹，也极少寸草不生雾霭缭绕的苍茫，有的是依水而居的村落，渲染着大片大片绿色植被的田野，生长着五谷杂粮的广阔平原腹地。看着它们，心境阔大、安然，仿佛有一种岑寂与静穆的诗境，富有磁力的漫游和想象，让人邈远空灵。

地名，大地的贝叶经，可以久读而不厌。一地命名，自然有它原始的寓意，像珍珠一样散布在大地上的村庄和乡镇，无数的奥秘等着人们去探寻领悟。就像树叶芜杂的纹理，那微观的世界，看见的是浩渺无限。这是天和地的默契，它们用最朴素的方式交流。

黄河：奔流与宁静

田野上似乎缺少人，仿佛被遗忘了，一整块一整块整齐划一的麦田，也仿佛是人们商量之后，让它们自由地绿在那里。黄河森林公园，除了我们这批旅行者，安静得没有一个人。

堤岸像绸带一样蜿蜒，大坝平缓而曲折。浅黄色的碎沙沉淀在东阿大地上，踩上去软绵绵的，这样的土质种植西瓜，瓤红沙甜，极为难得，如果种植花生呢，也肯定籽粒饱满，能轧制出纯粹清冽的花生油。阳光的气味就是通过泥土传递给植物的，开阔的平原，接纳着慈爱的阳光，孕育着生命。

树木如织，成片地环绕在河道周围，翠绿而耀眼。风在这时是宜人的，绿色的天然氧吧，呼吸起来通体舒透。在一个拐弯地带，看不见黄河的身影，我想象着，如果黄河走着走着就把自己走丢了，就消失在平原上，人们该何等惊慌？这条充满了神性之美的河流，会不会在人们过度使用水资源后，有一天终将断流？

黄河是寂寞的，似乎怀抱着巨大的孤独。也许它内心埋藏着闪电，埋藏着压抑的热情和愤怒。谁能猜得透呢？

黄河曾经像一头脾气倔强的豹子，快速而又决绝地转身、奔跑、跳跃、冲撞、拍打、怒吼，奔流的身影冲刷着平原，忽而又劈开田野，它谁都不怕，谁都拦不住它，反复几次才找到自己想去的地方，借另外一条河道狂奔，然后便倾泻而下，直至心满意足，渐渐平静，随即才和缓地摇摇尾巴，渐成常态。是温和的平原收拢了它的野心，平缓的河床缓解了它巨大的压力。

我见过黄河化冰期潮水的起伏不定，冰凌顺流而下，似乎在追赶着什么，含糊低语，变成了咕咕噜噜的喧哗，河水哗哗地跑着，却看不到它的脚。河水根本不看路，它流过的地方就是道路，站在岸边，你不知道流淌的是时间，还是一些絮语。世上没有什么能阻挡河流，即便是堤坝，无非是给黄河镶了一道边儿，却无法改变它本来的面貌。

黄河几次改道，流经之处都把细细的黄沙作为礼物馈赠给这片土地。现在，我站在河道边看，浮桥边，杨柳成行，颇有"杨柳春风瓜洲渡"的味道。在黄河岸边最惹眼的该是这万千丝绦的柳树了，不知过了多少年，依然有人在这样的岸边种着这样的垂柳，依然有人在这里渡船、乘车。恰是雨后，跟朋友站在岸边，浮桥已然拆了，却见有一只不大的机动船，在对岸驶过来，接村庄里到对岸串门的亲戚们，孩子欢叫着，大人也热络地聊着天。

这条河多像一只生育过的母豹，恬静地看着这一切，线条变得无比柔和，淡黄色的河水波光粼粼，如同金色镶钻的绸带，弯在杨柳岸边。河水宽阔而宁静，似乎在蹑手蹑脚地潜行，保存着一些巨大的秘密。我竖起耳朵聆听，聆听它宁静中的窃窃私语。河水从容地呼吸，那缓缓转过的一个个大弯，让草木摇曳，庄稼繁茂，河流仁慈的眼神陪伴着树木、游鱼、水草……

它从容吐纳，涤荡污垢，沉淀垃圾。水质还是那么干净，足以养活这片土地上的人，滋养一辈又一辈生命的热望。我所在的小城，已经多年借水而饮，人们艳羡这座小城在泰山余脉，有水质绝佳的岩溶水，艳羡黄河浇灌之地，细沙沉淀后那一汪汪的泉水。在近河之处，低洼地带，无须打井，随便用铁锨一掘，便是清甜甘冽的矿物质水。水，还是古典的水，属于古时候，似乎不属于当代，真是奢侈。我以手捧水而饮，凉，真实的清凉，没有沙子的咸腥，倒有些柳条的清新。凡有柳条处，皆有井水，凡大河流经处，皆有甘霖。

黄河，谢谢你的奔流与宁静。

隋碑：流淌与漫延

石头，是最经得起时光打磨的。

我没有考察过，建于隋开皇十三年（593）的陈思王曹子建庙碑，是怎样沉入大清河底部，又怎样被人们打捞出来安放在鱼山的隋碑亭内的。

上面有些文字已经残损不清，流水冲刷过的痕迹不知不觉就浸洇在石头的纹理中了。人们似乎并没有失去什么，即使失去了三五个字，隋碑还在，其他的石碑仍无法替代其书法价值。昔日康有为语之"快刀斩阵，雄快劲者"，是极高的评价。人们常说，隋碑上承南北书风，下启唐代风范，书体中篆、隶、楷混杂并用，反映出书法演变的过程。

书法也是一条流淌的河，来自上游的水，一直缓缓地流着，属于它的下游，属于它的海，一直在远方等着。在隋朝这儿，不过是偶然小立，字体还有些芜杂，还带有把持不定的犹疑。在碑上，我们和隋朝相遇，这个朝代仿佛和我们有些隔，《隋唐演义》虽听得熟了，却是一群习武蛮人的天下，打来杀去，让人瞠目。却不想，有一块碑，纪念陈思王，细说一个文人的生平，表达一份情意，可见隋朝并不像人们所想的那样野蛮。还有文脉在流传，还有一些想要好好写字的人，即便写字也像快刀斩阵，痛快淋漓。

我根本不能想象，是一个什么样的人写出了这样的文字，也根本想象不出是哪位能工巧匠，忠实地刻下了这些硬朗有力的文字。真草隶篆，他是在炫技，还是某些文字在当时还没有形成楷书的字形？

我无法为这块碑把脉，只知它以彻骨的畅快，激起后世书法家临拓摹写，搅动洗砚池一池墨水。沉浮缘结，此地竟出了不少著名的书法家。

世上每种石头都是好看的，没有丑的石头，也没有粗暴的石头，全在石头的某一点是不是被欣赏的眼睛喜欢。这块被刻成碑的石头，被匠人看中，才有了无数双注视的眼睛，它经历了岁月的生动和厚重，在刻痕中生长出沧桑和诗意，还带有刻碑者的温度。这块碑，一直在收藏着什么，代替我们千年万年地忆想着。

相遇：古人与故人

鱼山之旅，像是逆着时光行驶，命运的隐语不再需要破译。在文字中与曹植相遇，已是数年，他留下的伤口，逾百世而不能弥合，身葬鱼山，就像藤蔓上盛开了一朵猩红的凌霄花。温凉寒暖，苦集俱灭，与他一生相对。

在鱼山树林中漫步时，旅行者议论着与此地有交集的哪位古人最让人喜欢。是醉心杂技和梵呗的曹植，还是为士兵熬胶的伊尹？是急流勇退大隐于市的于慎行，还是以自己的医术治病救人的药王？是著名的智者晏子，还是供奉在庙里的石当爷？

阳光明媚，林中一只飞鸟掠过。我这时心中念想着的却是那个最初做出牛角店炸鱼的人，最初做出有名的高集豆腐皮的人。炸鱼入口酥软，豆腐皮柔韧有劲……我的肠胃暗恋着它们。我自嘲并不迷恋于发掘伟大人物生命的困境，也不醉心于波澜汹涌推动着历史向前飞奔的力量。这片树林像一个投影仪，把我的胡思乱想投在幕布上，有个声音在我心底如此低微，生命应该有个核心，朴素的生活，吃着喜欢吃的食物，再加上做一点自己喜欢的事，仅此而已。

我以前恍惚觉得中国文化里有一种蛊毒，仿佛来自深渊的强大吸引，几乎自融于磁性的海洋，那些狂欢化的人格在古人的故事里得以清晰呈现。我们不能承受的，不是戏剧般的生命张力、泡沫般的成功与自毁，而是平淡无奇的生活，最基本的生活常识。

几次登上鱼山，古人已成故交，坟墓中的人，处在永远的妥协与残酷的自我切割中，外力逼迫下，荆棘总是与他常年相伴。如果允许我植种，我必在山前山后种满向日葵，它们以太阳为磁极，成片地放射黄色耀眼的光芒，向日葵的花海像佩带了剑戟的战阵，是那样热烈那样温暖，这才是能和他生命映衬、悲欣交集的花。

人生并不如初见，年复一年，而今，最初的感受都变轻了，变淡了，那些高飞的灵魂再也不新鲜如初。不是只有同情才是祭奠，凝视和祝福方能将他安放，与他诗词亲密的时刻，近乎观赏历史中的一片向我游来的花瓣。

大雪：安静的城

有一段时间总是失眠，即使在梦里也在奔跑，各种声音纷至沓来，我开始害怕汽车的鸣笛声，车轮的摩擦声，害怕纸页摩擦时发出的细微噪声。睡眠总在清浅的状态，似乎每个晚上都会长满蓬勃的野草。

那段日子，出差到此地，办完事情，天正大雪，道远路滑，不想打扰当地的朋友，就近在街头找了家宾馆小住。住的是一个临街的房间，静静地站在窗前往下看。楼下是家大型超市，正在搞宣传活动，临近黄昏，雪簌簌地落着，舞台上的主持人卖力地又跳又唱，光顾者却寥寥无几。我听见主持人喊，街头正有几千人向舞台涌来，请大家给点掌声。我低头往楼下一看，不过是几个老年人路过，继而哑然失笑。在他心里一个人可能代表着一千个人呢。好幽默。但我没从他脸上看到一丝落寞，这个到处奔波的人，带着三两个人的团队，既演小品唱二人转，也唱流行歌曲，也许他早已习惯了。天色向晚，他在那儿拆搭起的舞台，几个助手帮忙运送，搬到一辆货车上，车开走了。

不知道在这样的天气里露天表演，呵气成霜，是不是会多一点收入？他的歌声，听上去还不错。也许，他只是需要一个舞台，能自由地唱唱歌，挣些日常生活的费用。世上大多数人都是这样，包括羁留在此的我，虽然谋生忙碌，却也想让生命更丰实，更有意思。这滋味，本是人世趣味所在。

五点多钟天就黑了，长夜漫漫，有的是时间，便到外面走走。清少纳言在《枕草子》中说："冬则晨朝。降雪时不消说，有时霜色皑皑，即使无雪亦无霜，寒气凛冽，连忙生一盆火，搬运炭火跑过走廊，也挺合时宜；只可惜晌午时分，火盆里头炭木渐蒙白灰，便无甚可赏了。"冬日是冷清的，可也未必像清少纳言所言，最好是早晨。我则喜欢冬夜，古人诗句中的"已讶衾枕冷，复见窗户明"，倒是我向往的。

脚下沙沙作响，踩上去柔软极了，四周是漫天的飞雪，世界变得黑白分明。自然之美，扑面入怀，一时让人想起张岱的《湖心亭看雪》。路灯昏黄着，大街上人迹近无，不少楼里的灯光却在窗口耀眼地亮着。踟蹰在街头，到处都是冰雪世界，想着湖边的景色更美，索性就奔了湖边而去。

远处灯影勾勒出某些建筑的轮廓，有些琉璃世界的影像。也许是这段日子天太冷，有一片湖面早就结了冰，踩踏起来滑而坚硬，在冰上慢慢地走，我偶然想，假如有一段冰并不结实，我沉入湖底，可会有温柔的水鬼托起我，还是将我直接拽下去和小鱼一起游泳？走了许久许久，冰依旧坚实地托着我，让渺小的我感觉自己异常幸运。走着，走着，便渐渐空灵起来。直到我走出这巨大的冰镜，天地依然苍茫寂寥。

雪还是很旺，帽上、睫毛上，一掸，都是雪。想起那些与大雪有关的诗句，"时闻折竹声"，这是大雪压断了竹子，主人倾听到的；"柴门闻犬吠，风雪夜归人"，这是亲人倚门等待的温暖；"破幌一点白，卧知千里明……高眠寻断梦，邻树已乌惊"，这是张耒在睡梦中醒来时感觉到的冰雪世界。一边走一边沉入无边的遐想，走得累了，身上也些微出了些汗。

客夜怎生过，雪到荼蘼人归了。

回到旅馆，躺在床上，把灯关掉，裹紧被子，等待失眠的滋味。身体躺着，脑子却很干净，一片虚无，窗外若明若暗的雪光映进来，是那样安静。没有车轮的声音，没有疾驰的救护车在街头报警驶过，没有冲马桶的哗啦啦的声音，没有手机铃声，也没有风的吼声，我不需要去除睡眠的障碍，也没有什么来捣碎我的睡眠。只剩下面对自己。像雪一样简单，干净。

我，睡着了。

词语三则

魔　术

有些人总是和别人不一样。

克里斯·安吉尔，犹太人，美国的天才魔术师。有一天，他把一个玻璃水箱安置在时代广场上，然后，把自己安置进水箱中一个透明的窄小的玻璃柜中，那里面仅能容一个人立足。围观的人很多，隔着玻璃，人们很容易看清他任何一个细微的动作和表情。十几个小时过去了，站立的他看上去有些疲倦，忍不住打起了哈欠。在电视屏幕上，他的眼睛似乎变得越来越无神，那是一种困兽般的表情。我忽然觉得紧张，如果，如果万一他出不来，最终就会窒息而亡。然而，我的担心纯属多余，忽然水中涌起了大量的气泡，他的身影不见了。瞬间，他成功逃逸了，出现在对面的一个高台上。广场上人们一片欢呼，响起了热烈的掌声。

这一刻，面对屏幕，忽然产生出深深的幻觉，眼睛也会骗人，魔术可以把时间和空间分割开来。克里斯·安吉尔，这个天才的魔术师，总能创造视觉上的奇迹，或使用特殊的装置，或巧妙地掩盖住真实。先是设计一个个自戕似的绝境，然后再成功地脱身而去，引发全世界的恐慌和赞叹。我不知道，他究竟是喜欢掌声，还是更喜欢与幻想纠缠不清的那种刺激。

不知什么原因，刚想看看后面是否有安吉尔的访谈，却突然停电了。瞬间，周围一片寂静，一切都暗下来了，在恍然中，看见墙上的镜框，有模糊的光影。我已隐匿，隐在黑暗里，隐在时光的这一刻中，我自己也仿佛成了一个魔术表演的成员。

记得有人说过，世界上最成功的骗子就是魔术师。人们心甘情愿地受骗，并在被骗中获得精神享受。谁能说人的一生不是如此呢，人生也像一个箱子，也需要在窘境中一次次脱身吗？那么，从子宫中离开母体的时刻，是该欢欣还是忧伤，或者，一声声啼哭在表达欢欣的忧伤？所有生命都无法逃离死亡的结局，可每个人都兴高采烈地活着，哪怕生活再艰难，哪怕哭哭又笑笑，笑笑再哭哭。生命的乌托邦，延续着，并在一代代人身上生长。不能不说，上帝是最成功的魔术师，让我们在这世上自我表演，并陶醉于演出的快乐。目睹那一个个日日夜夜在什么地方消失，麻木却又安然，闭上眼睛，一生便很快过去，我们像安吉尔一样暂时在一个叫时间的箱子里居住，与他不同的是，没有人自愿逃离。

时光会有褶皱，时光里也会有大量的气泡涌出。寻找他的人，早已消失在莫名的深处，生命庞大的躯体，被时间穿了许多的洞。

捉迷藏

小时候，和弟弟捉迷藏，我故意拉灭灯，躲在蚊帐里面，小声说，不许开灯啊，你肯定找不到我。结果总是没有悬念，灯亮后，我很快就被发现。仅有的一次意外，是弟弟不屑于来找，在拉灭灯以后，他偷偷地出去玩了，于是，我自己在无聊中睡着了。以小时候的经验，我已知道自己无论如何也成不了魔术师，我没有超验的能力，无法把自己在一个普通的场所里藏起来，成为一个隐身人。

捉迷藏是孩子们常玩的游戏，在房子里，在草垛边，在花丛里，在校园里，在任何一个地方，只要有人提议，常常会一呼百应。躲避者蹑手蹑脚地躲藏，小心翼翼地寻找隐蔽处，藏身时屏住呼吸，紧张到浑身都在颤抖，被逮住时手忙脚乱。找人者则惯会声东击西，一会儿喊："喂，喂，别藏了，我看见你的鞋子露在外面啦！"过一会儿又喊："你动了，我看见你的头发啦！"常常会有上当的，身子稍微一动，就真的被发现，上钩了。逮住对手时则欢欣雀跃，一片哗声。有时双方还为了有人耍赖的事，吵得一塌糊涂，吵归吵，吵过之后，另一轮捉迷藏游戏开始，孩子们依然乐此不疲。

想起孩提时代捉迷藏的游戏，不禁觉得有趣而滑稽。我曾想里面有什么隐喻，应该不只是儿童获得游戏的快乐，还有对自身一种特殊能力的期待。比如穿越的能力，怎么能穿越一堵墙而不被人发现，怎样变成一棵树，隐身其中，而他人不知。这种超能力，在《西游记》中孙悟空身上，体现得淋漓尽致。可是孩子们即便没有这种法术，不管在游戏中扮演被捉者还是捉人者，无论在哪个年代，孩子们玩起来都那么兴致盎然。

我从未见过几个成年人在一起玩捉迷藏游戏，如果有人这样提议，恐怕会被人嘲笑为幼稚或扮"萌"，成人更喜欢在政治游戏中上演各种法术，在权力的旋涡里捉迷藏，忽而上位，忽而藏身，忽而沉默，看上去像是童年游戏的另一种延续。

捉迷藏有多少种捉法，真是很难说清。剧作家阿里·斯克斯伯格的电影《捉迷藏》竟然可以有五种不同的结尾，捉迷藏的道具和场景反复出现，音乐盒，猫，画，吊灯，艾米莉的房间窗户，玩具娃娃。艾米莉在自己的世界里，找不到童年。而心理分裂的大卫，时而变成查理，时而变回自己，他不知道自己是谁，自己同自己捉着一个恐怖的迷藏。

艺术家达利说过："我无法理解人竟然那么不会幻想。我一生中，事实上一直难以习惯我接近的在世上非常普遍的那些令我困惑的'正常状态'。"所以，达利的所有画作都跟正常的世界在捉迷藏，钟表可以变软成流淌状，人腹部的器官可以若隐若现，嘴唇可以呈红色蜂窝状，牙齿可以成为一颗颗白色的珠子，船帆可以是一只只蝴蝶，头部的背影是一棵树，一个呈流淌状的女人拉着一只流淌状的小提琴，女人把海水当作被子……还有达利那标志性的高高翘起的胡须，两端是两朵奇怪的花。最终，达利把自己的画作变成了另一个谜，现在存世的达利画作大多是仿制品，但许多仿制品上都有他的亲笔签名。据达利曾经的邻居说，达利自己雇人伪造"达利"，因为他的晚年更需要金钱维持奢华的生活。这个喜欢标新立异的人，一会儿是行为艺术家，一会儿变成纯粹的商人，总是不停地跟世俗捉迷藏。

若干年前我便相信，文字也是捉迷藏的游戏之一种，怎么有趣，全在参与者自身的感受，可不得不承认，危险——总是逼近游戏者，捉着捉着，就会沉醉，找不到自己。

语　言

　　我对面坐着的是一个聋哑儿童，她在沙发上翻看一本图画书，发出一些含混不清的声音，试图表达什么，然而喉咙里发出的声音却仿佛被谁的手撕扯住了。她的母亲赶紧用手势询问，原来她看到了一幅有趣的画，想要告诉我们她的欢喜，说不明白，只好用焦急的神情，用手指着那幅画让我们看。她没有自己的声音，或者说，她的声音中没有语言的功能，于是，我们试着用手语倾听她的诉说。

　　窗外，一个骑自行车路过的人在唱歌，那是几句变腔变调的流行歌曲，自行车的链盒哗啦啦地摩擦着，在响，很清脆的金属撞击声。我们听出了他的快乐和自在。语言像星星一样一颗一颗地若隐若现，仿佛伸出手，就能把它们接住。

　　时光这样静好，那些滔滔不绝乃至鹦鹉学舌的光阴，都变轻了。想着年少时有多少话像水一样流出去，却没滋润出一棵草，一朵花。活到一定时候，自知收敛，话会越来越少。

　　我的祖父就是一个惜话如金的人。每逢看人争吵，总是皱眉，听到夸夸其谈之语，便微笑，不着一词。他喜欢做，不喜欢说。词语住在一个离他比较远的地方，如同缔结了一个合约。我和词语之间有巨大的缝隙，我知道我住在词语的表面，而祖父住在词语的深处。

　　那时候，流行尹相杰的歌，祖父看到他出现，就会笑容满面，一次用手指着电视屏幕对我说："瞧，这小胖子，真喜庆！"一共八个字，尹相杰的特征跃然而出。我想了想，如果别人问我喜不喜欢某歌星，我用一百个字未必能说清缘由，所说也大多是陈词滥调。

　　祖父患病，右手颤抖。我去看望时，握着他的手，祖父说，来了？我说，嗯。我替祖父按摩胳膊，祖父摇了摇头，又点点头。过了许久，祖父说，走吧，好好过日子。那是祖父生前我见到的最后一面，对我说的最后几个字。当时未曾意会，许多年过去，偶然想起祖父那日说的九个字，才悟到祖父在说什么。那日，祖父必是跟我告别，给我提个醒。"来了，走吧"，我小时在祖父身边长大，然后离开，祖父在我的生命里也是来了，又不得"走吧"，亲人是生命里的缘分，像树上的叶子，也会落回大地和泥土，"好好过日子"，该是慈悲对世，笃定坚持，珍惜岁月吧。

　　祖父躺在坟墓里很多年了，青草在他身边摇曳，人间，并没有因他的不见而有所改变。唯一留下的是他恩赐给我的几个字，简约难懂。

　　语言也是有脚的，它会走路，有时前面的会走到后面，后面的会走到前面，还有一些，走着走着就不见了。

父　亲

在时间向度之外，我想用几个词语破译时间的魔法，描述亲人的一生。感谢上苍，在这个春天的开始，给了我回忆的力量。

猎

村庄远处响起一阵枪声的时候，母亲侧耳倾听了一会儿，漫不经心地说："你爸在打猎。"我看了母亲一眼，她面无表情，我应了一声："哦——"低头看我的书。父亲在与不在，对我来说都一样，已经习惯了。

父亲此刻一定又在原野上持枪飞跑，人欢狗叫，一片沸腾。我目睹过那种场面，最宏大时，有三两辆老式绿色越野吉普车轰鸣，如脱缰野马追赶猎物，十余条细狗如弓箭奔驰，一群"野人"在四周兴致勃勃围追包抄，我父亲身在其中，通常弹无虚发，一枪中的。深秋时节，兔肥狗壮，正是打秋围的好时候，父亲是轻易不肯放过的。庄稼收割了，大地一片暗黄，如一种暧昧的诱惑，使父亲蠢蠢欲动，魂飞魄绕。呼朋唤友，牵狗引伴，挎枪在肩，水粮在囊，沉浸在异样的快乐中。

秋围过后是打冬围，打雪围。父亲提前勘测好地点，从野兔留下的纵横交错的足印中，辨别出狡兔三窟的主窟，留待夜晚突袭。雪后的夜晚白皑皑的，原野一片青色的苍茫。大地沉睡了，世界一片安详。突然，探照灯亮了，十几只手电筒齐刷刷亮了起来，狗骤然嘶叫起来。野兔在洞里蛰伏不住了，一跃而出。胆小的野兔"酥"了爪，在强光照耀下两只前爪弓了起来，仿佛在给猎人作揖，被细狗一口掳了去，掷在主人面前。胆大的野兔忽然箭一般蹿出来，在探照灯里如无头苍蝇，被猎人的吆喝和狼狗的恫吓追得如过街老鼠，无处可逃。偏又天生奔跑逃逸的命，一溜烟弹跳起来，在雪夜里腾起一阵阵烟雾，迷了细狗和狼狗的眼睛。猎人们咋呼着，狗累得只喘粗气，几个人手持的大网兜竟然有个窟窿，围拦不住，被一只野兔斜插了空子，逃出包围圈。猎枪咣咣地响了一阵，在灯光之外，野兔打了个滑，滴下一痕血印拼命逃了出去。

一群人有些沮丧，有人出主意，说野兔受了伤必逃不远，还是追吧。也有人主张，收获已经不少，不如白天再来，循着兔印定能捉到。父亲打着手电筒，对着远方的雪野扫了一会儿，又查看了蹄印，说，这家伙伤的是后腿中的右腿，它弹跳不远了，不出三里它必停下来舔伤口，不然血止不住，天这么冷会冻死它。它肯定还得找自己在附近的另一个窝避寒。我们先抽支烟吧，守株待兔，不慌逮它，它跑不了。

雪地里手电筒都熄了，留一盏吉普车的车灯照亮。十几个烟头一红一灭，从远处看像狼的眼睛。休息够了，父亲拿出随身带的一把尖刀，熟练地抓过一只死了的野兔，说，咱得喂喂狗了，一会儿还指着它们呢。父亲用刀在野兔胸膛上划了一下，很利索地挑出野兔的内脏，狗们抢着吃了。把剩下的野兔肉用带来的油布包了，防止血湿了包裹，又用雪把刀擦干净放好。然后起身说，兔儿爷狡猾，跑道是有迷印的，糊弄咱们。咱们分成几支吧，一支一个岔，把住一个方向，我们这一支向西北，我就不信逮不着它个兔儿爷。野兔里有兔精，父亲称作兔儿爷，是贼机灵的一种。比狐狸还狡猾，比豹子还快，跑起来像闪电。

父亲和几个人顺着河岸追，追了两里多地，手电筒晃了晃，晃见土沟边上有一大丛干枯了的苍耳棵，父亲想，就是它了。意想不到斜窜出两只，一只一瘸一蹦，另一只窜得飞快，分两个方向去了，父亲举起枪朝着不远处的兔影放了一枪，父亲自信地说，看你往哪儿跑。细狗冲了上去，叼回那只死了的瘸兔，兔身上还沾着几个苍耳。父亲和其他人一起跑着追赶被惊起的另一只野兔。远处另几个岔上的人听得这边响枪了，也包抄过来，狂奔的野兔被另一岔的人打了个正着。

父亲哈哈笑着，边笑边往枪膛里填散弹，得意地说，我这枪要是能连发，你们打的那一只也逃不脱我的枪口。其他的人数落到，你还嫌你的背篓不沉啊，别把你压趴下喽。父亲笑道，回去时大家伙一块分分，谁也别空着回家。

回家时父亲还是怀着遗憾，今儿打的这些野兔，没有一只是他要找的那只兔儿爷。父亲觉得，这场较量真正的对手还是没有出场，他怅然了一会儿，似乎觉得壮志难酬，英雄无用武之地。

父亲与兔儿爷的较量开始于五年前。第一年那只兔儿爷在父亲眼皮子底下溜走了，还留下一个轻蔑的眼神。第二年父亲费尽心思找它的窝，在一个废弃的桥洞下，他用野火把兔儿爷熏出来，兔儿爷贴着河沟转着圈地跑，散弹和流砂在它周围开了花，却打不到它身上。父亲装子弹的当口，它就无影无踪了。第三年父亲自制了一杆双管猎枪，射程远，散射半径大，又带了许多朋友和几只猎狗，在兔儿爷另一个洞口围堵，结果还是无功而返。第四年，父亲在一个不适于打猎的季节出马，在兔儿爷出入的田野里守候，在田埂上用枪打伤了兔儿爷的左耳。但那只鬼灵精怪的兔儿爷钻进豆棵地里，父亲被庄稼障了眼，又无功而返。

父亲着了兔儿爷的魔道。有点不甘心。

父亲在练瞄准，把若干个物体悬置在上下左右中、东南西北等若干个方向。父亲练瞄准前先摆动活动靶，然后瞄准活动的目标发射，随着一声巨大的"砰砰"声，悬置的物体应声落地。我见过父亲在十几米外把一个悬挂在树下正在摆动着的苹果，打得粉碎。砂粒飞到墙上，打出一个个小圆洞，墙壁像被一只只小虫腐蚀了的样子，千疮百孔。他观察其中的规律，计算子弹的辐射面积，核算射程与子弹的比率，还把速度与距离的关系用公式求证出来。他反复比较单管猎枪与双管猎枪、长管猎枪与短筒猎枪的异同。他尝试石蜡、黄油、机油等各种材料对扳机的润滑作用哪一个大，还对枪口的准星和枪托的材料小有研究。他用的枪托是自选的特殊木材，经过他刨、锯、钻孔、砂纸打磨、安装、上漆、抛光等各种工艺，始为成品。完全符合他的臂长和身体比例，成为他驰骋原野的完美伴侣。乃至有一阵子，别人走进我们家，会以为进了一家小型的木材加工厂和机械生产车间。

枪声常在无人的校园里响起。

父亲练瞄准时通常在黄昏或者周末，因为这时学校里的学生都放学或放假了，偌大的校园只有我们一家住在里面，很清静。做教师的母亲想管也管不了。父亲把宽阔的校园当成了他的靶场。或者是把校园当成了原野，在幻想中他正与那只兔儿爷狭路相逢。

父亲成了这片原野上无往而不胜的猎手。我常想，父亲生不逢时，如果他是一个军人，如果他能遭遇一场真正的战争，那会是多么精彩的一生啊。在我记忆里，他打回的猎物无数。一次他在池塘边打落一只天上南飞的大雁，羽毛灰黑，沉重到一个人很难拉动；在庄稼地里打到一只常人很难猎获的野獾，熬出了一大瓶对治疗烧伤有奇效的獾油；在树林里打死过野鸽、野鸡，在马颊河猎获了野鸭，以及叫不上名字的野鸟；还打回过一种叫不上名字的动物，以及若干只野兔。最多的一次，他一个人猎获了二十几只野兔。父亲把野兔的皮剥下来，钉在厨房的墙上，让它自然晾干，于是我家的厨房像一个皮毛展览馆。我看见一张张兔皮被残忍地贴在墙上，有的毛色是灰褐色的，有的是黄褐色的，还有的野兔腹部的毛色是苍茫的原野之色，毛的根部像棉花一样洁白，毛尖上有一点点逐渐加深的褐黄，柔软得如同绸缎。兔皮上野兔的短尾巴就像一朵朵蓬松的花球，开放在我家墙上。

我家厨房有一股动物的血腥。父亲闻不到。父亲给野兔剥皮轻车熟路，如庖丁解牛般游刃有余。他用一把专用刀在野兔腹部轻轻一划，兔毛从中间笔直地开了，他顺着纹理向里剥，剥到四肢，用手稍微用力把野兔腿部靠近兔爪的地方折断，顺着劲一推，兔腿就干干净净出来了。整只野兔剥完，兔毛不沾一滴血，兔身是完整光滑的，父亲的手也是干净的。只有开膛破肚时，血才会流出来。父亲的手上沾满了兔血。如同一个嗜血成性的大魔头。

父亲在第五年上终于猎到了那只兔儿爷，父亲指着它残缺的左耳对我说，看，就是它！

是不是那只可怜的兔儿爷，我不知道。

若干年后，约在20世纪90年代中期，枪支管理法公布，所有的枪支先是登记管理，后来被强制上缴管理，并强制砸毁，烧毁。

父亲的枪没了。

父亲还想再偷偷制造一把短枪，母亲闹了几次，父亲只好作罢。

多年以后我才猜出真正的原因：不是母亲阻止了父亲，而是兔儿爷死了许多年，父亲再没遇到过一个出类拔萃的对手。

从此，我再也没听过父亲的枪声。

渔

哑巴该出场了。应该叫他老哑巴。我见到他时他已经花白了头发，可一直就那么老，二十多年了，哑巴经老，从没变过模样。哑巴又聋又哑，说话呜里哇啦，别人听不懂。父亲能听懂。父亲用自创的手语和他说话，而且一"说"就好长时间。他们两个坐在家里边喝水边聊天，连笑带比画一两个钟头，别人插不上嘴。我听不懂，也看不明白手势的意思，躲到别的屋子里，还是能听到哑巴在那里大声地用奇怪的声音说话，如同一个外星人。

哑巴和父亲在一个单位，比父亲年长二十多岁。他有一副好身板，身材魁梧。食堂蒸的大馒头，一顿能吃四五个，他在翻砂车间推过废料，也抡过大锤，后来老了，就在单位西北角的旁房里看废料库，住在那里。

哑巴和父亲是渔友。父亲有兔友，打猎的朋友；有棋友，下象棋的朋友；再就是渔友了，就是一块结伴捞鱼、钓鱼的朋友。渔友中有"群友"，有"单友"。群友是一大群人，在马颊河、茌新河来水汛的时候，在快到藕塘起藕的时候，鱼塘起鱼的时候，父亲和这群人一起协同作战，有的在上游撒网，有的穿着皮衣皮裤在河心支网，还有的在下游布下细密网，逮小螃蟹小虾。群友讲究协同性，讲究战术配合。单友是三两个人，骑自行车到了池塘、苇塘和河汊等目的地，各自散开，相距几十米，单独作战，或钓或撒，互不干扰。来时相邀，饭时聚在一块，走时凑一堆走。哑巴是父亲放单时的单友。因为捞鱼回来，他多半是在我家吃饭的。走的时候再带上一些已经煎好或炖好的鱼。父亲怕他回去没人给他做。

哑巴喜欢跟我父亲一起出去，因为他知道父亲给他指的地儿多多少少是有鱼的。在钓鱼和捞鱼上，父亲是有些天分的。不仅会看水流走向，还能根据日头看出哪些地儿是阳水，哪条小溪背靠大坝是阴水，哪些沟汊是活水，哪些池塘是死水。鲫鱼鲢鱼鲤鱼、鲇鱼黑鱼草鱼各喜哪种水层，它们喜欢在哪种水草后猫着，什么时候觅食，什么时候休息，喜欢什么鱼饵，他都摸得一清二楚。春天浇地时须从大闸上放水，在闸口拐弯地带，清水与浑水交接处被激流冲晕了的鲤鱼，父亲也网过不少。

父亲会使用火药，多年用猎枪和火药枪的经验，让他深谙火药习性。有渔友建议他炸鱼，他用了一回，把远处一条小河里的鱼炸得肚皮朝上，收了一大堆鱼。后来谁说也不干了。父亲有一回跟我谈起这件事，说，炸鱼是断鱼子绝鱼孙的。鱼们一旦挨了炸，这片河里三五年都不出鱼了。它们精着呢，水也记着这件事呢，要是晚上在那儿过，水草会缠着你的脚，不叫你活了。用撒网撒鱼，网眼大，小鱼会拣一条命，还有命数；用鱼钩钓鱼，傻鱼才上钩，机灵的鱼都能活命；炸鱼和用电网电鱼，是不叫鱼活啦，也不叫人活了。

父亲有一次笑着说，和他一起玩的渔友动脑子的少，凑热闹的多，馋人多，真懂得玩的少。父亲到捞鱼的地方，先看水的走向，村庄的布局，有脏水处鱼再多他也不撒不钓。在一个地方捞了鱼，三两个月内，他是不再重去的，用庄子的话讲，不能涸泽而渔；他会去另外一个地方，另辟新的捕鱼之地。

父亲骑着他的自行车，随身装着一本地图集、渔网、收缩式钓竿和干粮，还带着一把军用水壶，走遍了这个县城许多乡镇村庄的角角落落，他熟悉每一条河流的走向。我想，父亲熟悉这片土地要甚于这个县城的县长和水利局局长，更甚于在这片土地上播种的农人。父亲是一个浪人，命中注定了他要像一匹野马一样在这片平原上流浪。没有什么能拴住他。

父亲被拴在家里的时候很少，如果有，那也是我或者弟弟生病的时候。父亲会利用这个时间织网，他的手大而宽，却偏长了一双金手，做什么成什么。他这双手，打枪弹无虚发，玩刀一刀见血，织网巧手如针，修理机器手到病除。但很少用到养家糊口上。他调动过工作，从一家到了另一家，但随着国企的滑坡和破产，企业不景气，他年龄渐长，在原单位合并到一家企业后提前内退了。他的同事办工厂的办工厂，给人打工的打工，大都抓住机遇发了财。有几家单位看重他的技术，高薪聘他，他是宁肯穷死也不去的。如果去了，他怎么到原野上跑呢，他怎么去捞鱼呢，又怎么自由自在呢？他是决计不肯去的。

他花几个月时间织的一张大网，有时仅是渔友一句羡慕的话，就网归别主了。父亲跟钱不搭边，他喜欢跟哑巴一样的人在一起。他和哑巴互相懂得，互相欣赏。在那个无声的世界里有其他人不知道的快乐。父亲并不喜欢吃鱼，中年以后，捞鱼纯粹是田野之乐，待在家里，他憋得慌，不为口腹之乐，而为站在苍茫大地上，面对像掌纹一样熟悉的河流，享受渔之乐。

父亲一个年轻的渔友有一次告诉我，你爸有病，他捞了鱼放回河里去，哑巴也不拦着他，一对傻帽似的。等他再捞着那条鱼时才带回来。这什么病啊，放着那么大的鱼不要。可他运气好，鱼偏往他网里钻，我就半天一条也捞不着。气人不？

知父莫如女，我微微一笑，变成了一个女哑巴。不同流者不可与之语，沉默是金啊。

哑巴后来死了。父亲有些落寞。

那个夏天，父亲在门前的几棵核桃树上横七竖八拴了好几道绳子，又把渔网搬出去晾晒，父亲坐在三伏天的树影下，边喝茶边察看着他的网。各种用途的网，大小不同的尺寸，网眼大小不一，网脚的铅坠也大小不一。父亲打量着这些网，也打量着日头。渔网在毒辣的日光下，有一股咸腥的气味，招来了虫子和苍蝇。日头一毒，湿气蒸发，网线变得干硬干硬的。父亲先是把漏网和断线开线的地方一点点织补好，然后在烈日下给他的渔网刷上桐油，那是防蛀耐水用的。这是父亲最后一次摆弄他的渔网。

多年风吹日晒在原野上奔跑的经历，让父亲的脸变得赭红，皮肤粗糙，手上老茧粗大。父亲用细毛刷在烈日下给他的渔网上油，我在屋里隔着玻璃窗看着我的父亲，他的脸在渔网后面，被分割成一块块菱形。一个网中人。

父亲也是一条鱼，被命运无意中抛到岸上，搁了浅。

棋

父亲推着自行车出门。

母亲嚷道，你玩了一辈子都这么大年纪了，还没玩够。你死在外面野地里，上哪儿给你收尸去？

父亲还是推车往外走。

母亲追到门口，喊，你死去吧。

父亲发火了，你嚷什么嚷，我去下棋！

母亲这才作罢，她知道下棋的地方就在十字路口，父亲走不远。

父亲重拾年轻时的爱好，找了一本象棋谱。把自制的大棋盘和大棋子找出来，琢磨下棋的事了。父亲是个聪明人，一琢磨就入门。可他琢磨这琢磨那，一辈子都没琢磨明白自己的命运。

他在十字路口老朋友的修车铺里，坐在一个小马扎上与人下棋，从早晨下到中午，也不吃饭，等到人家吃饭的另几位棋友回来了，他又跟人接着下，常常是饿得饥肠辘辘才想起来吃饭。有时母亲去找，他才回家。有时直接在街上买几个包子或烧饼囫囵吞下去，再买瓶水冲一冲。

父亲下棋很有意思，拿着棋子在棋盘上到处飞跑。棋艺大约是一般偏上一点的水平，有赢有输。边下棋边说话，一会儿说，我拌你这个老马腿！一会儿说，看，没处跑了吧，将军将死你。偏偏父亲有个棋友爱悔棋，还喜欢把被吃的棋子偷偷放回去，父亲跟他下棋，一个半小时也下不完一局。这可倒好，刚把小卒吃了两个，一会儿又回来两个，把象宰了，一会儿又出来一头。老也下不完一局。下棋的不急，旁边看棋的倒快着急死了。这叫下的什么棋哪，真是旁观者清当局者迷。父亲的棋子依旧满棋盘跑得兴致勃勃。

父亲手中的棋子就像他自己，整天都在外面跑。他年轻时做销售全国各地跑过，后来又在这片平原上提着枪、带着网跑来跑去，再后来在棋盘上跑来跑去，在电视的各种体育节目里跑来跑去，横竖都是跑。我总觉得父亲也是一颗被命运追杀的棋子，跑来跑去，总也找不到他的目的地。

尽管他心存侥幸，像棋子一样不断奔跑，子弹还是追到他了。一场突然而来的心脏病把他击倒在地，父亲住院了，躺在病床上，跑不动了。

父亲终于停下来了。这是父亲最安静的一段日子。棋没法下了，抽了多年的烟医生强迫戒了。母亲等了一生，才等来这样的机遇，能和他整天待在一起。我等了几十年终于等来了一个安静的父亲。世事如棋，这步棋残酷了些，可却是最高明的一着。

记忆中，搬过七八次家，只是在那座校园里固定居住了五六年，成为我对家的永久记忆。母亲从四十岁起总生病，后来更年期长达十几年。有一个整天跑在原野上的丈夫，直接诱发了母亲多年的郁闷。有时我怀疑他们是包办婚姻，因为我祖母和外祖母家相隔一条马路，距离很近。后来知道他们被上山下乡的潮水一起冲到这块平原上，同在异乡为异客，同是天涯沦落人，被巨浪冲击到一起，彼此抽到了对方这张牌，而偏偏他们的手气又都那么差。

母亲的家庭成分不好，母亲兄弟姊妹九个，居于老五，家境由小康而贫寒。到母亲师范毕业的那一年，国家政策号召支援农村，母亲又被分配到离省城一百多里外的农村中学任教，遇到父亲后在外地成了家。

母亲是有心结的人，家庭的不幸与亲情的缺乏，使她特别渴望家的温暖，而我的父亲恰恰是一个缺乏家庭观念的人，母亲的结越来越难解开。一个奔跑在外的丈夫和一个唠叨不停的妻子，一个粗犷豪爽的丈夫和一个斤斤计较的妻子，一个不管不顾的丈夫和一个自怜自爱的妻子，奇怪的组合。这局棋下得真难。

父亲永远悟不到，在家庭里下棋，不是楚河汉界的象棋，在河界两边各护其主，至死不息。而更应像围棋，相互缠绕，进退有据，抱残守缺，守护两个气眼，缺一不可。最好最成功的一局棋，应是黑白子的云吞雾绕，像麻花一样纠缠，而又各有其形，各有所依，最终是一盘和棋，才是上上之选。

这么简单的道理，父亲下了一辈子棋，还是不懂。悟性太差。

父亲住院，是我一生中最"高兴"的一件事。伺候老人，端屎端尿，洗脸洗脚，求医问药，兼做饭洗护，负担医药费，忙里忙外，没有半句怨言。我和母亲轮班轮不开时，我一面带着幼小的女儿，一面看护父亲。因为我知道，这是唯一的与父亲坐下来面对面、能让父亲静下来、谈谈他们晚年生活打算的机会，也是唯一让父亲面对现实、直视人生的机会。如果错过了，我会抱憾终生。

一局棋出现了转机。

父亲病好了，终于和母亲过起了家常生活。

不久后的一天，我在外地的一个观摩会上听课，母亲打电话告诉我，他们要走了，回故乡去。父母变卖了家里那些废铜烂铁，还有父亲的各种模具，把家具转送他人了。三十年前他们年轻时，满怀期待轻轻地来到这片平原，三十年后他们退休了，带着一身疾病和一头白发满怀创伤的回忆，轻轻地回故乡去。"误落尘网中，一去三十年"，在故乡，我年迈的祖母和九十高寿的外祖母，还有我的弟弟，以及其他的亲人都在等待着他们回家。

我在电话里说，不能等我几天，我回去后你们再走吗？父母念叨了多次搬家，这一次是真的了。母亲说，不了，等不及了。我说，那好，告诉爸爸要按时吃药，注意身体。母亲说，知道了，放心吧。通话结束，我跑进卫生间，顷刻间泪如雨下。

如今，父母在故乡一处居民区安度晚年，楼下有草坪、凉亭、健身器材，他们照看小孙女，有了膝下之欢，父亲牢牢地被拴在家里。不久，父亲又迷上了电脑，他学会了在电脑上下棋。父亲天生是个玩主，本性难移。

这一回，母亲没发牢骚。看来，母亲也学会了"下棋"。

即使你们远去

1

嘶里啪啦的鞭炮声越来越密，年关近了，回家过年。

我跟母亲说，前段时间夜里忽然梦见祖父祖母，祖父身着凉衫躺在原来大观园附近的那所旧居里，说身上不舒服，躺在老地方清凉些，祖母就坐在我旁边，说再给我们做顿饭吃。梦境中祖母在叫童年时的我吃饭，我清晰地看见祖母头上的白发，她喊着我的小名，桌上还摆着几个小菜，听见祖母和祖父在小声地交谈，仿佛在讲生活当中的一件什么事。梦醒时我记不清他们说的那件事，但当时我却清晰地听到了他们的说话声。

在梦里我看见祖母玻璃房里种的花已经枯萎了，而且有一个石头做的花盆，和我现在家中的一个石头器皿极其相似，在梦中预感祖父祖母去日无多，我低声啜泣，一惊之下便醒了。

醒来之后感觉异常孤独，祖父祖母去世多年，我知道，我是想他们了。诗人李南在《中年况味》中说："记住一个词需要反复几次/忘记一个人却在分秒之间。/窗前的梧桐越来越粗/世上的亲人越来越少。/回忆越来越多/而泪水越来越少。"的确，老人慢慢离去，世上的亲人越来越少，就会渐渐地走散，到另一个去处。

祖父祖母走了，可能像一缕风、数粒尘埃，已经飘散了，他们未必知道自己身后的事情，只不过活着的小辈人，仍然忍不住念起他们，所以才会到梦里来见一面。不是他们想我了，而是我想他们了，不能放下罢了。于是准备了火纸、香，准备了五色的果子、点心，带上老人喜欢喝的酒，驱车前去看望躺在墓地里的人。

冷风吹过，裹挟着阵阵寒气，天色有点昏暗，仿佛想要酝酿一场雪。到老人的墓地须穿越黄河大桥过黄河大坝，然后向下驶入一片长长的树林，再穿越一座农场，步行五百米便到了。

祖父已去世二十多年，祖母走了也十余年了，我已经好几年没有来过墓地了，上一次看望他们时，那些树还没有这么高大。而不远处就是冬季里静静流淌的黄河，像一条带子弯弯曲曲地环绕在大地上。

这片土地，有一个很好听的名字——归真农场，农场已经被圈了起来，有专门的守护人。家族的墓地恰在农场中，高高低低的墓碑，矗立在坟前，还有子孙在四周栽种的松树。

一行几人走向墓地，父亲母亲走在最前面，脚步有些急促，仿佛这次请安，是着急去向自己的父母表达思念，诉说隐藏了一年没来得及表达的情绪。父亲年轻时意气风发，身材挺拔，而现在父亲已经不像年轻时那样直立，有点佝偻，母亲也不像年轻时那样壮实丰满，现在的脸像一块干瘪的生姜，因水分和胶原蛋白的流失，有了许多褶皱。

后面紧跟着我的女儿和先生，我提着祭品。现在正走在我前

薄　暮

面的父母，本是祖父祖母和我之间的那座桥梁，正在以肉眼可见的速度慢慢地塌陷，我忽然意识到挡在死亡之前的那堵桥，已经开始倾斜。一个人在路上走着走着，就难免会和自己的亲人失散，这让我胸口发堵，一句话也说不出口。

四周除了风和林间的鸟鸣，一切都静悄悄的。父亲母亲小声交谈着，顺着小路寻找着祖父祖母的墓碑。他们每年会来一到两次，却仍然需要在这众多的坟墓当中，辨认老人的痕迹。

我们走得很小心，怕惊扰了地下睡着的人。风慢慢地越来越小了，微风将坟地的杂草吹得微微摇晃，像是在慢慢起舞。三两声鸟啼，将沉沉的冬日，划出了一道深深的口子，让丛林变得更加安静。

父亲对母亲小声说："找到了，咱爸咱妈在这儿呢。"我看见墓碑上的文字，是祖父祖母的名字。祖父祖母躺在这里，一切外在的、所有附加的东西，都抛掷给了光阴，只留下血缘意义上的身份。祖父少年时随家人远赴江苏谋生，在徐州娶了我的祖母，直至淮海战役前夕，挈雏将妇，重归故乡。在这座城市里，先是在城市的繁华地带倾全家所有置小院居住，继而房屋拆迁搬至城市最南端，依山而居，直至生命终点时又重新回到出生的起点——这座城市东北端的一个村庄，靠着黄河在树林里安睡，生于斯，葬于斯，这应是他们理想中的归宿了。

父亲对我说："既然来了，也看看你曾祖父、曾祖母和乡爷爷乡奶奶吧。"父亲所指的乡爷爷乡奶奶，是父亲的大伯、伯母。于是我们在几座坟前摆上祭品，用纸杯倒上酒，点上香，点燃火纸，看着火纸在坟前静静地燃烧，谁也不想说话。父亲母亲跪下磕头，我也挨个坟前跪下磕头，默念着："太爷爷太奶奶、爷爷奶奶，我来看你们了，乡爷爷乡奶奶，我来看你们了。"

此刻，在他们坟前，我想起来的全都是一件件细微的小事：奶奶给我讲狼用尾巴钓鱼的故事，过年的时候给我炸丸子，买甘蔗吃，还烙薄饼给我吃，和面的时候告诉我要做到"三光"，手光面光盆光，这才叫会过日子；爷爷骑自行车带着我和弟弟出去玩，给我们买太阳帽，脸上笑呵呵的，他平时喜欢用玻璃瓶放香酥花生米，我和弟弟有一次偷吃了半瓶子，爷爷笑眯眯地问我俩，是不是偷吃的花生米更香啊。

"他乡纵有当头月，不抵家山一盏灯"，虽已到中年，在他们面前，我依然是个孩子，回忆起来的竟然大都是童年往事。

心里默念着他们的好，默念着一点一滴的恩情，头一磕到底，磕下一腔血脉里的敬意，磕下对祖先的忠诚。磕完了，心里平静安详。

2

没过两年，二叔也走了，他六十多岁，刚领了几年的退休金，一场大病后，再也没有醒来。正是疫情第一年严重的时候，我困在小区里，出不去，居然没能参加他的葬礼。

二叔一生经历坎坷，做过知识青年，插过队，下过乡，回城后读了一所电视大学，进了国企上班，后辞职下海，经营毛绒玩具，做生意风生水起，后来不知什么原因赔钱，停了生意，到一所工厂做技术员。再后来又离了婚，妻子再嫁，儿子已成家，他便孤独一人终老，身体有了病，退休金三千多元，治病加上买药，日子并不宽裕。他有些血栓，走路慢吞吞的。

他年轻的时候，特别爱开玩笑，家里经常听到他的笑声。及至年老，我最后一次见他时，他几乎不怎么说话，沉默着，眼神木木的，一生坎坷的经历抽去了他的筋骨，再也没有了年轻时的光彩。

二叔对我和弟弟是极好的，每年寒暑假母亲带我们回故乡，二叔都爱给我们买新衣服，过年会给我们压岁钱，有时候还带我们出去玩。记得那年有邻人嘲笑我和弟弟是"乡下老赶"，二叔还护着我们，说我和弟弟聪明可爱。我记得他爽朗的笑声，有一次带我们出门去吃饭，遇到好吃的一道菜，他说，出门不如意者十之八九，有一两件如意的事就无比幸运，比如一道好吃的菜，一瓶好喝的冰镇啤酒，他非常满足地笑了几声。

这掺杂着快乐的回忆也包含着悲伤的成分，他的运气实在太坏，我不知道为什么命运显形的时候，总在欢笑里收藏着悲苦和无奈，亦不知道那是他一生里的最后高光时刻。这世上有多少荒谬的事情发生了，有时代的原因，也有个人选择的原因，还有遭逢的假借命运之手的无数个意外，无法理解的荒唐随时可见，而且就在我的身边。有一桩事情我一直没有想明白，二叔曾是那样一个旷达聪慧的人，又缘何没有获得如意一点的人生，缘何一步步走进绝望。他总被现实卷起的浪花一次次高高抛起，又被无情地抛弃在沙滩上，现在茫茫世间，能给他上坟的人只剩下至亲子侄。倘若不在这篇文字里写下他坎坷的一生，我那不爱言谈、不善表达的堂弟，难以有一行文字告诉世人二叔曾来过。

其实，不去审视他人的不堪，也是一种善良。正如我看着父辈一团乱麻的生活的同时，自己也在这世间手忙脚乱地生活，气喘吁吁，顾不上回头望一望，也难以找到草木般自由生长的体面与尊严。现在我开始后悔自己整日忙碌，匆匆回故乡时，也只是偶尔去探望他一次，竟从未听他聊聊自己的心路历程。

及至小区解除了隔离，才来得及去看他。是个秋天，天还比较热，还是那片坟地。墓地的大门紧闭着，我喊了几嗓子，没有人来开门，等了半晌，还是没人来。

母亲说，以前坟地的北面有一个小门，我们去看看能不能绕过去。沿着路向北走，路两侧长了很多构树，且结了红色的果实，这种果实名为楮实子，有网状皱纹和颗粒状凸起，看上去外形有些像杨梅，是一种中药，现在正是成熟的时刻，落了一地，一不小心就踩到了。《诗经》中记载："乐彼之园，爰有树檀，其下维穀。"在几千年前，构树便是一种野生的杂木，能长在墓地不远处也是一种巧合，唯愿这真的是一片乐彼之园。

一直向北走了约三里多地，再按照母亲的记忆一路向西走，下了一道沟，哪知道初秋时节四周遍是荆棘和野草，我们奋力扒开荆棘丛，向墓地的方向去，胳膊上、身上被划出一道道小口子，加上扑面而来的飞虫和成群的黑蚊子，一个多小时，我们竟没走出五百米。望望前面漫漫野草，太阳斜挂，母亲说，许是你二叔今天不愿见人，我们回去，你在外面烧烧纸吧。我们又返回两侧构树屹立的小路，将沾了一身的苍耳和草籽摘下，它们随意散落在大地上，又会带来新一轮的生生不息。

走到墓地大门前，看门人仍然不在。只好在门前一侧，取出火纸，取出酒及祭品，点上几支香，朝着墓地方向拜了几拜："二叔，我来看你了！"

世间冷清，二叔没有应答。也好，二叔休息了，再也不必像我们活着的人一样，在人间匆忙赶路。

有时我想，假如在人类寿命的设计上，最高期限是两百岁，二叔会不会活得更从容一些。童年美好单纯，可以设计得再长一些，干脆六十岁前都是少年，下一个六十岁是青年，再往后的六十年是中年，而老年容易多病和衰弱，就短一些，不妨二十年好了。如果这样，二叔的晚年也少了些恓惶，少了些疲惫。如果人生可以预演，二叔会怎么重新选择他的一生呢。

3

疫情接近尾声，拿出手机定格，我把核酸检测的二维码做了一个截图。命运似有定数，有时候，我们手中无法拥有改变结局的王牌。

放开管控二十天后，我阳了。在疼痛和发烧中忍耐几天，一周后稍好些，浑身无力，爬个楼梯都要停下来喘一阵。给母亲打电话问家人的情况，她阳过了，父亲正在阳。父亲血糖高，有心脏病，我嘱咐几句，要抓紧吃药、输液，母亲说正在输液中，有弟弟在他们身边照顾陪伴，暂时不要我过去。过了几天，母亲说父亲情况不太好，住院了，在电话中告诉我，医院一床难求，连去了几家医院，医院各个科室都临时改成了呼吸科，直到第三家才挨上了一张病床，我连忙赶过去照料。

父亲躺在骨科临时病床上，插着氧气管子，输着液体，意识还算清醒，但固执地总想回家。他饭量变得很小，三两只馄饨就算一顿饭，我买了新鲜的草莓，他勉强能吃下两颗，我记得他年轻时一顿饭能吃掉六个大包子，那曾经容纳过各种各样食物的胃，现在浅得多喝一口水都要呛出来。依据他的身体状况，医生不允许出院，且隔了两天就转到了呼吸科。

父亲最后那几天就像一个老小孩，吃饭需要哄，打针需要哄，擦脸擦脚需要哄，有时输着输着液，他把针头一拔，就要回家，而他并没有拔针之外的力气。有一次，他不顾我和弟弟的阻拦，拔掉留置针，手上淌出了血，却没力气下床，我们只好请来护士止血，重新再输。

父亲喜欢原野和河流，喜欢捞鱼和打猎，一生不羁爱自由，除了多年前心脏病在病床上躺下过一次，这是第二次躺在病床上，他不甘心躺着。夜里，我看着他难得陷入沉睡的身影，忽然陷入了恐慌，这世上，也许不是所有的陪伴都能长久。

那天下午父亲说看到了祖母，而祖母已过世多年。他指着医院干净的白被子，问我被子上有什么，我说，没有什么呀，父亲摇头，被子上怎么这么多线啊。他伸出手指去拈线头，而手里什么也没有。撮空理线，啊，我猛然想起古老的预言，如雷轰顶，墙就要塌了。

夜里，我紧张地坐立不安，起身在呼吸科的大厅里转来转去。我不知道向谁诉说，母亲吗？她已经老了，难以接受可怕的结果。大夫吗？他们在疫情放开前和放开后，一直在连续加班，看起来很疲惫，正在值班室里短暂地休息。护士在护理台后面配药，努力支撑着度过漫漫长夜，我不应该再额外地打扰她们。同样在走廊和大厅里煎熬的还有若干名病人家属，他们同我一样，也在焦灼中强挨着这漫漫长夜。

凌晨两点的医院，消毒液的味道有些呛鼻子，头顶的灯惨白地亮着，照射着我的慌乱、失魂落魄和忧伤。大厅一面墙上嵌有带灯光的玻璃鱼缸，我像热锅上的蚂蚁，在鱼缸四周转来转去，里面有几条鱼，停在水里一动不动，也有几条鱼在水里游来游去。假如父亲能走下床来，会不会又想用渔网捞起这几尾金鱼。人世间为什么有这么多无能为力？无端的紧张控制了我的呼吸，在命运的利爪伸出时，弱者的命运显得那样可笑。我挣扎着只想要拽住时光那只伸向父亲的手，然而，只剩下然而。

父亲走了。永远不能再醒来。从此山一程，水一程，再难与我们相逢。死亡是一个凉爽的夜晚，它让我从头凉到脚；死亡就是从一座花园，进入另一座花园，一朵朵菊花正在绝情地开放。人生有那么多路，每一条路最后的终点却都通向告别和远行。

给父亲举行了一个简单的葬礼，到场的只有至亲，甚至没有通知父亲生前好友前来送他一程。疫控刚放开，诸多亲友也有诸多不适，我的大姑父、姨父年长我父亲近十岁，两人同样有老年基础病，也在疫情防控期间去世。一面安葬父亲，一面忧心着母亲，一面牵挂着亲友，悲苦交集已让我们无暇他顾。

这年夏天，三伏天酷热中送走了我小脚的婆母，办了葬礼，夜里放明火、烧轿，一个人的一生打着旋在灰烬里覆灭，在家族墓地的一块玉米地里安放了老人的骨灰；疫情放开的这个冬天，农历新年即将来临之前，又在医院送走我病魔缠身的老父亲。这一年我奔波于病榻和坟前，万事藏于心，这艰难的世间，还要饱含泪水地活下去，尽诸多未尽的责任。

昏昏沉沉数月，上完班做完自己的事情，回家后就坐在椅子上一动也不想动，我试图弄明白：接二连三的亲人离去，究竟是宿命还是警告；上苍究竟是要折磨活着的人，还是要点化凡人；长辈的去世是让人从天堂跌到地狱痛不欲生，还是来提醒我们生命有尽头，不可无度挥霍？最快的是活着，最慢的也是活着，在狂想与沮丧之间，灵魂不停拉锯摇摆。

人或动物终归是要有一场早早晚晚的目睹，天未及黑透，死亡就来敲门，甚至是更早，天还正午，死神就来召唤，不分高低贵贱，不分男女老幼。

一连数日坐在桌前，面前摆着一张张空白的纸，我提起笔在上面写下很多词语，它们是黑暗、死亡、寒冷、恐惧、绝望、固执、沉默、回来、呼唤、焦急、等待、盼望、离开、年月日、爱、微笑、希望、拥抱、握手、叶落、温暖、大地、天空、宇宙、星辰……我把这些词语编织起来，知道岁月悄悄，静落为念。

清明时节雨纷纷，路上行人欲断魂。再次去往墓地之时，才知自己也成为诗人笔下的"行人"，从此，"清明"两个字成为动词，在我心里栽满了仙人掌，那些刺扎得结结实实，怎么拔也拔不完，拔掉一根还有下一根，每一根都写着"想念"两个字。

在墓地为父亲和逝去的长辈们献上花，坟上的草已经袒露了所有：忧伤，悲悯，枯萎，安静。这些词在清明的小雨中微光摇曳，温柔友善，它们对应着一片田野，一条父亲曾捞过鱼的河流。

|后记|

用文字留下生命之吻

　　每个人身上都携带着历史，在时间和记忆的坐标上，住着往事，住着熟悉的人，住着听到过的声音，住着熟悉的风景，住着无数鲜活的细节。欧仁·尤内斯库曾经说过，"我们就活在细节中"，真正的记忆是私人细节的记忆，而这些细微的感受常常是被忽略和轻视的，丢掉了这些记忆，失去的时间就再也无法在文字中还原。

　　作为一个写作者，充当旁观者，观察别人的生活、阅读优秀的作品并不是太难，而思考自我生命的本质所在，并不容易。维特根斯坦曾经感叹："要看见正在自己眼前的事物是多么难啊！"我们遗忘着每天的光阴，也遗忘着正在我们身边流淌着的生活，我们对大量的日常琐事视而不见，不知不觉间，遗忘仿佛成了生活本身的目的。

　　心理学家罗杰斯说过，"我，是过去一切体验的总和"，我们以近乎相似的状态，在生活当中忙碌，也用相同的姿势活在这样一个时代，"我"其实是无数人的一部分，这一个人的生活可能是无数个人的命运共同体，正是从一个截断面反映了生命的复杂性和多样性。在这个意义上，写"我"还是写一群人，并没有分别。生活是被许许多多细节支撑起来的，生命的感受也是多样化的，往往那些带着细节的温度，可能是社会神经最末梢的冷暖，却有着对人性和现实的感知。

于是，我尝试从女性的日常，从回忆的角度，书写我的时间坐标，我的生命体验，我的发现，我的惶惑。我知道，凡俗生活，读书所得，乡村回眸，亲情记忆，这些画面其实是记忆的暗中组合，我爱着那些低处细微的事物，我享用着它们给予我的阳光、树影和鸟鸣，那些隐藏的暗纹，潜伏着的情绪，也成为我生命的底色。对我来说，断断续续个体化的书写，是一个不断寻找、确认自我的过程。既书写个体记忆和生命质询，也书写时代中一个普通人的焦虑。从某种意义上来说，焦虑也是可贵的，正如哈罗德·布鲁姆所说，"文学的伟大在于让一种新的焦虑显现"，焦虑后的平静和淡然便是通往精神自由的阶梯。

比起小说，散文应该是更接近事物本质的文体，是一种有"我"的文体，更需要看见"眼前的事物"，对宏大的表述保持警惕，对细小的声音侧耳倾听。留心自己的生活，当面对一个个细节进行勘察时，我察觉到人生当中有无数的难解时刻，比如：面对扑面而来的衰老，那些黑夜中的迷茫；悲伤中告别亲人，那种悬空失重的状态；遇到疫情，生活期待被无情地摧毁，那种碎片化的焦灼也一阵阵袭来。当然也有无数的时刻让我感动，拥抱大海，跨越高山，享受大自然无上的恩赐时；遇到生命中的善意和温暖，那被包裹着的深情时，再卑微的事物，也可以有自己的影子和纹路。在悲喜交集中，我不断地去叩问：为什么时常感到巨大的压力和疼痛感？为什么在物欲的驱赶下不停地奔波？为什么在科技发达的社会，有时却会失去自我认同，失去精神的惬意？

我试图问明白，为什么这样活？记得有位哲人说："一个时代的人必然被这个时代所扣留。"未经省察的人生没有价值，认识自我并不比认识世界容易。这本书的写作无意间让我完成了一次筛选和确认，内师心源，重新感知了自己和他人。

散文写作的边界广阔，可汲取的营养无处不在。丹纳曾说过，文艺作品的价值等级，决定于它所触及的人类精神生活的深度，除了生活本身之外，借助深度阅读也可以接受滋养，阅读能够扩大我们对人类的可能性、人类的本性及世上所发生之事的感知。写作者的储备是浩瀚的海洋而非一潭死水，写作不仅仅是单纯的消耗，也是一种生长——犹如跋山涉水的朝圣，在以读为舟的过程中，在哲学层面透视自己的生命，对貌似无关轻重的细节进行深入的探问，对时代进行自己的质疑和思考，对生命与世相发生觉悟。有了阅读视野的打开，借助理性的思考，耐心咀嚼生之琐碎，反刍它，消化它，写作不再是无意义的记事，而成为对生命新的认知。

山河长在，岁月宁静。上苍对作家是眷顾的，无论何等境遇，他们都在努力挣脱各种各样的绳索，由于噬光，而不断向着明亮之处奔去。作家的心很小，小得能容纳微风颤动的影子，既体会到丰盈的快乐，也体会到死亡的恐惧，既见过瞬间的天堂，也告别过地狱；作家的心却又很大，为真实而活着，对一切冰冷之物触觉敏感，既书写人类内心的独立与绝望，也站在漆黑的夜晚期待黎明的露珠，冷静地表达对美好的渴望。

萨特曾经说过："写作是某种要求自由的方式，一旦你开始了，你就给卷入了，不管你愿不愿意。"对一个作家来说，除了写作，无路可逃。作家在与生命匹配的词语里对生活应答，在焦虑中对暗纹雕刻。

我愿意成为这样的写作者，飞离到生活的一侧，用文字留下生命之吻。